山河岁月

· 引领阅读新方向 ·

近月山庄

JinYue

ShanZhuang

任福生◎著

成都时代出版社
CHENGDU TIMES PRESS

图书在版编目（CIP）数据

近月山庄 / 任福生著 . -- 成都：成都时代出版社，2024.7
ISBN 978-7-5464-3457-5

Ⅰ．①近…　Ⅱ．①任…　Ⅲ．①长篇小说 – 中国 – 当代
Ⅳ．① I247.5

中国国家版本馆 CIP 数据核字（2024）第 106796 号

近月山庄

JINYUE SHANZHUANG

任福生　著

出 品 人　达　海
责任编辑　周小彦
责任校对　李　林
责任印制　黄　鑫 曾译乐
封面设计　山河岁月图书
出版发行　成都时代出版社
电　　话　（028）86785923（编辑部）
　　　　　（028）86615250（发行部）
印　　刷　重庆市圣立印刷有限公司
规　　格　170mm×240mm
印　　张　14.5
字　　数　260 千字
版　　次　2024 年 7 月第 1 版
印　　次　2024 年 7 月第 1 次印刷
书　　号　ISBN 978-7-5464-3457-5
定　　价　59.90 元

自　序　☾

曾经在网上看到一段话，"穷，不怨父母；苦，不怨生活；有气，不撒向无辜。这就是男人的担当与责任。"我觉得这段话就是对本书主人公叶世全最形象的诠释。

叶世全所处的那个年代，大多数家庭要为一日三餐的柴米油盐掐着手指头精打细算，日子过得非常拮据。可叶世全的内心是火热的，他没有因家里子女众多、要过节衣缩食的日子而责怪父母，而是担起长子的担子，为家庭分忧。他不负国家的教育培养，以身践行，到祖国需要的地方去，在那崇山峻岭中，为祖国的发展默默贡献青春力量。

叶世全的一生，充满了艰难与辛酸，但他总能宽怀大度，替别人着想。他是铁骨铮铮的男子汉，实现了作为一个儿子、丈夫、女婿应有的担当与责任。

他总共结了三次婚，送走了两任妻子和一个女儿。

丁怡然是老叶的第一任妻子，她是个单纯的女孩。她的父母都是军人，她从小受正统教育，酷爱舞蹈艺术，自进入宣传队后，立誓要跳一辈子舞，后凭着自己的努力成为宣传队的台柱。

遇见叶世全的时候，小丁正为宣传队队长替她硬拉红线而苦恼。比起队长为她介绍的对象，她宁愿嫁给埋头钻研技术的叶世全，也不愿接受队长的"美意"。

同叶世全结婚后，她很快回归舞台继续跳舞。叶世全三番五次劝说小丁退出宣传队，都被小丁婉拒。舞蹈艺术就是她的生命，只要身体还能旋转，她绝不会脱下心爱的舞鞋。小丁做到了，她用生命点亮了理想之光，在演出归途中遭遇垮岩，不幸遇难。

方秋实是老叶的第二任妻子。她出生于知识分子家庭，追求的是精神上有共鸣的婚姻。她作为学校的校长，工作能力强，自尊心也强，且内心善良，视老叶前妻的儿子为己出，为继子的前程，不惜放下架子四处奔波。

遇见叶世全的时候，方秋实已经是别人眼中的"老姑娘"，但好在生活给了她一个叶世全，虽然两人是二婚，但他们的生活非常幸福。

不幸的是，婚后，方秋实生了个有智力障碍的女儿，这严重挫伤了她脆弱的自尊心。夫妻二人不言放弃，不惜倾家荡产也要四处求医问药。可方秋实太在乎周围人的看法，甚至邻居老太太的闲言碎语，她也很在意。她认为要维持自己的尊严，就必须治好女儿的病。长期如此，她的生理、心理遭受严重伤害，在女儿去世那年，她也相随而去。

老叶的现任妻子汪小芸是个爱恨分明、眼睛里容不得沙子的女人。她贤惠善良，善解人意，精明干练。老叶和汪小芸是通过相亲认识的，两人一见倾心，大有相见恨晚的感觉。婚后，善解人意的汪小芸见老叶仍未走出前两桩婚姻带来的伤痛，决心帮助他，将自家寓所改造成农家乐，取名"近月山庄"。

丁怡然、方秋实、汪小芸这三个女人都爱老叶，但性格迥异，命运迥然。她们相继陪伴老叶的一生。

这似乎是一部充满悲欢离合的连续剧，爱情与婚姻，浪漫与现实，如胶似漆地交织在一起。三段婚姻在不同的时代背景中，充分展示了当时的社会风貌。

第一段婚姻表达的是，为理想而战；第二段婚姻表达的是，为尊严而战；第三段婚姻表达的是，为人的价值而战。

网上有个段子，男女结婚的最佳年龄是男六十、女五十五。因为一结婚，都有退休金，且儿女皆已成家立业，基本没有婆媳矛盾，很容易白头偕老。汪小芸与叶世全的婚恋正好在这个时间段。

这阶段，男女相处靠什么维系？靠颜值吗？无论怎样化妆打扮，还是锻炼、养生，都无法遮掩脸上的皱纹。靠金钱吗？能走进你圈子里的人，哪个家里没有点积蓄，男女双方充其量打个平手，很难使婚姻的天平完全向自己这一端倾斜。

那婚姻靠什么维系呢？靠自己的性格魅力，靠自己的内在修养。说白一点，初次约会靠的就是眼缘。

叶世全和汪小芸的初次见面，地点是汪小芸随意定的。叶世全以为是普通咖啡店，没想到是球迷酒吧。年轻时就喜欢踢足球的叶世全心中暗喜，以为遇到知己，会有共同语言，于是对汪小芸大谈足球。汪小芸正为选错地方而懊悔，生怕对方拍屁股走人，没想到竟是投其所好。

两人聊得很投缘，却被楼下球迷的吵闹声惊扰。警察赶来处理，二人被迫分开。但汪小芸给叶世全留下了深刻印象，他思虑再三，忍不住拨通了汪小芸的电话，二人顺理成章地夕阳恋。他们的姻缘，靠的就是个人的性格魅力和内在素质。彼此展现的不是颜值，也不是金钱，而是人的内在价值。

至于近月山庄开业后的故事，就请诸位自己去细品。

本书从叶世全大学毕业时讲起，直到他退休赋闲，时间跨度超过半个世纪。其间，所经历的事繁多，接触的人更多。本书只能突出重点，删繁就简。为了使情节紧凑，人物突出，采用了虚实结合的手法。

以叶世全和汪小芸在近月山庄的生活为主线。他们筹备农家乐，外出旅游，返乡省亲，近月山庄开业后发生的桩桩事情，充分刻画了创业者的艰辛，并处处体现出叶世全和汪小芸的甜美爱情。

以两人之前的生活为辅线。其实，辅线的容量不亚于主线的内容。采用了插叙和倒叙的技巧，两人独自回忆或二人交谈时提及往事。这样虚实相应，推动情节的发展，把叶世全的前半生、两次婚姻的曲折经历呈现在读者面前，使叶世全这个人物形象渐渐丰满。

本书塑造了叶世全、汪小芸等众多人物形象，成功与否，任由读者评价。本书写的是身边的普通人，发生的事也是平常事。所以，没有把他们写成脱离现实的完美人物。

"人非圣贤，孰能无过。"

比如，叶世全年轻时有股书呆子气，面对命运多舛，多少有点执拗随性。再比如，汪小芸遇事容易冲动，还有作为知识分子的方秋实，多少有些虚荣心。这才是真正的普通人，但丝毫不影响笔者对他们的敬重之情。

书中还提到一块玉石，几乎贯穿全书。它是汪小芸在河边石滩上偶然捡到的，见好朋友方秋实喜欢，就毫不犹豫地送给了方秋实。方秋实结婚后，又把玉石作为信物赠予叶世全。叶世全再婚后，又将其赠予汪小芸。

玉石是不是真的，能值多少钱，这些并不重要。玉石成为一种象征，是友情、爱情的象征，这是深沉的爱。而这群善良真挚的人把情感看得比什么都重。

第一章 ☾

· 01 ·

三月的晨光透过薄薄的山雾，风中漾着丝丝凉意，夹杂着浓郁的森林气息。天边还留有一片淡淡的朝霞，树林里的鸟雀早已奏起了晨曲，让清脆悦耳的歌声传遍山乡四野。

此时，近月山庄里，六十多岁、瘦高的老叶拎着竹筐从菜地里走出来。阳光透过树叶照在他满是笑意的脸上，清晨的露水打湿了他的裤脚。他放下竹筐，习惯性地整理衣衫。大黑狗亲昵地在主人膝前腿后蹭来蹭去。

老叶的竹筐里有沾满湿润的新鲜泥土的土豆以及刚收获的还沾着晶莹露珠的四季豆、莴笋和大把大把的小葱大葱。

老叶这辈子与山沟有缘。他大学毕业就被分配到某保密单位，在一个与世隔绝的山沟里，每天对着高山峻岭、深渊峡谷。从陌生到熟悉，从不适到习惯，老叶渐渐爱上了这片神秘的土地，爱上了这份崇高的事业。

然而没过多久，单位被撤销，老叶也被调到了同属保密单位的机床厂，生活环境仍和以前差不多。几十年过去，老叶从普通技术员干到了总工程师，退休后好不容易回到城里，他又随第三任妻子住进了云转山里。

今天有贵人——老叶的大学同学光临。他们放心不下老叶的晚年生活，执意要上云转山探个究竟。这一切要从几天前说起，某天晚上，老叶的微信同学群里突然掀起了惊天波澜：

"老叶又……又……又结婚了！已经是第三个老婆了！"

"听说还住在乡下，当真不可思议。"

"老叶真是不甘寂寞，哈哈……"

对此，老叶选择忽视，可没想到竟有同学打电话给他，为他鸣不平："一个国企的总工程师，怎么到深山隐居去了？我们一定要来看看你！"

老叶百口难辩，欲推不能，只好应允。

老叶和汪小芸刚结婚不久。汪小芸比老叶小七八岁，是老叶第三任妻子。两人在亲戚朋友的牵线搭桥下，一见如故，结为夫妻。婚后，老叶就随汪小芸住进了山里。在这里，他可以自己做饭，挖土种菜，施肥松土，管理花园，修剪枝条……别有一番滋味。连四周的邻居都打趣他："老叶，上门女婿划得着。"

老叶微信群里那些冷嘲热讽，汪小芸也看到了。好在她是个明白人，相信待人诚恳的老叶交的朋友，也不会相差太远。因此，她对这些也并没有上心。

老叶却为此愤愤不平。此刻，他摘着菜，嘀咕道："洋芋、四季豆怎么有那么多多余的东西……"

汪小芸扑哧一笑，温和地说："来的都是你的客人，做这么多菜，是给你挣面子。"

"都是来看热闹的。"老叶自嘲道。

汪小芸淡淡一笑，将泡好的黄豆倒进粉碎机，按动开关，屋里瞬间响起轰轰的声响，打破了庄园的寂静。

"人家也是关心你。"汪小芸走过去，拍拍老叶的肩头，"快去把这身衣服换了，别让同学们真以为你这个总工程师住在穷乡僻壤。"

老叶走到灶前，熟练地摆弄起碗碟来，执拗地说："我不换，现在我就是个乡巴佬。"

上午十时许，两辆轿车驶进了庄园，车上下来了六七人。为首一人拄着拐杖，笑嘻嘻地说："很多人临时有事，就我们几个代表他们了。"

"来了就好。"老叶一一握手后，对拄拐者打趣道，"小皮球，你可是我们的体育委员，篮球、足球、游泳，样样精通，怎么拄拐杖啦？"

小皮球矮胖矮胖的，已有半头白发，再加上拄着拐杖，早没了当年的风采。他感慨地摇摇头："岁月不饶人啊。"

小皮球和老叶关系比较好。他为人慷慨仗义，深受大家喜欢，年轻的时候被分配到保密单位，停薪留职后，成为一家民营房地产公司的总工程师，退休后，靠公司股份，生活很富足，如今负责组织同学们的各种活动。

"假打。"同行中有人当场揭发，"他的腰疼早治好了。"

"不过就是拄文明棍、'秀'绅士风！大家说，是不是？"

在大伙儿的哄笑中，小皮球也不好意思地笑着说："腰椎间盘骨质增生，这种毛病是治不好的，只能缓解。现在没啥问题，但我拄拐杖习惯了。再说，拄拐杖，增加安全系数，哪来的绅士风度？"

老叶拍着小皮球的肩膀说："只要自己感觉好，那就好。"

小皮球拄着拐杖，对老叶憨厚一笑。

老叶再婚，他早有耳闻，但没把这些事放在心上，直到前几天，徐老太在群里强烈要求大家上山去看望老叶，他拗不过，才组织了今天的活动。

寒暄之后，老叶准备将汪小芸介绍给诸位同学。不待老叶说完，徐老太咳了两声，意味深长地说："弟妹，漂亮。"

瞬间，众人的目光聚焦在汪小芸身上。汪小芸不知什么时候换了身鲜亮的衣衫，还化了淡妆，她落落大方，说话不卑不亢，让大家心生好感。

简单寒暄之后，老叶夫妇俩领着同学们在庄园里四处走动。碧绿的菜地、成片的果树、高大的葡萄架、小巧玲珑的鱼池、路边姿态迥异的盆栽……都让人兴奋不已，特别是一栋公寓式带附属楼的三层建筑，俨然就是藏在深山里的豪华别墅，让众人更生感慨。

此刻，别有用心的同学面面相觑，脸上的表情变化万千。

小皮球把拐杖一拄，说道："既然准备了，就拿出来。多少是个心意！"说完，小皮球率先从口袋里掏出一个红包，塞到老叶手里。他有些不好意思："这是同学们的一点心意，还望笑纳。"

众人也陆续从车上提出两桶油、三袋米递给老叶。

"感谢同学们到穷乡僻壤来访贫问苦。大家还记得我叶世全，真是三生有幸。东西我收下，这钱我不能要。我一不是五保户，二又没生病住院，怎么好意思收呢？"

汪小芸想替老叶打抱不平，但碍于是老叶的同学，便只好不冷不热地冒了句："看同学们多有'心意'！"

小皮球难堪地说："老叶，你不收，我们咋个办？"

老叶把红包塞回小皮球手里，说："你先保管着，有谁需要，再拿出来。"

说完，老叶领着大家到厨房放下米、油后，又给一行人介绍自己种的各种蔬菜，还带他们参观了楼房、花园。

参观完，其他人坚持要到厨房帮厨，只剩小皮球和徐老太两人在葡萄架下喝茶。老叶只好丢下手里的活儿来相陪。

· 02 ·

时近中午，阳光透过密密麻麻的葡萄叶，洒在长长的葡萄架下，洒在喝茶人的衣衫上，洒在笑容可掬的脸上。时有蜂蝶飞舞，山风徐来，沁人心脾。

三人闲聊着，谈起往事。年轻时，他们是大学生，在那个年代，是很特殊的一个群体。要跻身于高校殿堂，不仅自己要刻苦学习、品学兼优，还要经过层层的审查，才能实现读大学的理想。一份录取通知书，不仅是学子的光荣，更是一家人的荣耀。

毕业后，他们有人考研、读博、做学问，当了专家教授；有人从基层干起，成了单位的技术掌门人；有人改行做了行政干部，如鱼得水，官至厅级。如今，退休后，他们要么在家照看孙子，要么出门会友。

而老叶经常往来的这拨人都是当年和他一起被分配到西南各地的同学。他们抱成团，逢年过节常凑一块儿，互相搭手帮忙也是常有的事。

昔日的班花、如今的徐老太凑到老叶身边，对老叶说："叶总，你这个上门女婿，艳福不浅。"见老叶笑而不语，徐老太继续说，"弟妹比你小多少？"

"叫嫂子。"老叶一本正经地说。

"你娃又装糊涂。"徐老太不依不饶地提高了嗓门，"你忘了，当年在班上，按年龄排队，你比我小一个月零三天。哈哈……"

小皮球打趣道："哟，徐姐记性真好，还惦记着我们叶总呢。"

徐老太名叫徐春萍，她衣着光鲜，保养得很好，发型也是为今天的活动而做的。年轻时，她和老叶不仅是同学关系，还是上下级关系，更是老叶儿子叶一丁的干妈。在老叶这几十年的时间中，处处皆有徐老太的身影，老叶对她可谓感恩戴德又怨恨交织。

这一切都要从徐老太年轻时多管闲事说起。她的好心好意葬送了老叶第一任妻子丁怡然；第二任妻子方秋实临终时将老叶托付于她，她却以老叶八字不好、命硬为由推脱。

现在，她又对老叶偷偷结婚一事心存芥蒂，按捺不住内心的好奇，策划了此次活动。

如今旧事重提，徐老太只好呷了口茶，换了话题，说："叶总，你俩真扯了证？"

老叶严肃地点了点头，徐老太笑着嘲讽道："你傻呀，这把岁数啦，还正儿八经扯结婚证。你知道吗？再婚会有很多矛盾。如：与对方子女的矛盾，特别是身后财产这块，扯不完的纠纷，打不完的官司。不扯证多好啊，合得来，就好好过，不能过，就散伙，没有后遗症。"

老叶有些诧异地看着徐老太，一时无言以对。

小皮球见状，忙打圆场，道："从实招来，你俩怎么认识的？"

老叶爽朗一笑："媒妁之言。"

"还父母之命哟。"徐老太叫着站了起来，接着说，"编，接着编，

你以为黑娃儿没晒过太阳吗。"

"就这么简单。"老叶坦然地说。

"就对上眼了？"徐老太盯着老叶问，"她家是开厂的，还是经商的？"

"这与婚姻有关系吗？"

"关系大着呢。"徐老太重新坐下，拉扯下衣衫，"你比小汪大几岁？"

"七八岁吧。"

"具体大几岁？"徐老太追问道。

"啥意思？"

"我要算算小汪的属相。你晓得她的生辰八字吗？"徐老太见老叶一脸的不屑，又语重心长地说，"叶总啊，历史的经验值得注意……"

小皮球把拐杖往地下一戳，有些不快地说："水过三秋了，还说这些陈芝麻烂谷子的事！"

徐老太涨红了脸，喃喃自语："我还不是关心他。"

老叶大度地挥挥手说："没事，没事……"老叶嘴上说没事，但心里仍是沉痛的。过去是他一生的痛，他只能逼自己向前看。

小皮球用拐杖敲着地面说："纯洁的爱情，完美的婚姻，只是美好愿望。现实生活中，爱情有遗憾，婚姻有瑕疵。古今中外的例子就不必多说。徐老太你扪心自问，你的爱情百分之百纯洁吗？你的婚姻幸福指数有多高？"

徐老太面带惭色地低下了头，旋即反诘道："你的爱情，你的婚姻呢？"

小皮球哈哈一笑，端起茶杯喝了一大口茶水，搓搓手说："我一个凡夫俗子，为结婚而结婚。"

老叶不愿面对这个沉重的话题，他有意岔开话题："小皮球，你最近怎么样？"

小皮球理解老叶此刻的心情，正琢磨如何开口，徐老太却在一旁说："他搞肥了。有退休金不说，还有股票、股份。"

小皮球指着二人说："你俩都改了行，只有我，从一而终。"

徐老太叹道："真是人算不如天算。哪个晓得房地产这么火。"

"你俩也可以投资啊。比如买股票或持有股份。"小皮球挪了挪凳子又神秘道，"还可以集资去买块地，保证稳赚不赔。"

徐老太看了老叶一眼，对小皮球说："没钱，能不能找你借？"

"现阶段房价偏高，还有上升的空间吗？"老叶毕竟干过多年的建筑，明白建筑成本与房价的关系，他只是不想回到刚才尴尬的话题，才有意发问。

不料小皮球精神焕发，振振有词地讲了一大通，说到激动之处，他用拐杖敲着地面说："二位，机不可失，时不再来。"

徐老太冷笑一声："听你吹，尿罐飞。"

小皮球十分沮丧地看了看老叶，心里叹气，越是亲近的人，越不相信他。但他在外边讲课，那是座无虚席，掌声不断。

这时，一个人走了过来，一边点烟一边说："我在厨房打整鱼呀，切肉呀，忙得烟都没点上一支。你俩倒好，躲在这里享清福。"

小皮球用拐杖指着来人的啤酒肚说："你看你这肚皮，多劳动，对你有好处。"

来人不搭理小皮球，接过老叶递来的茶杯，轻轻地吮了一口，连声说："好茶，好茶。"然后悠闲地吐出一缕青烟，"好地方啊，新鲜的空气，绿色环保的蔬菜，清澈的泉水，更有佳人相伴，是个颐养天年的福地啊。"

此人姓朱，大伙儿叫他朱眼镜，他常自称养生专家，在群里发布各式养生秘诀——今天这个汤，明天那个粥——却无一适用。

徐老太嘲讽道："眼镜，你这么讲究养生，怎么还抽烟呢？"

朱眼镜最讨厌别人叫他眼镜。退休前，他身为副厅长，非常风光，如今退休了，叫厅长的人少了，叫眼镜的人却多了。

朱眼镜碍着同学面子，不好发作。他乜了徐老太一眼，清清嗓子故弄玄虚道："这个，你就不懂了。男人抽烟，是一种享受，也是一种风度。当然，得抽高档香烟。"

徐老太似乎有意要跟朱眼镜抬杠，把手举过头顶，不轻不重地拍着手说："欢迎，欢迎，欢迎朱厅长做报告。"

"高档香烟？"小皮球接过话头，"大多数情况是，抽高档烟的人不买烟，买高档烟的人不抽烟。"

老叶见这帮老同学抬杠，生怕伤了和气，想转移话题："老朱，你这是老花镜？"

朱眼镜难为情地说："视力越来越差，稍微远一点，就认不清是谁了。"

"完全是空棺材出丧——目（木）中无人。"徐老太嘻嘻哈哈地说，"见了美女献殷勤，比谁都跑得快。"

小皮球深有感触，他举起手中的拐杖："别说眼镜，你看我拄拐杖，第一个反对的，就是我老婆。要是我拄着拐杖在小区内一走，真是炼狱。"小皮球喝了口茶继续说，"有关心我的，有为我担忧的，也有幸灾乐祸的，也有口是心非的……"

徐老太忙说："我是开玩笑。"

朱眼镜把眼一眨，意味深长："谁知道啊？"

四人哈哈大笑。

这时，有人喊："开饭啰。"

老叶听到喊声如获大赦，站起来向三位做了个请的手势，带领大家进房间吃饭。

徐老太转身朝花园深处走去，最后在葡萄架下缓缓坐下。此刻，她的心情比谁都复杂，比谁都激动。她眼前浮现出老叶两位前妻及其儿子一丁的身影，还有女儿秀秀的笑靥。徐老太仰天长叹："但愿吉人自有天相。"

· 03 ·

吃饭时，徐老太有意挨近汪小芸，找话套近乎，却见汪小芸不冷不热，没怎么搭理自己，徐老太又佯装无事地站起来，以同学代表自居，频频向老叶敬酒。

老叶一口气喝了三杯，最后汪小芸实在看不下去了，夺过老叶的酒杯，对徐老太嚷道："来，来，我俩对干。"

汪小芸的举动赢得同学们的喝彩。老叶见苗头不对欲劝阻，却被朱眼镜一把拉住，说："让大伙儿高兴高兴。"

饭后，一群人去花园菜地游览。徐老太心里有一团怨气，正低头琢磨想搞点啥名堂出来解解气。忽然，她灵光一现，跑到老叶面前："叶总，有啥农活儿，也让我们干一干。"

老叶觉得叫客人干活儿不妥，便摆手说："没有，没有，大家只管玩儿。"

汪小芸应声答道："有啊，栽红苕。"汪小芸见没几人响应，补充说，"不累，在农村是妇女干的轻活儿。"

"要得，要得。"小皮球笑嘻嘻地说，"我们今天就学回农嘛。"

话落，汪小芸就立马割来一大包红苕藤，扛来三把锄头放到大家面前。

真要下地了，客人们却面面相觑。这帮人不是穿着擦得发亮的皮鞋，就是穿着昂贵的旅游鞋，怎好意思脱掉鞋袜。

可汪小芸早有准备，给了每人一双塑料鞋套，说："怕脏了手的，这里有橡胶手套。"

大家嘻嘻哈哈地穿上鞋套，戴上手套。

徐老太亮着嗓音说："还戴啥子手套！弟妹啊，怎么栽？"

汪小芸见她如此，和颜悦色道："简单，你这么聪明，一看就会。"

老叶在前边领着几人挖土，汪小芸在后面教大家扦插红苕藤。

这活儿也简单，大伙儿一边干活儿，一边说些趣话，一大抱红苕藤就快栽完了。汪小芸又去割苕藤。

徐老太穿着鞋套，光着手掌，见汪小芸走远了，低声对左右的人说："这婆娘机灵得很，恐怕叶总不是他的下饭菜。"

小皮球有些烦她，就说："人家两口子过日子，你在这里说三道四。你这个人呀，一辈子算计这算计那，到头来，竹篮打水……"

朱眼镜上完厕所回来见此情形，忙说："同学开玩笑，莫翻老账。"

徐老太情急之中，分不清敌我，对朱眼镜嚷道："懒牛懒马屎尿多。"

朱眼镜拍拍肚皮说："啤酒喝多了，正常。"

朱眼镜挖了几锄头，越想徐老太的话，越觉得憋气，便回过头来对众人道："看你们这几个家伙的丑态，穿鞋套，戴手套，是干农活儿的样子吗？"

"哟，厅长做报告了，大家洗耳恭听。"

"眼镜，你看看自个儿脚上。"

朱眼镜低头一看，自己脚上套着粉红色的鞋套，他也忍不住笑了："若倒回去三十年，你几个肯定挨批评。记得上初中的时候，我们全校师生去乡下劳动，与一队挑粪的农民擦肩而过，有个同学说了声，好臭哟，回校后，被老师同学批评了好几天。"

大家听了默不作声，似乎都在回忆那过去的时光。

小皮球打破了沉默："我讲一个荤段子……"小皮球嬉皮笑脸地摇头，"这个段子，女士不宜。"

"扯淡。"徐老太扔掉手里的红苕藤，"老娘这辈子，啥没见过？哼，你要卖关子，那我来讲个傻女婿拜见丈母娘。"

众人哈哈大笑。徐老太走到葡萄架下，喝了一大口茶水，双手揉着老腰说："活儿不重，就是蹲久了，有点儿腰酸背疼。"她见众人都有同感，又神经兮兮道，"这婆娘晓得我们是来拈错拿过的，却叫我们干这个，变相惩罚。"

小皮球瞪了她一眼："就你空话多，捉鬼放鬼都是你。"

朱眼镜叼着烟开了口："就你一个人爱发牢骚，说明你心理素质差。要多锻炼哟，早晨散散步，晚上跳坝坝舞，说不定会遇上个老帅哥。"

众人又是一阵嬉笑，徐老太玩世不恭地说："要真有机会，我要向叶总学习，揪住青春的尾巴不放。"

众人齐声喝彩。

朱眼镜提高嗓音："我们这个年龄，不比文凭学历，也不比职务高低，更不比钱多钱少，要比心态，特别是面对疾病、人生的态度。"

"讲得好。"老叶频频点头，"此话好说，要做到不是件容易的事。"

朱眼镜扶了扶眼镜坦诚地说："我觉得老叶做得很好，他不向命运低头，又迎来了新生活。"

大伙儿就朱眼镜的话题，纷纷高谈阔论，在轻松愉悦的气氛中，很快

栽完了三大包红苕藤。

汪小芸又准备去割苕藤，被老叶喝住，大家才愉快地打扫"战场"，收工，进入麻将室。一行人一边打麻将，一边把对汪小芸的职业、前段婚姻以及这座庄园的好奇心全盘托出。

临别之际，老叶与客人逐一握手，每个人都留下祝福的话语。其中要数徐老太话最多，她先是对老叶耳语一番，又叫来汪小芸，亲切地拉着她的手说："弟妹，叶总交给你，我们放心了。"

汪小芸绷着脸，没有言语，幸好夜幕降临，没有人注意到她的脸色。

送走了同学们，老叶锁好庄园大门，问："你怎么割了这么多红苕藤？"

汪小芸头一歪，像个调皮的姑娘："他们多栽些，你不就能少栽些吗？"

老叶心头一热，紧紧搂住了汪小芸。

"今天，你高兴吗？"

"不高兴。"

老叶一怔："为什么？"

夜色中，汪小芸和风细雨道来："这段婚姻是你我两个人的事，与他们有何相干？一个个像是来访贫问苦、挑毛病的。"

老叶再次搂住汪小芸，温柔地说："这群家伙，他们不是认可你了吗？"

"我需要谁认可吗？"汪小芸挣脱拥抱，提高了声音说，"简直是笑话，他们了解我吗？知道我的性格脾气……"

汪小芸忍住了，没有把话说得太露骨，她怕伤了老叶的自尊心。她话锋一转："那个徐老太，让人讨厌，一张臭嘴，到处闹哄哄。"

老叶一听，心里一下沉重了，真是刚平定了外患，这下内忧又起。他轻轻抚摸着她，低声说："她是个好人，就是嘴太臭。"

老叶说完，不待汪小芸张口，他紧紧抱住了汪小芸，任凭夜风吹拂。

汪小芸挣开老叶的手，她心里荡起阵阵喜悦。刚才她说不高兴，是故意的，她早已从那拨人的神态中看到了自己的胜利。

她故弄玄虚地说道："老叶，你这辈子板眼多哟，怎么不给我坦白交代？"

老叶苦笑道："你我事先有协议，互不打听对方的过去。"

汪小芸无话可说，因为这奇葩的协议是她提出来的。她低头走了两步，心里实在憋得慌，冲着老叶叫道："我看那徐老太，像是个官太太。"

老叶默然点头："以后，慢慢告诉你。"

"我才不管别人的盐咸醋酸，只要别跳到我的地盘上来横挑鼻子竖挑眼就行。"汪小芸说完径自走了。

这座并不起眼的近月山庄不是汪小芸一个人的，而是属于汪氏五个子女的。二十多年前，汪家父母去世后，留下了一笔存款和房产，几个子女为此争得面红耳赤。

等大家都唇焦口燥、筋疲力尽时，汪小芸才开口："各位弟妹，父母留下的最有价值的遗产就是这处老宅。现在大家都已不在此处住了，可以将房子卖了。但这卖房的钱要是分成五份，每个人就没多少了。拿去又能做什么？我晓得，各家并不富裕，但日子也算过得去。我们何不将这笔钱拿去投资，产生更大的效益，为我们的子孙留下更多的财富。大家说，怎么样？"

汪小芸身为老大，平时待弟妹们很好，谁家有难处，她总是第一个出手相助。因此，汪小芸在家中有很高的威望，大家自然都听她的。

汪老二听后带头表示："我听大姐的。父母不在了，大姐就是我们的主心骨。"其余弟妹也表态赞同。

最后，大家一致决定，由汪小芸经手将老宅卖了，在云转山建一座庄园，作为大家节假日聚会的地方。此后，汪小芸花了两年时间，才把庄园修建完成。庄园的日常维护也由汪小芸来做。

近几年，云转山因为山林茂密和附近的庙宇，突然吸引了不少旅游者，于是，公路两侧的土地被出租给其他人，拿来修建农家乐。那生意红火得让人羡慕，这也打动了已退休的汪小芸的心。

可奈何人手不够，汪小芸迟迟没法开动。有一年，山庄来了几位汪家的朋友，一群人本来和汪小芸聊改造聊得正高兴，可其中一位朋友被护院的狗咬伤了，汪家不仅赔了钱，还和对方不欢而散，便觉得这是不吉利的预兆，就打消了此念头。

此时，汪小芸已经离婚五年了。

汪小芸的第一任丈夫是某单位的一个小干部。两人相识于他们青年时的某个夏天，结婚三十年，走过了漫长的时光，却悲壮结尾。

她仍记得他们相识的那个夏天，在乡下已教书两年的她，趁着暑假在家里避暑。某天下午，她收到一封信，打开一看，脸蛋瞬间绯红，心儿也怦怦跳个不停。

原来她收到的是一封求爱信。她来不及细品那一行行令人陶醉的句子，就急急忙忙地查看末尾的署名和地址——陈新国，本镇河街二十一号副五号。

这不是同学陈新梅的家吗？汪小芸仔细回忆，想起了儿时的自己常去陈家，和陈新梅的哥哥有过几面之缘，记忆里他是一个高大英俊的少年，而今已是大学毕业并在市里一家国企上班的大人了。

这对憧憬恋爱、渴望过上新生活的年轻姑娘，有着非常大的吸引力。于是，汪小芸按照陈新国信中的邀约，毫不犹豫地去了河边码头。

她先像往常一样，在码头附近和小妹假装转悠了一会儿，然后掏出五元钱，叫小妹到街上买零食。

汪小芸望着小妹渐渐远去的背影，拢了拢头发，理了理衣衫，便挺胸朝陈新国走去。

两人在河边聊了很久，汪小芸也明白了陈新国为什么会对自己表白。

这一切都要源于汪小芸在高二的新年联欢会上，唱了一曲《谁不说咱家乡好》。从那以后，陈新国便发誓要娶汪小芸为妻。

这些话让从没有恋爱经历的汪小芸兴奋不已，她没想到平凡的自己可以得到上天的眷顾，遇见这样一个人。晚上，汪小芸躺在床上，脑海里全是陈新国英俊洒脱的身影和温柔的甜言蜜语，怎么也睡不着。

她并没有发现身旁的小妹已经醒来。小妹见大姐未睡，揉着眼问："姐，我晓得你找谁去了。"

"我找谁？"汪小芸生怕事情败露，小心翼翼地问道。

"打更匠。"

汪小芸一把揪住小妹的耳朵，骂道："乱说，撕烂你的嘴巴。"

小妹讨好地说道："昨天下午，我听见妈跟几个邻居聊天。邻居说现在打更匠不得了，他的儿子当了单位的治保主任，汪家大妹与打更匠的儿子很般配。"

对于打更匠，汪小芸是有所耳闻的。很多年前，人们把报时打更的人叫打更匠。那时，打更匠住在破庙里，只有一个瘦瘦的儿子。

想到这里，汪小芸急切追问："妈是咋说的？"

小妹想了想说："妈没表态，也没反对。"

汪小芸虚惊一场，笑着说："好啦，睡觉吧，明天姐请你吃红油抄手。"

小妹侧身过去，很快入睡了。汪小芸对此并没有多上心，依旧处于兴奋状态，努力回想自己唱那首《谁不说咱家乡好》的场景。后来，好几天，汪小芸都会把这首曲子挂在嘴边。

有天她想起，陈新国考了全县理科第一名时，学校敲锣打鼓到陈家报喜，她兴奋地跟在队伍后面，为自己的学校出了状元而感到自豪。等上高中时，老师还经常在课堂上举陈新国的例子鼓励大家。

现在，这个八竿子都打不着的人，竟然与自己联系到一起了。

· 05 ·

这个暑假，汪小芸每周都能收到三四封情书，也有陈新国的陪伴，过得愉快且浪漫。这一切都让她笑颜如花，她明显感到自己在家里照镜子的次数越来越多，风姿也越来越绰约。

一天下午，汪小芸懒洋洋地躺在蚊帐内假寐，脑子里尽是浪漫的场景。突然，母亲进屋，走到床前，伫立片刻，笑道："别装了，起来，有事。"

汪小芸假意打个哈欠，再伸伸胳膊，撒着娇说："妈，啥事？"

母亲坐在床沿盯着女儿的眼睛说："我和你爸商量，你也该嫁人了……"

"嫁谁呀？"汪小芸调皮地问。

"徐成宝。"母亲踌躇一下说，"就是打更匠的儿子。"

汪小芸冷笑道："妈，我嫁给打更匠的儿子，你脸上光彩吗？真是可笑。"

母亲一本正经地说道："有什么可笑的？人家现在是厂里的干部，治保主任，刚分了套房子。"

汪小芸扑哧笑出口："难道有房子就了不起？"

"那是肯定的。"母亲有几分得意，"追他的姑娘一长串，小徐一个也看不上。小徐说了，非汪家大妹子不娶。"

汪小芸听了像是受到极大的侮辱，生气地说道："痴心妄想。叫他死了这个心。"

母亲拉着女儿的手，关切地问："你有人了？"

汪小芸不假思索地点点头，但很快又摇了摇头。她和陈新国就约会了几次，写了十来封情书而已，八字还没一撇呢。现在这个时候能说吗？

汪小芸慌了，一时半会儿不知道怎么回答，便蛮横地说："就不告诉你。"

母亲笑了，见女儿说不上来，便认定她没有男朋友。于是，母亲郑重说道："好好考虑一下小徐吧，这也是你爸的意思。"

老人家撂下话，出去做饭了。

汪小芸翻身起床，在屋里走来走去，一筹莫展。

这边父母挑明了态度，那边还未到谈婚论嫁的程度。汪小芸急得像热锅上的蚂蚁。她端起茶缸，咕噜咕噜地喝了大半缸凉茶，又用手背擦了擦嘴，深深吸了口气，迅速伏案疾书，把纯洁无瑕的少女之心和美好未来寄托于洋洋洒洒书写的三大页纸上。

做完这些，她急匆匆赶往邮局。此时，载有当天最后一轮邮件的轮船正缓缓驶离码头。

焦急万分的汪小芸，无意间瞥见墙上的服务项目表，眼睛一亮，大声对营业员说："我要拍电报，加急电报。"

第二天上午，汪小芸一直在小屋内徘徊。门外传来"咚咚"敲门声，让汪小芸心头一紧。

"小芸，买菜去。"母亲在门外叫道。

汪小芸泄气一般，走到门口敷衍道："妈，我身体不舒服，你自己去吧。"

汪小芸又开始踱步，终于在太阳落山时，等到了气喘吁吁跑到自己面前的陈新梅。

"小芸，你太不够意思了，这么大的事，也不跟我通个气。"陈新梅初中毕业就顶班进了水运社，如今是船上的水手，人被晒得黑黑的，但挺精神，满嘴江湖气，"怪不得我哥这段时间回来得特勤，还老向我打听你的情况呢。"

汪小芸不作答，只是咯咯地笑，忙给她倒凉茶。

陈新梅喝了口茶，说："进了陈家门，你我就是一家人。你可得感谢我，这么热的天，还从河街跑到你这儿。你看看，衣衫都湿透了。"

汪小芸红着脸，拉着闺密的手，一切尽在不言中。

见状，陈新梅站立起来，说："这是我哥的信。我该走了，我的船常走武汉上海。缺什么，发个话。"

汪小芸接过纸条，瞥了陈新梅一眼。陈新梅会意地拍着她的肩膀说："放心，我不会偷看的。"两人会心一笑。

待陈新梅走后，汪小芸迫不及待地打开信看，随后心急火燎地跑出家门。

母亲在身后大声疾呼："死女娃子，要吃饭啦。"

汪小芸三步并作两步赶到约会地点，陈新国早已在此等候。汪小芸一下扑进男友怀里，呜呜抽泣。陈新国说些宽慰的话后，就把她拉到大树下坐着，互诉衷肠。

两人决定，今晚分别向双方父母宣布人生的重大决定。陈新国情不自禁地一头扎进汹涌的江水中，奋力向江心游去。

汪小芸站在岸边，见他越游越远，着急地扯开嗓子喊："回来，快游回来。"

此事一公开，小镇瞬间炸开了锅，这桩美事也遭到双方长辈的反对。对汪家来说，他们家族在小镇是有头有脸的大户人家，家族里大多数人不是经商从医执教，就是在政府工作。而陈家住在河街，河街是有名的穷乡僻壤，那里的人大多没有根基，稍有出息的人家都不会长住在那里。

再加上陈新国的父亲是水运社船员，母亲是码头搬运工，微薄的工资还要养活五六个兄弟姐妹，汪小芸嫁过去的生活可想而知。

因此，前来汪家的人有怀疑的、嘲讽的、不相信的、前来劝阻的……反正啥人都有，唯独没有祝福的。

汪父作为见多识广、洞察世事的供销社总会计，对女儿的终身大事有更深刻的见地。他对汪小芸语重心长地说："此人，你驾驭不了他。"

"我们都是平等的。"汪小芸仰头说。

"眼光要看远一点，大团圆，都是戏文。"老父亲耐心开导。

"我追求的是现在！是当下！至于将来，谁又能说得清楚？"汪小芸亲昵地为老爸整理衣衫，继而又说，"没有今天，就不会有明天。"

父亲摇摇头，长叹一声，便不再说什么了。汪父历来疼爱小芸，也深知其女的秉性，明白只要是她认定的事，八匹马也拉不回。

其实，陈家非常喜欢汪小芸，但也有自己的打算。现如今，汪小芸在乡下支教，陈新国在城里晋升，两人一旦结婚，必定两地分居，到时候就有数不清的麻烦事。

就像陈新国身边一帮兄弟劝阻他的那样："你已经进城端上了铁饭碗，还留恋乡下妹子干什么？"

好在，在那时的陈新国心中，什么都没有自己朝思暮想的梦中情人重要。

· 06 ·

暑假就在这些忧喜交加的时间中流逝，很快，汪小芸回到山区的学校教书，暂时不用担心未来的困扰，但她的心情无法平静。好在她白天与学生在一起，晚上有朋友可以倾诉。

一天傍晚，汪小芸正和教师们在操场边闲聊。突然，校长方秋实叫住了她。方秋实年长汪小芸六七岁，是汪小芸从师范学校分配到这里时，认识的第一个朋友。那时，方秋实在这里已干了六七年，汪小芸非常敬佩这位大姐，不仅常去听她讲课，有啥心里话也爱找她聊。

课余时间，两人也常在一块玩。有时在山坡上采野花，有时在小溪边洗衣衫。如果遇到星期天学校食堂不开伙，两人还一块去赶场、做饭。

去年，方秋实被提拔为校长后，工作繁重，汪小芸不愿打扰她，接触便少了许多。

二人走到僻静处，方秋实关切地问："小芸，我看你这段时间常常魂不守舍，人也瘦了，有啥心事？"

"没有啥子事。"汪小芸慌里慌张地答道，脸也红了。

方秋实哈哈大笑："你呀，不打自招，肯定是心里有人啦，说给我听听。"

汪小芸只好和盘托出。

方秋实听罢，沉吟半晌才缓缓说道："不错，不错。有人挂念，是女

人的福气，但有些事，不能靠等，懂吗？要靠自己努力去争取。"

汪小芸幡然醒悟，她拉着方秋实的手说："谢谢大姐！"

汪小芸回到寝室后，静坐了一个时辰，然后铺开信纸，给陈新国写了封热情洋溢的长信。

周末一到，汪小芸就找方秋实开了介绍信，在镇上与陈新国扯了结婚证。

事已至此，两家父母只能按照习俗张罗婚礼。

婚后汪小芸才发现，陈新国纵酒无度。但她安慰自己，男人嘛，喜欢喝几口很正常，毕竟那些有头有脸的人经常喝得红光满面。因此几十年间，汪小芸和陈国新的日子平淡顺遂。可后来，随着陈新国从班组长干到车间主任，他喝酒的频率越来越高，经常是酩酊大醉地被人搀扶回家。

汪小芸每次既埋怨又心疼，她苦口婆心地说："少喝两杯嘛，酒桌上千万别逞能。"

陈新国则像个听话的小学生，连连点头说："下次，一定注意。"可过不了三五天，陈新国就会故技重施。如此反反复复，让汪小芸很懊恼。

儿子明华成婚那年，汪小芸意外发现陈新国出轨。她流泪了，想起了老父亲当年的那番话。但她并不后悔，只是多少有点遗憾。

也是那天晚上，陈新国带着酒气跌跌撞撞地回到家中。他先是哭哭啼啼地承认错误，保证永不再犯，见汪小芸不理睬他，又是甜言蜜语地献殷勤，绘声绘色地讲起当年两人热恋中的趣事。最后，招数使完，他倒在床上睡着了。

汪小芸呆坐了一会儿，最终抱了床被子去沙发上睡了。蒙眬中，汪小芸感觉有人在自己身边。她打开灯一看，果然是陈新国，他又开始喋喋不休地忏悔。

汪小芸呵斥了几句，就跑回卧室将门反锁，把陈新国扔在客厅。

汪小芸离婚的事很快就传开了，前来相劝的亲戚很多，她都一一拒绝了。

陈新梅拎着水果来串门，屁股才落座，汪小芸就堵住她的话："新梅，你若站在闺密的角度，我倒可以听一听；若站在你哥哥的立场，别怪我翻脸。"

陈新梅狡黠一笑："好。我今天就站在闺密的角度和你聊一聊。"陈新梅从自己的婚姻开始举例，说了许多单身女人、单身妈妈的难处。说到伤心处，陈新梅一把鼻涕一把泪，还让汪小芸不停给她递纸巾。

汪小芸不好撵人走，干脆到厨房做饭去了。陈新梅只好灰溜溜收场。

最终，陈新国净身出户。汪小芸转身把房子卖了，长住山庄。

几年后，汪小芸的儿媳生了一对龙凤胎，汪小芸笑得合不拢嘴，经常前去照料。陈新国见汪小芸在，也关心得勤。今天送奶粉，明天送尿不湿，有事没事找汪小芸搭讪，还炫耀有多少人给他说媒，多少单身女人向他投怀送抱。

汪小芸冷笑一声："好事啊！赶紧回家操办自个儿的终身大事去吧。"

陈新国的死缠烂打，让汪小芸烦透了。于是，在孙子们满月后，汪小芸立刻带着他们及保姆回到山庄喂养。

一个月后，儿子媳妇到山庄看孩子，顺便劝汪小芸："妈，你还是到我那里去吧，这里交通不便，医疗条件也不行……"

"是你爸派你们来的？"汪小芸警惕地看了儿子媳妇一眼。

"不是，不是。"明华乜了老婆一眼说，"主要是她想娃儿了，觉得娃娃这么小，母亲应该在身边。"

"那你把娃娃抱回去。"汪小芸不冷不热地说道，"叫你老爸来照看呀。"

"妈，你应该有个家。"

汪小芸转身指着大楼说："这么大栋楼，不是我的家吗？"

儿子笑得很不自然："妈，你知道我不是这个意思。人老了，有诸多不便，应找个了解、熟悉的人，彼此照顾。"

汪小芸恼了，脱口而出："说你是你爸的说客，你还不承认。"

"妈，真不是。我俩是为你好。"

儿媳拉着汪小芸的手委婉地说："一家人在一起，热热闹闹的，多好啊。"

汪小芸气急了，说："好，老娘打着灯笼火把去找一个。"

"妈，看你说些啥。"儿媳打断了汪小芸的话。

吃饭的时候，明华抱着最后一丝希望，委婉地说："妈，老爸也想来看孙子……"

汪小芸把筷子一放，指着明华骂道："你这个没良心的东西，老娘把你拉扯大容易吗？你一心向着你老汉儿，你替你妈想过吗？"

一番话弄得小两口十分尴尬。

"要来看孙子，也可以，每月一次，每次一小时。"

几人就这样不欢而散。望着儿子一家远去的背影，汪小芸的双眼湿润了。其实，她明白儿子媳妇的孝顺，表面上，是为陈新国说话，实际上是在关心自己。

汪小芸忽然想起方秋实的话："你这人，性子太直，将来要吃大亏。"

突然，汪小芸脑海里又浮现出前夫绝情的样子，以及自己经历的那些事，她低声骂道："老娘就这个脾气……"

第二章 ☾

· 01 ·

老叶当初跟随汪小芸住在山上，也是抱着试一试的态度。毕竟，作为昔日国企大厂的总工程师，即使退休也可以选择在相关公司挂个职当顾问，或者上老年大学，学书法、唱歌跳舞……总之，跟老叶差不多的人晚年生活都是这样热热闹闹地过着，很少有人选择归隐山林。

这大半年，冬去春来，老叶逐渐适应了这里的生活。他喜欢坐在葡萄架下，享受夕阳的余晖；喜欢听在对面山坡上挥动锄头的人唱山歌；更喜欢盘山公路偶有车来，长鸣的笛声划破寂静山林的那一刻。

面对此景，老叶常常喝下一口酽茶，感慨吟诵道："山外皆浮云。"

老叶常常想到自己第一次参加工作的情景。

那年，临近分配时，他们这批大学生怀着建设祖国的宏大理想，一个个精神抖擞。

有一天，叶世全正在僻静处看专业书。现在的徐老太、当年的小徐慌慌张张地奔来，一把夺下他手中的书："都什么时候了？还看这无用的书。"

那时，徐春萍是校花，不仅人长得漂亮，还八面玲珑。她几乎每天晚上都有约会。班上一会儿风传她与朱眼镜好上了，一会儿又说她跟其他班的某某才是一对。

叶世全对这类绯闻不感兴趣，只专心读书。

如今，徐春萍找上门来，叶世全只好收起课本，做出洗耳恭听的样子。

徐春萍告诉他内部消息，他们这批大学生全部要被分配到"三线"建设工地。

叶世全一听，叫道："好啊！"

"真是个书呆子。"徐春萍直跺脚，"现在好多人都在找关系，想留在城市或者条件好一些的厂矿。"

叶世全"哦"了一声，便没言语了。他虽然是在市中心马路边长大的孩子，但父母经营的是只有三张桌子的小饭馆，哪能找什么关系。

徐春萍有些焦虑，紧咬嘴唇，眉头紧锁。这时小皮球和小朱等几个同学都过来了。

"还得等三天，才会公布分配名单。"小皮球穿着一身运动服，既兴奋又自豪地说道，"大三线，大都是保密单位。"

叶世全听了也很激动，拉着小皮球的手说："遗憾的是，不能与你们一块儿打篮球、踢足球了。"

徐春萍瞪了小皮球一眼，埋怨这些单位在深山老林、鸟不拉屎的地方。她抬头在十多个同学中搜寻，突然，她想起了朱眼镜的舅舅在市委工作。

她立刻走到小朱身边，亲切地拍着小朱的肩膀套近乎。

小朱有些受宠若惊，颤抖着手扶了扶眼镜。要知道一个星期前，小朱曾向徐春萍表白遭其拒绝，现在小徐忽然又向小朱献殷勤，这让小朱以为小徐回心转意，高兴地把小徐拉出人群，到附近的冷饮店喝汽水去了。

这边叶世全几人还在慷慨陈词，却被工作人员请出了大门，大家这才发觉少了两人，等到那两人在街对面的冷饮店招手时，大伙儿才恍然大悟。

小皮球不依不饶，小朱只好高兴地请大家喝汽水。

小徐遮掩地说："别误会，渴了，出来喝口水。"

小皮球哈哈大笑："这是误会吗？"

小朱不置可否，把一瓶汽水塞到小皮球手里："喝水，喝水。"

小皮球喝了两口汽水，抹了抹嘴又说："大家同学一场，眼看就要各奔东西了，你不能一瓶汽水就把我们打发了。"

大伙儿又是一阵起哄，小朱满脸春光，拍着胸脯道："中午我请客。"

三天后，报到通知书到手，同学们大多进了不同的单位。小朱与小徐的单位相距一千二百里，两人的事自然也没了后文。多年后，当小皮球对彼时在局里当处长的小朱提起此事时，小朱笑而不答。

叶世全是最后一个离开的人，他先是按照要求到招待所报到，几天后，才被一辆吉普车送到郊外的一个车站。等天黑时，所有人坐上一辆有雨篷的车，开往山沟。

这是一支由数十辆车组成的车队，在月夜下快速行进，穿越峡谷，盘旋上山，然后又缓缓下山。

叶世全不敢造次，靠着车厢闷闷地坐着。他透过雨篷的缝隙，凝视寂静的夜空，心里已做好吃苦的准备。虽然他并不清楚自己要干什么，但他清楚建设工地的意义——这是"三线"建设中的一部分，"三线"建设具有深远的意义，涉及全国的重要企业，成千上万的科技人员、工人及其家属投入到这一建设中。

一想到自己要去的单位，叶世全心中就涌起一种无比的自豪感，仿佛时代的重任已压在自己肩上。

后半夜，山风吹进车厢，凉飕飕的。叶世全赶紧穿上衬衣，再看看其他人，正一个挨着一个睡得正酣。

山风呼呼地拍打着车篷。不知什么时候，叶世全也睡着了。第二天早晨，车队才到达目的地。

叶世全刚下车，就有人来接他。他跟着来人一边朝单位走去，一边观察四周的地貌。只见四面群山环抱，重峦叠嶂；树木茂密，山花绚烂；田地空旷，却无一户农舍。不远处，废石废土从山梁往下倾倒，形成了宽大的平地，用来竖起篮球架、球门等设施。可以说，脚下这块平地，完全是用开山的废土填平的。叶世全只能根据零星的信息揣测自己目前所在的位置。

· 02 ·

叶世全被分配到基建队，其主要任务是为后续到来的技术工人建两楼一底的楼房。叶世全负责各种管道的安装。过了很长时间，叶世全才知道，早有三个工程队在这里打了五年多的山洞，他们这批人是前来增援的。

单位管理非常严格，除直系亲人外，基本不允许对外通信。因此，叶世全很少有同学们的消息。

这里生活、工作条件虽然艰苦，但叶世全热血沸腾，他越发体会到自己工作的意义——自己就是"三线"建设中的一颗小小的螺丝钉。他很想把这里的一切告诉父母、兄弟姐妹，和他们分享自己心中的喜悦，可是他只能在信里写道：我在这里，一切安好，勿念。

叶世全总爱坐在宿舍前的大树下，无论黄昏还是黎明，一坐就是小半天。虽然他全身心投入工作和学习中，和同事们也相处得很好，但他总会不自觉地想起上大学时那些可爱又可笑的人和事。

大学的学习是繁重而紧张的，但课余时间体育场上到处都有踢足球的、打篮球的以及锻炼的人影，其中少不了小皮球。在他的鼓动下，叶世全、朱眼镜等班上的大部分男生也会驰骋球场，为班上、系里挣了不少荣誉。

每次比赛，哪怕是小小的班级对抗，徐春萍都会组织女同学前来摇旗呐喊，送开水递毛巾，忙得满场飞。

这让叶世全、朱眼镜同时陷入迷惘，都以为丘比特之箭射中了自己。于是，朱眼镜频频约会徐春萍，几乎成了众人皆知的事。

叶世全不以为然，他认为大学期间最重要的是学习，其余的他都不在乎。

"你真是个书呆子。"小皮球说道，"不食人间烟火。"

叶世全坦然回答："世上万物，皆有因果。随她去吧。"

"你想听听徐春萍对你俩的点评吗？"不待叶世全表态，小皮球就娓娓道来，"人家说，她最敬佩你对待学业的孜孜不倦。不过嘛，缺点人情味……"

叶世全突然想起徐春萍前段时间经常来请教自己各种各样的问题，但只要两人往下谈，就会扯到什么职业、将来家庭什么样才算美满。

想到这些，叶世全脱口而出："原来醉翁之意不在酒。"

小皮球笑而不语，拍了拍叶世全的肩头说："想听听人家对朱眼镜的评价吗？"

叶世全不好作答，只是看着小皮球。小皮球学着徐春萍的腔调："朱眼镜，这家伙，倒有许多让女孩子喜欢的地方。"

叶世全内心一颤，才恍然大悟为什么这段时间看不见朱眼镜的踪影。

"那……恭喜他俩啰。"

"早已是明日黄花。"小皮球吐了口唾沫说道，一脸的不屑。

叶世全一脸茫然。小皮球神秘地低声说："她这几天与外语系的某人打得火热，据说那人的家庭背景深不可测。"

叶世全更觉诧异，摇了摇头，嘀咕了句谁也听不清的话。

小皮球一愣，拍拍叶世全的肩膀，推心置腹地分析道："你不觉得这是天赐良机吗？她与朱眼镜吹了。跟外语系那位，我看也没戏。人家有背景，她算哪根葱？所以说，你占有天时地利人和。"

叶世全神色凝重，觉得小皮球的判断过于主观。

小皮球见叶世全无动于衷，就试探着问道："你另有新欢？"

"扯淡。"叶世全矢口否认。

小皮球站起来，有所感悟地说："那我还真是白操心了。"

回忆收回，叶世全站起来，背靠着大树，望着夕阳敛尽最后一缕霞光，暮色悄然降临，苍茫的群山更加寂静，更加神秘。

叶世全始终想不明白，徐春萍在分别那天为何含情脉脉地要求自己留

下通信地址，并且家里真转来了她的信。等自己本着同学情谊回了信后，却再没收到徐春萍的信件。

一天中午，叶世全正在宿舍外的小树林里乘凉，繁重的体力劳作使他很困乏，不知不觉靠着小树迷迷糊糊地睡着了。

忽然，同事小金兴奋地跑进小树林，挥舞着小报说："快来看，特大新闻！"

这是单位自己创办的一份油印小报，里面除了有国内外的新闻外，每期都要更新单位内部新闻。让小金激动的特大新闻是：工地召开现场会议，邀请了来自各地研究所的专家及其他建设工地的科研人员，某兄妹二人来自不同的保密单位，分别许久，竟在会议现场不期而遇。

"听说领导决定，让兄妹俩放假一天。"小金饶有兴趣地说。

叶世全深知在保密单位工作不易，也为兄妹俩重逢而高兴。可惜油印小报没有登照片，不然他可以一睹兄妹俩的风采。

"我问你，这一天假，他们俩会怎么度过？"

叶世全摸着后脑勺儿说："我哪知道？你去招待所问问。"

小金不好意思地坐下，自嘲地笑道："没事，瞎扯罢了。"

叶世全把头一歪，狡黠地问："你要是有一天假，你会怎么度过？"

"我到县城去玩。"小金毫不犹豫地说，"县城虽小，总比这荒郊野地强。"

"那二位到底去哪儿了？"

"我怎么知道。"小金一脸茫然。

叶世全抬头望着四周绵延的群山，神秘地说："说不定啊，这会儿，他们兄妹俩正在某个山头转悠呢。"

小金愈发困惑，望着群山发愣。

叶世全拍着他的肩膀说："走吧，快上班了。"

从那以后，叶世全常留心单位的油印小报，可再也没有那兄妹俩的消息。

又是一个黄昏，夕阳仍然高悬西边，火烧云连成一片，绚丽的霞光洒满山谷，层林尽染。叶世全和同事们正在操场上踢足球。

突然，工地传来几声爆破声。起初，大家都以为是傍晚放炮收工，突然，一个工友叫道："不好啦，出事了。"

大伙儿循声望去，只见工友抬起颤颤巍巍的手指向施工现场，随后拼命向那奔去，此时，施工现场喷出一股褐色且夹杂着刺人的火药味的气流。

叶世全是第一次遇见险情，心里涌出莫名的惶恐，他跟着大伙儿朝前疾走。这时，施工现场的警报响了，声音急促而沉重。

远远地，有人跑出了洞口，又有许多人围了上去。

叶世全两腿发软，大口喘着粗气，气喘吁吁地赶到现场，听着工友们七嘴八舌的议论。原来，在爆破时，有些人为抢进度，就只躲在附近的岔洞里，没想到，强烈的爆炸震掉了岔洞顶上的大片岩石，几乎所有人都受伤了。

这时，一辆救护车呼啸而至，随后又来了两三辆吉普车和一群穿着白大褂的医务人员。再后来，五六个受伤的工友被人用担架陆续抬了出来。

叶世全认出了担架上的工友，都是曾一起在操场上踢过足球的人。

刚才还在一起踢球的一个工友就要扑上去："兄弟……"

一群人拦住了他，工友苦苦挣扎着，掉下了眼泪。

人群中的叶世全用手悄悄擦去脸上的泪痕。

几天后的一个上午，叶世全与几个同事因为轮休，结伴在附近的山林闲逛，发现了一片墓地，走近一看，全是在工地牺牲的工友的坟。

在第三排的左边有一座用黄土垒成的新坟，前面竖立着一个木排，书写着鲜红的大字。大家顿时明白这是前几天刚走的兄弟。

有人提议默哀三分钟，于是大家站成一排，虔诚地低下头。

叶世全心中默念：兄弟，我虽然不认识你，但我们一定相逢过。我们在一块儿听报告、在一个食堂里吃饭，说不定我俩还同场竞技过呢，至少，你在场边见过我踢球吧。兄弟，你辛苦了……

有一次，叶世全负责的水电安装队接到紧急命令，要进隧洞完成安装任务。全队同志无比兴奋，立马放下手上的活儿，结队出发，学着解放军的样子，唱着雄壮的战歌跨进了隧洞。

进洞前，领导宣布了保密纪律：不该问的不要问，不该去的不能去，里面的情况不能告诉任何人。

叶世全这组的任务是铺设电线和电话线。叶世全把大家分成几个小组干活儿，又知道这些工作马虎不得，于是亲自检查每一个电线接头和每一处管道衔接处。这些事情虽小，叶世全却感觉重任在身。

连续干了三天三夜后，叶世全他们出色地完成了任务，受到单位的嘉奖——放假两天，每人两盒罐头。大伙儿回到宿舍就蒙头大睡，直到第二天中午，叶世全才从床上爬起来，下午洗衣服，整理内务。

此时，大家伙儿终于闲下来，于是用一盒罐头作为奖品，组织了一场足球赛。不知是罐头的诱惑，还是生活的单调所致，总之，每个人都跃跃欲试，会踢的不会踢的，都嚷成一团。叶世全将人分为三队，采用擂台式玩法，以进球为胜。

那天，叶世全赢了七个罐头，还有一大群工友围在四周看热闹，跟着鼓掌起哄，也有几个工友跑进场来，向叶世全挑战，结果连丢三个球，却拿不出罐头，只好走了，引得场内外一片哄笑声。

· 03 ·

叶世全兢兢业业地干了三年多，他深深地爱上了这片与世隔绝的土地，也爱上了这群无私奉献的人。

终于到了要离开的时候，各单位的人员哪里来的回哪里去，叶世全和十多名分配来的大学生要重新分配工作……叶世全望着那一排排竣工的楼房，鼻子酸酸的，他心里很是不舍。

他知道重要的设备已经运走，但他仍想进去看看，毕竟自己曾在这里出过力、流过汗。虽然自己的工作比起那些科研人员算不得什么，可他在这一千多个日日夜夜里，在这个地方奉献了自己的青春。

临走之时，叶世全到山林附近的墓地为曾经和自己一同奋斗过的人做最后的告别。他信步来到小山岗，见墓地四周的杂草已被铲尽、地面干净，每座坟都添上了拍得严实的新土，墓碑上的字也重新用红漆涂写，格外醒目。

叶世全心头一热，猜想一定是其他工友在离开之前，也和自己一样来做最后的祭奠。叶世全沉默良久，到附近山坡上采摘了一捧野花，恭敬地献于墓前。他想起领导在大会上的讲话："你们为崇高的事业做出了无私的奉献，祖国和人民永远不会忘记！"

后来，叶世全被调到郊县的机床厂，也仍然在山里，他也仍旧搞他的基建工作。但叶世全很满足，因为这里比工地的条件好多了。工作之余，他也可以给小皮球等几位亲近的同学写信，可迟迟没有收到回信。

刚到机床厂上班的那几天，叶世全总感觉身后有人指指点点，还低声说些什么。叶世全想着新人乍到遭人议论也正常，直到有人问他："你以前在哪个单位？"

叶世全简要地说："××信箱。"

"哟，保密单位，在什么地方？干什么的？"

"很远。什么都干。"叶世全遵循保密条例，含糊其词地回答。

就这样，叶世全给人留下一种城府很深、有来头的印象，再加上有一天徐春萍突然来拜访他。

那天厂里的喇叭响了："请叶世全同志听到广播后，马上到厂部来，有人找。"大喇叭反复播了好几遍，搞得全厂人都知道这件事。

叶世全慌里慌张地赶往厂部大楼，远远看到大门口有一位烫发的女人向他招手。他定神一看，是徐春萍。

"你怎么到这里来了？"叶世全一边诧异，一边打量这位不速之客。

此刻的徐春萍早没了学生年代的稚嫩与冲动，宛如一位干练的职场女性。她说："来你厂检查工作，顺便来看望老同学。"

徐春萍见叶世全一脸惊愕，又说："我现在在市工委工作，今天来了五人，我只是随从。"

她犹豫了一下，继续补充道："忘了告诉你，我结婚了，有一个女儿。"

那年徐春萍到单位不久，就经人介绍认识了市工委的胡副主任。此人文化不高，但资格老，大徐春萍近二十岁，老婆去世后，便和徐春萍结了婚，现在小孩都一岁多了。有了这层关系，徐春萍顺理成章地进了市工委。

叶世全听后百感交集，忍不住问道："你不是跟小朱一对吗？"

徐春萍淡然一笑："哪有那回事，是小朱一厢情愿。"

叶世全摇头不信。

"那是为了求小朱的舅舅帮忙。他舅舅答应得好好的，结果一点动静也没有。"小徐面带愠色，继续说，"倒是把侄儿关照得很好，小朱都当上科长了。"

叶世全又惊又喜，感慨万千。

小徐矜持地说："小叶，你还得感谢我，不然的话，你得多走三百公里。"

叶世全恍然大悟，怪不得他刚来机床厂时，就有人在身后指指点点，原来大家把他当作走后门来了的。他抱拳道："谢谢老同学关照。"

"那不行。起码得请我吃顿饭。"

"好说，好说，今天中午就请你。"叶世全诚恳地说。

小徐扑哧一笑："你这个老滑头，中午有人管饭。"

"不简单啊，都进机关了。有什么秘诀？让我也学习一下。"

徐春萍眉头一展，两眼柔情似水："这个世上嘛，有心人总比其他人多一条路走。"

叶世全明白，但没想到徐春萍会如此直白地告诉他。碍于老同学的情面，叶世全换了话题："我姐夫在哪里高就？"

徐春萍脸一沉："今天不提他，以后你会晓得的。"

徐春萍从不主动向外人谈及自己的婚姻，因为她并不爱现在的丈夫。虽然两人从表面上看非常和谐，夫贵妻荣，但其实两人在诸多方面存在差异。

两人闲聊了一阵，小徐走近两步，关切地问："有对象了吗？你也老大不小了。"

叶世全无奈地苦笑了一下："还没有。"

小徐把胸脯一拍："包在老同学身上。我早替你物色好了，有位副厅长的女儿。只是，脚有点残疾……"

叶世全阻拦道："城里的大小姐，我伺候不了。"

小徐把眼一瞪："你还挑三选四啊，也不看看自身条件。"

"是啊，你们在办公室里喝咖啡，我在山沟里数星星。哪里高攀得起城里的大小姐？"

徐春萍胸有成竹地说："只要一结婚，不出一年，保证你调进城。"

"那我岂不是也多了条路走。"叶世全反唇相讥。

徐春萍不以为然，淡淡地说："别把好心当驴肝肺。"

叶世全不知道说什么，只好呆呆地站着。

徐春萍换了口气说："别把话说得这么难听，有人惦记着你，是你的福气。"

徐春萍还想再说什么，却被人叫走了。

叶世全望着她的背影，心里很不是滋味。同学这么多年，他太了解徐春萍了，这样年轻的她与一个半老头子会美满幸福吗？

叶世全其实已有答案，他摇摇头，走开了。

很快,流言满天飞：叶世全市里有人，且这个人就是他的老同学、老情人。于是，好些人开始对叶世全另眼相看，还有人想尽办法与他套近乎、转弯抹角地求他帮忙，弄得叶世全哭笑不得。哪怕他说没有关系，人家反而觉得是他低调。

一次，有个技术员因为长期和爱人两地分居，每年都打报告要求调爱人来本单位，可好几年都没有动静，当他知晓叶世全有这层"关系"时，就托人来求叶世全。

叶世全只好无奈地给徐春萍打了个电话。没过半月，这事居然办成了。技术员一定要请叶世全吃饭，叶世全立刻拒绝了，还向其再三叮嘱，千万别声张。其实，叶世全也拿不准，这事跟徐春萍究竟有关系没有，因为徐春萍一直没有回音且技术员老婆的情况也符合那一年的调动政策。

可世上没有不透风的墙，这件事后，找上门的人越来越多，叶世全苦不堪言，暗自抱怨："烦死人了，还不如多走三百公里。图个清静。"

·04·

汪小芸忙完厨房的活儿，默默解下身上的围裙，走到老叶身边，见他凝重的神色，晓得老叶回到了过去的情感世界。

汪小芸认为：人只要活着，就要往前走，逝去的岁月是回不来的。可她也明白仅靠温柔与甜言蜜语，无法撼动老叶的心，他是个重情义的汉子，关于那些回忆，此刻的汪小芸无法了解详情，因为当初和老叶在一起的时候，双方曾订下后半生之约——不过问对方以前的事。

当初的本意是好的，现在却成了两人进一步沟通的障碍。

汪小芸越想越气恼，觉得自己弄个圈圈，把自己套住了，现在要破局就得想法子让老叶融入新的生活，然后让他开口，倒出苦水来。

她把手搭在叶世全肩上，阻断了他的思绪，用极其平静而温和的口吻说："叶大哥，我想跟你商量一件事。"

老叶轻轻地"哦"了一声，转头凝视着汪小芸，只见眼前人在晚霞的映衬下更可爱，虽然是半路夫妻，但叶世全坦诚地说："有什么话，尽管说。"

"我想跟你商量一下，把这里搞成农家乐。"

老叶眉头一皱，觉得汪小芸可能经济上出了问题，因为汪小芸有对龙凤胎孙子，现在两个都上学了，花销肯定大。但汪小芸没明说，老叶也不便问，便犹豫着说："搞这行业，赚钱不多，费力不小，都这个年龄了。"

"闲着没事，赚不赚钱没关系。"汪小芸意味深长地说。

"好主意。"叶世全赞许道，但他不明白汪小芸怎么忽然提出这个问题。他呷了口茶缓缓地说："不知你想搞成啥规格的？"

"不是我要搞，是我俩共同搞。"汪小芸纠正他的话，并充满信心地说，"具体怎么搞，听你的。你是总工程师。"

叶世全放下茶杯沉吟半晌说："这么大栋楼，这么大的花园，住两人，确实是浪费资源。要搞，就要与众不同。农家乐五六十元一天，我们这起码一百八一天。"

汪小芸听后脸一沉，以为老叶纯粹是不想干故意乱说。她叹了口气，说："既然不愿干，那我俩去旅游吧。"

叶世全见汪小芸误解了他的意思，有些气恼："我是认真的，我的构想也不是天方夜谭。"

"这么高的价位，谁愿意来呀？"

叶世全喝了口茶，将椅子朝汪小芸身边挪动了一下，兴致勃勃地说："定位很重要。我这个定位，跳坝坝舞的大妈肯定不会来，但那些有素养又有经济实力的人肯定会来。"

见汪小芸一脸的困惑，叶世全得意地笑了笑："当然，这么高的定位，定要有高质量的服务。现在提倡人性化、个性化，我们也要在这上面做文章。"

汪小芸摇摇头："我还是不太明白。"

"这个你放心，包在我身上。"叶世全提高了声音，"搞这个，我有一整套。"

见老叶终于上钩了，汪小芸心中乐滋滋的，嘴上却说："乌龟打屁——冲壳子。"这话气得叶世全直跺脚。

此时，夕阳早已下山，夜幕在不知不觉中降下，山风乍起，凉飕飕的。叶世全站起来穿好衬衣，同时提醒汪小芸添衣服。

两人朝大楼外走去。

叶世全意犹未尽，他环视夜色里的花园菜地，思考片刻后说道："这庄园还得有个响亮的名字。"

"不是有名吗，叫明月山庄。"汪小芸嘀咕道。

"俗气。"叶世全不假思索地脱口而出。

这下汪小芸真生气了。老娘取的名字，明月山庄，多漂亮的名字，用了这些年，没人敢说个"不"字，你才来几天，竟敢在老娘面前指手画脚，硬是干饭把你胀饱了！

叶世全见汪小芸生气，忙赔着笑脸，委婉地说："你不做生意，叫猫儿狗儿，也没有哪个来管你。若要开门纳客，就有人来拈过拿错了。"

汪小芸想想也是这个理，就说："那取个啥名字？"

叶世全摸着后脑勺儿说："我，我还没想好……"

汪小芸说："那你今晚好好琢磨一下，想不出比明月更好的名字，不准睡觉。"

"你莫乱来，这是脑力劳动。"叶世全拿腔拿调地说，"艺术创作，讲究灵感，亏你还是教师出身，这都不懂吗？"

"那你怎么样才会有灵感？"

"你得给我创造一个温馨的环境。"叶世全死皮赖脸地说，"让我身心愉悦，思绪奔放……"

"你娃想得美。"汪小芸佯装动怒，一拍桌子自个儿先笑出了声。

第三章

· 01 ·

星期六上午，老叶儿子一家要上山来看望两位老人家。这是老叶两人婚后，儿子一家首次登门，老叶二人不敢怠慢，于是，风风火火地准备了鸡鸭鱼肉。老叶还特地下山买了海鲜、午餐肉、火腿肠，满满一筐子。

汪小芸不明白，老叶说是给儿子一家接风，但只叫她把鸡汤炖好，其余肉、鱼洗净即可，而老叶却拿出一份早已备好的菜单：锅巴肉片、炒鸡丁、炒白菜、焖大虾、凉拌三丝等。

汪小芸看了菜单，冷冷地说："我不会做。"

"你只管品尝。"老叶笑呵呵地说。

汪小芸惊讶地说："你会做？"

"我会吃，不会做。"老叶仍不动声色。

"那你吃个啥？"汪小芸回敬老叶一句。

老叶哈哈大笑："我儿子会做，他是一级厨师。"

汪小芸这才明白其中的奥秘，她指着老叶说："叶大哥，你不厚道。事无大小，商量着办，才能家和万事兴。这么重要的事，你为何瞒着我？"

老叶慌忙解释："我是想给你一个大大的惊喜。"

老叶只好说出儿子的身份——一级厨师，有众多徒弟，还独创了许多菜品。今天他特地上山为汪小芸做几道拿手菜，同时也为庄园物色厨师。

"不急，不急，连庄园名字都还没取好，聘请厨师还早着呢。"

汪小芸大为感动，觉得老叶是个办事缜密的人，不愧是国企的总工程师。这样的人，是可以托付终身的。

汪小芸不由得对老叶深情地一瞥，夸赞道："儿子挺优秀啊，一级厨师，全市也没几个。"

"我儿子命苦啊。"老叶长叹一口气，感慨万千，又停顿一下，喘口气说，"可以这么说，他比我还苦。"

记忆的闸门开启，一幕幕催人泪下的场面，又浮现在老叶面前。

自从徐春萍来厂里找叶世全叙旧后，叶世全名声大振，给他说媒的人也络绎不绝，包括厂工会主席介绍的厂宣传队的丁怡然。

当时叶世全在工会主席办公室，听完工会主席的介绍，不觉愣了一下，连连摆手："宣传队的，我高攀不起，高攀不起。"

在叶世全看来，宣传队的女孩子大多头脑简单，且整天嘻嘻哈哈，没个正形，而且她们时有花边新闻在厂内外流传，这样的人不适合他。

工会主席见叶世全想溜，正色道："夸你两句，尾巴就翘到天上去了，敢瞧不起宣传队的姑娘。"

工会主席好说歹说硬拽着叶世全到了自己家。此时，姑娘早已在工会主席家边洗衣服边候着了。

叶世全对其印象改观了许多。

工会主席一边阻止姑娘继续洗衣服，一边介绍双方："这是我老朋友的女儿，也算是我的侄女，你俩随便聊聊吧。"

说完，工会主席端着盆子到屋外洗衣服去了。

叶世全正惶惶然，丁怡然却主动打招呼："老叶，你咋是这个姓？"

叶世全一听，头一歪，双眉紧锁，心想：咋了，我姓叶，有错吗？

丁怡然见状先嘻嘻笑了起来："我岂不是得叫你一辈子老爷。"

叶世全觉得这话挺幽默的，忍不住笑了起来，抬头正视眼前的姑娘。

姑娘身段高挑，身着粉红色上衣，眉清目秀，唇红齿白，让叶世全心里一震，有几分动心。

丁怡然亦感觉到叶世全火辣辣的目光，她略微羞涩地转身，为叶世全倒了一杯水。恋爱的序幕掀开了，但很快老叶便裹足不前。

因为丁怡然出身于干部家庭，又是独生子女，不仅舞跳得好，人也长得漂亮，做事勤快利索，说话也风趣，而自己比她大好几岁，家里兄弟姊妹多，都需要他补贴，两人在任何方面都不匹配。

叶世全将这些想法吞吞吐吐地告诉了工会主席。工会主席劈头盖脸地把他骂了一顿："你这个浑小子，哪来这么多想法？人家没挑你的毛病，你就该烧高香啦。追小丁的人中，比你能干的人多的是。"

见叶世全还不开窍，工会主席换了种口吻说："小丁这么主动，还是第一次。你小子赶紧抓住机会，万一小丁改变了主意，就没得你娃的戏了。"

就这样，两人在一起了。

叶世全没想到丁怡然会主动带自己去见其父母，于是他问丁怡然："你这么漂亮，而且能歌善舞。怎么会喜欢上我？"

丁怡然歪着头，真诚地说："崇尚知识的春天到了，我跟风呗。"

叶世全很感动，却仍有顾虑："你有那么多优秀的追求者，以后会后悔选择我吗？"

"不会。"丁怡然坦诚地说，"只要你出现在我的身旁，那些人都会烟消云散。因为，你比他们优秀。"

其实，由于丁怡然舞跳得好，厂内外不乏追求者，她几乎每周都会收到示爱的信件，这让她苦不堪言。她疲惫了、厌倦了，想寻觅一个可靠的港湾。

"你怎么知道我比他们强？"

"你是工会主席介绍的。"小丁调皮地说，"他是我叔呢。"

过了很久，叶世全才晓得，工会主席与小丁的父亲不仅是多年的好友，还是一个县出来的老乡。

· 02 ·

宣传队里全是年轻美貌、肤白漂亮的女孩，那些有点背景的人常到宣传队来为自己或为儿子找对象。宣传队队长一个都得罪不起，只得赔笑。

有一次，丁怡然莫名其妙地被队长叫去与一桌陌生人吃饭，事后丁怡然才知道是相亲。如此几回，丁怡然烦透了。她甚至想离开宣传队，回到父母身边，省却许多烦心事，但她离不开钟爱的舞蹈，离不开观众的掌声与鲜花。

这一次，神秘的相亲者派头更大、条件更好，并承诺只要丁怡然同意，可以立刻跟他回省城，一切事情都不用丁怡然操心。

队长也没法，天天变着花样催小丁表态。小丁不肯把自己交给一个不明不白的人，更害怕进了这样的家庭以后，自己不能跳舞。于是丁怡然想到，只要自己有对象了，就可以避免这些事情。

她将心思告诉了工会主席，工会主席一听，勃然大怒，将相亲的人连同宣传队队长骂了个狗血喷头，随后前思后想，选中了叶世全。

叶世全说："我还没看过你跳舞呢。"

说到跳舞，小丁来了劲头："好啊，我俩来一段《白毛女》中的山洞里遇亲人。怎么样？"

叶世全慌了神，连忙说自己不会跳舞。

小丁以《白毛女》的角色半开玩笑地说："大春哥，你就配合一下吧。"说罢，就自唱自跳起来，还拉着叶世全转圈子。

一曲舞跳下来，小丁感到有点累，就顺势靠在叶世全身上，做着深呼吸，胸脯像波浪一样起伏，让叶世全看得心惊肉跳。

小丁甜蜜地说："以后，我天天为你跳舞。"

"你嫁给我，很可能一辈子留在这山沟里。"叶世全感慨地说。

"我愿意。"小丁真诚地说。她早已认准了叶世全。

一天夜晚，皎洁的月光静静地洒满山谷，叶世全与小丁一边散步，一边闲聊，走出厂区很远了。他们都不愿在厂区里溜达，怕遭别人评头论足。

初夏的夜晚，山风徐来，简易公路边的草丛中飘出昆虫的鸣叫声，远处稻田的蛙声此起彼伏，给宁静的山乡带来几分甜蜜。

当夜月色尤佳，二人兴致高涨，谈过去、畅想未来。

小丁停下脚步，扭头看着叶世全问道："听说你在保密单位干过。"

叶世全点点头，月光照在他充满自豪的脸庞上，眼前又浮现出那火热的劳动场面。

"能告诉我，你是干什么的吗？"小丁的眼神里满是崇敬。

"我嘛，只是一颗小小的螺丝钉。"叶世全见小丁有些失望，补充说，"我是盖房子，为工程队服务的。"

小丁仍是兴致勃勃："你们在那里造什么？"

叶世全想了想说："大家缺什么，我们就生产什么。"

聪慧的小丁一下就明白了。她凝视着眼前的叶世全，一下子抱住了他，在他满是胡茬儿的脸上亲吻。

叶世全也紧紧抱住小丁，两颗心贴在了一块。

后来的某天，徐春萍打来电话，询问老叶女朋友之事考虑得怎样了。叶世全小声地表明，已在厂里处了女朋友。

徐春萍一听非常恼怒，呵斥声遍布叶世全办公室，让人误以为老叶为了和丁怡然在一起，与城里的女朋友掰了。

一连几天，叶世全都没见到小丁，他心里发慌，一拍脑袋说："糟啦，万一小丁听信了风言风语……"

叶世全顾不上吃晚饭，背着手在屋里踱来踱去。他嘴里骂道："这个该死的徐春萍，真是狗拿耗子——多管闲事。"

当叶世全气喘吁吁地跨进工会主席家门时，正见小丁坐在桌边，两只眼圈红红的。

工会主席一见到叶世全就骂道："你这个浑小子。"

叶世全顾不上喝水，将事情的来龙去脉细说了一遍，并郑重表明自己的心意，一场误会才烟消云散。

· 03 ·

误会解除，很快，叶世全和丁怡然就完婚了。两人没举行什么仪式，只邀请两家亲戚吃了顿饭，然后去所在科室撒了几把喜糖，就算告之天下了。

倒是徐春萍在春节期间，召集了七八个大学同学，到叶世全父母家庆贺了一番。这些同学或带妻子，或携丈夫而至，只有小徐单身而至。

小皮球几个缠着徐春萍，要求她把丈夫叫来。徐春萍把脸一沉："别把今天的主题搞偏了，要想见他一面，自个儿到市工委去找。"

朱眼镜初到机关，人际关系还不熟，知道徐春萍丈夫这层关系得利用，于是来到徐春萍身边坐下，摘下眼镜慢吞吞地擦拭，找机会套近乎。他笑容满面地说："徐姐，你这件防寒服不错，款式新，质地好。"

"是吗？"徐春萍应了声，朝朱眼镜笑笑，又扭头朝丁怡然望去。

两个月前，她得知叶世全要结婚了，还是和本厂职工，徐春萍又气又恼，责备叶世全不够朋友，这么大的事，也不通个气，她可在介绍对象的父母面前夸下海口，这怎么收场？

同时，徐春萍对这个"本厂职工"产生了浓厚兴趣。她倒要看看是谁有这么大的魅力，让叶世全闪电般地结婚了。经过多方打探，她终于搞清楚了是厂宣传队的大美人，眉清目秀、亭亭玉立。

徐春萍暗想，叶世全艳福不浅，但心里又莫名其妙地冒出一股酸水来。

朱眼镜低头只盘算着自己的小九九，不合时宜地说："徐姐，过两天，我来给你拜年。"

徐春萍早已看透了他的心思，眼一瞪："年都过了，才想起给我拜年。"

叶世全见势不妙忙打圆场："大年没过，都算数。我们几个去徐领导家拜年，好不好？"

在同学们的赞成声中，徐春萍的脸由阴转晴，她巡视全场，矜持地说："同学嘛，来玩就好。"

徐春萍转身对忙碌的丁怡然热情地说："小丁，到时一块儿来。"

朱眼镜朝叶世全投去感谢的目光，感谢他替自己化解了难堪之境。他高兴地举起酒杯："喝酒、喝酒。"

丁怡然赶忙给大家上茶送水。见丈夫与同学们高兴地聚会，丁怡然心里也乐滋滋的。她佩服丈夫的同学个个才华横溢，年纪轻轻都是单位骨干，

除了作为领导夫人的徐春萍，因为她总用居高临下的眼光打量自己。

饭后，大家在一块打麻将、玩扑克，徐春萍则帮着小丁收拾厨房。叶世全见了，忙过来阻挡。

徐春萍笑道："你大男人一个，出去哟，我要和小丁聊女人间的私房话。"

叶世全半信半疑地退了出去，害怕嘴无遮拦的徐春萍，会给小丁灌些迷魂汤。哼，小丁也不是三岁小孩，才不会上她的当。

叶世全不时朝厨房张望，见二人有说有笑的，他才放心了。

徐春萍其实一见到小丁就被其美貌与气质所折服，心中对叶世全不听安排的怨气已一笔勾销。她一边洗碗一边说："小丁呀，老叶遇见你，真是他的福气。"

小丁不好意思地说："徐姐，看你说些啥，我一个普通女工，没啥能耐。"

徐春萍伸出大拇指说："别谦虚了，谁不夸你是宣传队的台柱子。"

小丁心里热乎乎的，对徐春萍的反感消失了。

随后，两个人的头时不时碰在一块儿，说着悄悄话，还发出欢快的笑声。厨房收拾完毕后，两人还结伴出门逛商场。回来时，小丁穿了件红色的羽绒服。

大家都夸衣服漂亮，人更漂亮。叶世全一看，就明白徐春萍又破费了。当叶世全的目光盯住徐春萍时，她却笑而不语。

小丁一直想有一件这种款式、这种颜色的羽绒服，因为宣传队的女士大多有一件红色的羽绒服，但今天小丁口袋里没装钱，徐春萍便大方地买来送给她。

直到后来有天夜里，两人闲聊中提到徐春萍，小丁眉飞色舞，老叶才明白小丁为什么和徐春萍要好起来。

"一件羽绒服，就把你收买了。"叶世全笑道。

叶世全觉得这份人情迟早得还给徐春萍。

"徐姐这个人，挺好的。"小丁若有所思地说，"她说呀，要把我调到机关宣传队去，说我可以照样跳主角。"

叶世全睁大眼睛："她真这样说？"

"她还说，你的工作也是她安排的。"小丁见叶世全两手放在胸前，一副不屑的样子，赶紧闭了口。

过了好一阵，叶世全瓮声瓮气地问道："你怎么答复她的？"

"你说我该怎么回答？"小丁调皮地反问，瞧着叶世全六神无主的模样，又乐呵呵地说："放心。我当场就拒绝了，我要和我的丈夫在一起。"

叶世全激动地拥抱小丁，并深深地亲吻她。两人静静地拥抱着，连空气里也弥漫着爱的芳香。

"你并不了解她。当然，她并不坏，但她会像幽灵一样跟着你。"

小丁打了个哈欠，说了句"睡吧"，便随手关了灯。四周寂静，唯有夜风轻轻敲击着窗棂。

· 04 ·

春节后，好事接踵而至．先是叶世全被聘为工程师，接着厂里又给他俩分了一套两室一厅的新房。这房在当时算是全厂一流住房。

初夏的一个晚上，叶世全在灯下整理图纸、资料，丁怡然悄然来到他身边，用手搭在丈夫肩上，在他耳边悄声说："我有了。"

叶世全一愣，然后猛烈地拥抱小丁，接着是一阵热烈的长吻。

"我要做爸爸了！"叶世全兴奋地叫着，喊着。

丁怡然奋力挣脱他强有力的手臂，娇嗔道："别压着宝宝啦。"

叶世全望着心爱的老婆，心里说不出的感动。叶世全拉着小丁的手说："马上就写信，告诉爸妈。让他们高兴高兴。"

小丁穿着浅色碎花衬衣，长长的秀发披在身后，两眼的光泽掩饰不住幸福的喜悦，红润的脸儿更显娇艳。

小丁默默点头，紧紧地依偎在丈夫怀里。

叶世全忽发奇想说："为我俩生命的延续，庆祝一下吧！"

小丁两眼一闪："好啊，我俩来跳舞吧。"

叶世全一愣："又让我扮大春哥？"

"这次不跳《白毛女》。"小丁嫣然一笑，"今天跳当前最盛行的舞。"

小屋的灯熄了，只留下台灯淡淡的灯光，悠扬的曲子在屋里响起。

丁怡然经过十月怀胎，生下一个男孩，双方父母欢喜得不得了，还为给宝宝取名，来回奔波了七八次。

叶家要按字辈取，丁家人嘲笑"啥年月了还搞这一套"。叶世全左右为难，好在丁怡然想了个绝妙的名字"叶一丁"，才调和了矛盾。

这看似普通的名字，随着岁月的流逝，显得愈发有意义。

叶一丁满月之后，丁怡然逐步恢复舞蹈训练。这就让双职工家庭的他们面临一个如何带宝宝的问题。此时，家里的长辈也都在上班，无暇顾及一丁。

好在叶家三妹高中毕业，在家待业，就来当了大半年的保姆。等三妹分配工作后，一丁就被送到幼儿园的婴儿室。

每逢周末，老叶小两口会带着一丁到爷爷奶奶家或外公外婆家。

叶世全曾委婉地劝说，希望已做母亲的她离开舞台。

小丁倔强地说："不可能，跳舞是我的第二生命，离开了舞台，我的生命将失去意义。"

"你这是业余的。为艺术献不了身，我的业余舞蹈家。"

"我虽然是业余的，成不了舞蹈家。"小丁淡定地说，"但是我要把一丁培养成舞蹈家。"

叶世全睁大了眼睛："我家只有一个儿子。"

小丁抱起儿子说："你看看，儿子的手长、腿长，是块跳舞的料。"

从那以后，丁怡然一有空闲，就教儿子踩步、叉腰、旋转，儿子很喜欢与妈妈玩耍，也很乐意跟着妈妈起舞。

一丁幼稚的步伐，机械的手势，憨态的表情，让两人笑弯了腰。

每当叶世全费尽心思劝说小丁放弃舞蹈，小丁总是说："对不起，你选择了我，我选择了舞蹈。"

叶世全偷偷找过工会主席和宣传队长，希望能把小丁调离宣传队。工会主席搔了搔头皮说："这丫头，认死理，得慢慢来。"

宣传队长更是惜才，好言好语安抚叶世全："哥们儿，我完全理解你的心情，也支持你的意见。只要宣传队进了新人，我立马放人。"

叶世全一筹莫展，只好打道回府。没过两天，小丁就知晓此事。

等叶世全下班回到家中，只见一丁独自在门口玩玩具，家里没了往日的欢声笑语。叶世全进厨房一看，只见小丁板着脸，眼角仍有泪痕。

心想，坏了，找领导的事露馅儿了。

叶世全赶紧挽起袖子找活儿干，努力表现自己。

直到临睡觉时，小丁才生气地说："你太自私了。"

叶世全抚摸着她的肩膀说："我是为了这个家，也是为你好。"

小丁挣脱叶世全的手说："你这是对我不尊重。"说完钻进被窝里，背对叶世全，自个儿睡了。

叶世全纳闷许久，觉得自己没有做错什么，更没有不尊重小丁。他决心用实际行动、用真诚的爱改变妻子的偏见。

从此两人不再提此事，都在用心观察对方。

· 05 ·

不知不觉一丁三岁了。那年春天，机床厂的一个分厂经过技术改造后，通过了市工委的验收，要求总厂工会派出电影队文艺宣传队前去慰问。

丁怡然擅长的是独舞，尤其是民族舞，是厂宣传队的骨干，舞蹈组的精灵。她那优雅的舞步和婀娜的身姿，在音乐的美妙旋律中，时而恬静如玉兔，时而奔放如战马。因此，她曾多次获得省市乃至全国舞蹈大赛的奖项。

其实，她有了一丁，本可以名正言顺地退出文艺宣传队主力军，告别舞台，但她从小接受舞蹈训练，不肯轻易地放弃。

那天午饭后，叶世全牵着一丁到操场为丁怡然送行。

丁怡然搂着一丁，亲吻着他的小脸蛋，温柔地说："一丁，妈妈去跳舞，乖乖地，在家听爸爸的话，我回来教你跳新舞。"

一丁在爸爸怀里挥着小手："妈妈，再见。"一丁一直目送着载着宣传队的解放牌货车驶出厂区，消失在大山深处。

三个多小时后，他们才风尘仆仆地赶到郊县的分厂。此时，检查团的一行人正好在，徐春萍自然也在其中。

徐春萍一眼就认出了丁怡然，她拉着小丁亲切地说："听说你舞跳得特好，机会难得。我留下来，一定要欣赏你的舞姿。"

丁怡然很高兴，谦逊地说："徐大姐，让你看笑话了。"

"演出完后，来坐我的车。"小徐对她耳语，见小丁一脸诧异，小徐又补充一句，"莫告诉别人。"

丁怡然没怎么在意徐春萍的话。哪知演出时，队长将她的集体舞、独舞都调到前边了。丁怡然有点诧异，因为她的独舞通常是压轴戏。

见队长面有怨气，好些队员也议论纷纷。小丁猛然醒悟，肯定是徐姐对宣传队队长乱下指示，但现在为时已晚，无法更改了。

丁怡然演出完，还没有卸完妆，徐春萍就到后台来催促她坐自己的车走。

丁怡然虽然觉得自己丢下队友独自走了不大妥当，但徐春萍催得急，加上她心里也想早点见到一丁，就跟着小徐上了车。

她们坐的是一辆苏式伏尔加轿车，徐春萍与司机坐在前排，小丁独自坐在后排。

丁怡然这才明白，检查团根本没看演出，是徐春萍想欣赏她的舞姿，擅自留下来了。小丁心里有些不安，因为宣传队从来没有单独行动的先例，她回去后不知道队友会怎么说自己。

轿车驶出厂区，就开始加速。徐春萍兴致勃勃，不时回头夸小丁舞跳得好。她感叹地说："这里灯光太差，道具、服装也太旧了。要是在城里，你的舞姿会更漂亮。"

丁怡然心里暖洋洋的，嘴里说些客气的话回应。

"我决定了，一定把你调到机关来。"徐春萍探过头来，不待小丁说话，她又继续说，"这个你放心，老叶的工作我来做。我还不信，治不了他。"

丁怡然不好拒绝，只好含糊其词地应着。

渐渐地，徐春萍也感到无趣，便打了个哈欠，睡着了。

轿车在崎岖的山路上奔驰，四周漆黑一片，车灯只能照亮车前一小片地。此时，天上又飘起小雨，简易的公路更加泥泞，借着车灯，可以看到公路左边是陡峭的岩壁，右边是一片荒地。

司机粗野地骂了一句，猛踩油门，轿车以最快的速度向前冲去。丁怡然的身体随着轿车剧烈地抖动，心里充满了恐惧，但她只能紧紧抓住前排靠背，借着车外的闪电，她见徐春萍睡得很沉。

雷鸣电闪之后，倾盆大雨而至。轿车继续在泥泞的山路疾驰。狂风裹挟着急促的雨点，肆无忌惮地砸着车顶，不时还夹杂着山崖掉落的沙石，发出可怕的声响。

丁怡然极力让自己镇静，她多想像徐春萍一样酣然入睡，可哪里做得到。她牵挂着儿子与丈夫，惦记着宣传队的队友。

突然，车顶上传来石块泥沙抖落的声音。丁怡然吓得尖叫一声。司机加大油门，想迅速冲过去。

轰隆一声巨响，巨石砸在轿车后部，整个车动弹不了，连车灯也熄灭了。

徐春萍在黑暗中被惊醒，发现司机正在奋力砸车窗。她推了推车门，才发觉车门已打不开了。徐春萍转身叫小丁，没有应答，只有呼呼的风声与雨水扑面而来。

徐春萍顿时打了个寒战，她一边颤抖地叫着，一边哆嗦着手去摸，却在触碰小丁的肩膀时，感受到了僵硬和黏糊糊的东西。徐春萍尖叫一声，浑身酥软。

最后，徐春萍在司机的帮助下，狼狈地爬出轿车。

两人来到车后，试图推开车顶上的巨大石头，试了几次，石块纹丝不动，只好作罢。徐春萍惶恐地一屁股坐在泥地上。

突然，徐春萍指着远处的灯光，有气无力地说："快去，找人。"

司机冒着风雨，向最近的灯光赶去。

徐春萍用力敲着车体，哭喊着："小丁，小丁，你千万不要死啊。"

风雨无情地倾泻在徐春萍身上，她希望有车经过，但她很快就绝望了。

叶世全半夜得到了车祸的消息，他以为是宣传队的大卡车出了事。直到中午，叶世全带着一丁前往操场，只见，装着丁怡然遗体的大卡车停在操场上，在低沉的哀乐中，所有人哭成一团。

宣传队队长拉着叶世全的手，含着泪说："叶工，我该死。真不该听徐处长的安排，让小丁先走。"

叶世全只觉得天旋地转，头脑一片空白，两腿发软，欲哭无泪。昨天还是活泼可爱的舞蹈家，临走前还说回来教宝宝跳舞。怎么会这样？怎么这么意外？叶世全哀恸不已，跟跄几步几乎跌倒，幸亏有人搀扶。

工会主席叫人把叶世全父子俩领到一边休息，剩下的交给厂工会处理。

叶世全要去见丁怡然最后一面，被工会主席拦住，工会主席把他拉到一边，小声说："巨石砸在小丁头部，她的脸部已经变形。现在化妆师正在处理，等会儿向遗体告别的时候，脸上必须搭上纸。希望你也不要去揭这张纸。让小丁活泼可爱的形象，永远留在你心里。"

叶世全一下愣住了，半晌没说出一句话。工会主席拍着他的肩膀意味深长地说："你懂我的意思吗？你还年轻，日子还长着呢。"

叶世全含泪点头："不给组织添麻烦。"

工会主席拉着他的手说："这与单位无关，以后，你会明白的。"

第二天下午，徐春萍才来。她在小丁的遗像前虔诚地三鞠躬，努力使含在眼眶内的泪水不掉下来。随后她来到叶世全面前，握着他的手真诚地说："世全，对不起，我有罪，罪不可赦。"

其实，事情发生后，一向宠着她的丈夫把她臭骂一通，说她不守规矩，好出风头，这下惹出人命来了，他不管了，自己去收场。一向好强的徐春萍这次不吱声，呆坐在沙发一角，任由丈夫骂。

今天见到叶世全父子，她在众人面前向叶世全致歉。

围观的群众议论纷纷，孩子刚三岁，一家人阴阳相隔，无不唏嘘感慨。

叶世全什么也没说，也什么都说不出，他挣脱徐春萍的手，缓缓回到座位上。

徐春萍知道此刻无论怎样致歉，都是苍白无力的，她抱起一丁，用手绢擦去一丁脸上的泪痕。

一丁睁开眼，见是陌生的面孔，哭喊着要妈妈。一丁嘶哑的哭声揪痛了每个人的心，小徐瞬间尴尬极了。

叶三妹见势不妙，接过一丁，一丁才慢慢恢复平静。

· 06 ·

很快，工会主席安排人接来了小丁的父母。

叶世全见到岳父岳母，痛哭流涕地说："爸，妈，对不起，我没照顾好小丁。"

宣传队的人上来，将二老扶到一边休息，外婆抱着外孙在一边抽泣。老丁拉着叶世全的手说："这是意外，怨不得你……"

叶世全讲了自己曾经找领导求小丁退居幕后，却遭到小丁反对的事。

老丁长叹一口气："你怎么不跟我说？女儿最听我的话。"

叶世全含糊地点点头，安顿好二老。

徐春萍望着小丁母亲怀中的一丁，她产生了一个念头——收一丁为干儿子，来弥补她的罪过，但她明白现在不是谈论此事的时候，只有日后找机会再说。

徐春萍神色沮丧，没有了往日的风采，任凭周边的人指指点点。暮色降临时，叶世全才对徐春萍说："你回去吧。"

小徐看了看叶氏父子，又环视众人，仍没言语。又过了一阵子，叶世全又说："你走吧，我不会怪罪于你。真的。"

徐春萍固执地摇头。

工会主席知道徐春萍与叶世全的关系，更明白小丁之死与她有直接关系，但考虑徐春萍毕竟是上级机关的干部，在这里出了啥情况，厂里也不好交代，于是工会主席再三相劝，请徐春萍到厂招待所休息。

徐春萍执意不去，叶世全只好过来，轻声说："听主席安排，不然，我真生气了，永远也不会原谅你。"

此言一出，徐春萍只好跟着工会主席乖乖地走了。

第二天早晨，徐春萍出现在告别仪式上。她站出来代替三岁的一丁端着丁怡然的遗像。她说："就让我来赎罪吧。"

众人大吃一惊，不知如何处置。

工会主席犹豫片刻，毅然挥手："就这么办吧。"

哀乐奏响，鞭炮点燃，送葬的队伍上了三辆大卡车，徐春萍在车头虔诚地端着丁怡然的遗像。

丧礼结束，叶世全感到心如刀绞，心爱的人就这么走了，为了追寻她的舞蹈梦想，永远地去了。同时，叶世全也为徐春萍捏了把汗。今天徐春萍端着遗像，也不太合适。虽然徐春萍是自愿的，但人家好歹是上级机关的干部。

正想着这些，叶世全回头就见岳父岳母孤独地站在墙角，忙走过去。一夜之间，二老苍老了许多。叶世全劝说道："爸，妈，先回招待所休息一下吧。"

"今天端遗像的是谁？"岳母迫不及待地问道。

叶世全只好从头一一道来，岳母气得咬牙切齿。

岳父把叶世全拉到一边说："我们这就回家去了，不去招待所了。小叶，你安顿好后，来我家一趟，带上一丁啊。"

叶世全忙告诉二老，工会主席有安排，一起吃了中午饭，再派车送二老回去。

"确实好久没跟老朋友聚会啦。但……改天吧。"

"爸，妈，对不起……"叶世全泣不成声地哽咽道。

岳父长叹一口气："人各有命，怨不得人。"

岳母抱着一丁泪水涟涟地说："只是苦了一丁。"

二老临走时，仍然坚持要到厂外乘公共汽车。叶世全无奈，只好将岳父岳母送到车站。望着岳父岳母的背影，叶世全眼里噙满泪水。他暗暗发誓，将来无论怎样，一定要为二老送终。

此后，叶世全和一丁过上了苦日子。每天清晨，叶世全要起床给孩子穿衣、做早饭，而一丁总吵着要找妈妈。

叶世全解释："妈妈到北京跳舞去了，回来给你带礼物。"

"你撒谎，跳舞的阿姨都在厂里，妈妈为什么不在？"

叶世全抱着泪流满面的一丁，只得说些鼓励的话安慰一丁。

对于叶世全来说，最难熬的是漫长的夜晚。他要回家生火做饭；饭后，一边洗碗洗衣，一边陪一丁玩耍；睡前，叶世全要给一丁讲故事哄他睡觉。

叶世全不会讲白雪公主的故事，也不会讲美人鱼的故事，但他会说脑筋急转弯，会做算术游戏，会讲天上地下的很多"为什么"。一丁很快适应了父亲的教育方式，学会了思考问题，也学会了沉默。

若是小丁还在，这个时候他准在书房里查阅资料，复习功课准备职称考核。小丁在外面与一丁做游戏、教跳舞，还不时端来热茶或水果。然而现在，就只剩下他们父子俩。

几个月后的一个星期天，徐春萍专程来看望叶世全父子俩，她不仅给一丁买了几套新衣服，还拿来不少水果糖果。

没有女主人的屋里，东西乱摆放，一眼就看得出来，已经有好几天没有抹屋扫地了。但五屉柜上那幅装在镜框里的小丁剧照，被擦拭得一尘不染。徐春萍暗自叹口气，摸着一丁的脸蛋说："一丁，给我当干儿子好吗？"

"我有妈妈。"一丁跑到爸爸身边，指着五屉柜上小丁的照片说。

叶世全做了三个菜来款待徐春萍。趁老同学在厨房忙碌时，徐春萍继续诱导一丁叫"干妈"。

吃饭的时候，徐春萍试探地问："你对今后的生活有什么打算？可不能苦了孩子。"

叶世全想起前不久岳母也问过这样的问题，当时叶世全说等一丁大些再说。临走时，岳父暗示叶世全，为孩子着想，还是续弦为好。若有不方便时，他们愿意抚养一丁。

叶世全很感动地说："一丁永远是你们的亲外孙。"

今天徐春萍一出现，叶世全就猜出了她的来意，见一丁与她打得火热，心里也高兴，就如实回答："现在挺好的，暂不考虑。"

"你是愿意生活在过去还是未来，都可以，但别亏待了一丁。"

叶世全沉默半晌，没有说话，他看着身边的儿子，心想，会有人愿意当后妈吗？

第四章

·01·

轿车开进庄园的轰鸣声打断了老叶的回忆，只见一丁一家下了车，一丁拎着两大包水果，儿媳牵着一个七岁、一个四岁的孩子向老叶走去。

老叶站起来，高兴地朝孙子招手，让他们连蹦带跳地来到自己身边。老叶摸摸这个孙子的头，牵牵那个孙子的手，心里暖洋洋的。

小孙子伸出手来："红包拿来！"

老叶一怔："什么红包？过年还早呢。"

两个孙子不依不饶，缠着老叶闹个不停。

汪小芸赶紧掏出买菜剩下的零钞，每人给了十元。

小孙子正欲伸手，大孙子叫道："这张小啦，要红色的。"

小孙子立刻也跟着起哄。

汪小芸一摸口袋，没了，正欲开口致歉，这时，一丁走过来，把眼一瞪："都到花园去。"吓得两个孙子到花园玩耍去了，这才让汪小芸心里松了口气。

一丁在老叶面前坐下，他身材魁梧，浓眉大眼，唯一的遗憾是将军肚过早地呈现在父亲面前。

"老爸，阿姨，急着催我上山，出了什么事？"

老叶干咳两声说："好久没尝试你的手艺了……"老叶说着就掏出了菜单。

一丁接过菜单，边看边琢磨："恐怕不单是想吃我烧的菜，肯定还有别的蹊跷。"

一丁的老婆小王趁机抱怨，当着众人的面接连数落一丁：在家从不做饭，吃饭时还横挑鼻子竖挑眼。这个味道不对，那个刀工欠佳。

汪小芸笑道："有小叶这个师傅教你，你的厨艺肯定不错。"

一丁站起来走到厨房，仔细看食材和灶台的锅灶。

"今天是有其他客人要来吗？"

老叶说："就我们一家人。"

"没客人，整这么多菜干吗？吃得完吗？"

汪小芸赶忙说："你爸想今后在这里开农家乐时，请你来主厨。"

一丁一听立马反对，觉得这么好的山庄，办农家乐可惜了。老叶只好将自己的构思和盘托出。

一丁听后连连拍手叫好，调侃道："老爸，你硬是宝刀不老，有创意。但是，请我做主厨，你付得起我的工资吗？我家有三张嘴，要吃的，要穿的。"

大家都笑了。

老叶心里很舒服，大声说："还不快去露露你的本事。"

中午时分，一桌色香味形俱全的佳肴呈现在汪小芸面前，随后，金凤又在每个碟子摆上一丁的雕花。

汪小芸喜形于色，食欲大增，把每样菜挨个儿尝了个遍。她赞不绝口："一丁，手艺不错，还有个公司，真不简单。"

老叶在一旁，虽然不作声，但心里美滋滋的。

下午，两个孙子在水池边追逐，又到花园捉蝴蝶，银铃般的笑声在山庄里回荡，两个小子玩得满头大汗。

老叶站在大楼门前的阴凉处注视着孙子们的一举一动，听着孙子欢快的笑声，他的眼睛湿润了，他悄悄用纸巾擦拭，以免老泪纵横。

这一切都被汪小芸看在眼里。

一丁独自在花园漫步，从一个投资经营者的角度，考察整个庄园哪些地方需要提升，哪些地方需要改造。

思考完毕后，一丁又将老叶夫妇叫过来，一一做了交代。晚饭后，一家人才依依不舍地离去。

老叶两人送一丁一家到大门外，老叶挥动手臂大声喊着"路上慢点儿"。

夕阳余晖映着他充满笑意的脸庞，晚饭时又喝了几口酒，脸色愈加红润。望着远去的轿车，老叶不觉心生感慨。一丁能有今天的作为，全靠他自己拼搏，家里不但没给他任何帮助，反而拖累他不少。

想起往事，叶世全深感内疚。

· 02 ·

汪小芸转身朝庄园内走去，老叶却提出沿着乡间公路散散步。

汪小芸有些诧异，因为那些熟悉的乡民爱叫老叶"上门女婿"，老叶觉得伤自尊，导致老叶一向不愿在附近散步。今天，老叶竟踌躇满志地走在公路上，嗅着晚风中飘散的泥土芳香。

乡民招呼他，问："刚才送的什么人？"

老叶爽朗地回答："我儿子，还有两个孙子。"语气中透着骄傲与自信。汪小芸在一旁赔着笑脸。

走到无人处，汪小芸感叹："两个孙子玩得高兴时，你都快要掉眼泪了。"

老叶停下脚步，说："他们现在过上了无忧无虑的好生活，我想起童年的一丁，他吃了太多苦。我对不起他啊，不然他也不会去当厨师。"

"这不能怪你，一丁现在不是挺好的吗？"汪小芸知道无意中又触及老叶的伤心处，她挽扶着老叶说，"你真是个多愁善感的人，要记住往事如烟，珍惜当下。"

老叶望着远处苍茫的群山。

汪小芸安慰着老叶："叶大哥，别想那些伤心事了。你看，月亮出来了。"

月亮半圆，悬挂在苍茫的群山之上。老叶遥看明月，心里仍在回忆往事。

汪小芸有意转移话题："现在我们的农家乐最关键的是取名字。我觉得带个月字，效果会好些。你说呢？"

老叶抬头眺望天边的月亮，半晌才说："我觉得要有陶渊明的诗句'结庐在人境，而无车马喧'的意蕴。"

"抬头能见山，肯定看得到月亮呀。"汪小芸笑盈盈地说。

老叶拗不过汪小芸，只好说："可以用月字，但要保留陶渊明的意境。"

两人一边走，一边商议庄园的名称，一连想了好多个，都觉得不妥。

汪小芸突然说："近月，远近的近。如何？"

老叶连念几次"近月"，觉得有点味道，便点点头。

汪小芸得意地说："离月亮近，说明山高，自然车马就少了，有陶渊明隐居的意味吧？"

两人越说越有劲儿，不知不觉回到山庄门口。

老叶打量着大门，忽然想起他有个初中同学，虽然成绩不咋地，但毛笔字写得很好，如今成了市里颇有名气的书法家，可以请他来为山庄题字。

老叶想到这里，掏出电话正欲拨号，但转念一想，这家伙平时架子大，以前有人向他讨要墨宝，总是推三推四的，老叶便把手机放回口袋。

汪小芸问："想给谁打电话？"

老叶说出了自己的想法及顾虑。

汪小芸眉头一皱，有主意了："就说给他介绍老伴，有车有房，他肯定会来。"

"介绍谁呢？"老叶一头雾水。

"我看徐春萍和他挺般配的。"汪小芸胸有成竹地说。

"这成吗？"老叶心中无底，徐春萍平时养尊处优，且讲究多，又会算计，就说："你莫乱点鸳鸯谱，惹恼了徐春萍不好收场。"

老叶心里仍有几分不安，徐春萍不仅是他的同学，还与他这个家有千丝万缕的联系，还是一丁的干妈，她的晚年幸福是必须要慎重的。

汪小芸用手指敲着老叶的脑壳说："你这个榆木脑壳，介绍对象是我们的诚意，成与不成是他俩的缘分。"

"懂得起。"老叶抿嘴一笑："你这是醉翁之意不在酒。"

老叶回到家里，立刻给书法家打电话。

书法家姓罗，正独自一人饮酒消愁，得知要给他介绍老伴，很兴奋地表示明天就上山来。

老叶忙说："你别急，我去把女方说妥了，再通知你。别忘了带文房四宝来展示才艺哟。"

老叶又给徐老太打电话。徐老太惊喜不已："哎，叶总，什么时候学会关心人啦？是弟妹的主意吧。"

老叶矢口否认，再三解释，自己一直都关心老同学的个人问题，再加上她是一丁的干妈，他不过问，谁过问。真是情深意长，字字句句令人动容。

徐老太冷笑道："猪鼻子插大葱——装相（象）。这么多年啦，谁不了解谁呀。"

徐老太又矜持一会儿，才漫不经心地说："容我考虑两天再说吧。"

老叶气得要挂电话，话筒里又传来徐老太的声音："叶总，你放心，你的面子，我还是要给的。"

汪小芸不知徐老太葫芦里卖的什么药，就开始琢磨徐老太的话。她突然意识到，徐老太总是叶总前叶总后地叫老叶，似乎二人的关系很特别。

她就问道："叶大哥，她总叶总叶总地叫你，为啥其他同学没这么叫？"

老叶嘿嘿一笑，慢吞吞地说："我以前是总工，她叫习惯了。"其实老叶心里明白，徐春萍叫他叶总，是在暗示他和同学们，他能当总工，有她徐春萍的鼎力相助，但他不愿意揭开这层面纱，所以含糊其词。

汪小芸似乎悟出了弦外之音，她半开玩笑地追问："你这头衔，跟徐老太有关系吗？"

"无稽之谈。"老叶鼻子一哼，"她这是欲盖弥彰，故弄玄虚。"

汪小芸见老叶没有正面回答，又说："不表态，就是承认了。哈哈。"

· 03 ·

第二天上午，罗书法家驾着宝马闯进了山庄。他胸前挂一台进口相机，拖一个拉杆旅行箱，身后还跟着一只硕大的牧羊犬。

老叶夫妇尚未开口，护院黑狗就迎了上去，和牧羊犬你嗅嗅我，我嗅嗅你，摇头转尾，打闹成一团。

老叶接过旅行箱，开玩笑："想不到老罗你如此性急……"

老罗毫不介意，爽快地说："你不是要字吗？笔墨纸砚我全带来了。"

老叶一怔，与汪小芸相视一笑。二人将老罗迎进客厅，先介绍徐老太的情况，然后再提写字缘由。

"二位不缺吃不缺穿，何苦搞农家乐嘛，起早贪黑，又挣不了几个钱。"

汪小芸端来泡好的茶，放到老罗面前说："我们不是一般的农家乐，而是注重个性化服务。客户有什么特别的要求，我们尽可能满足。现在这里已经有幽静的环境了，还需要营造点文化氛围，所以，请您来写字呢。"

汪小芸凑近老罗小声说："其实啊，也不图赚钱。主要是让他动手动脑有点事做，免得一天想太多。你俩是老朋友，了解他的个性，你说对不对？"

老罗吸着烟，听完女主人的话，看了看一边的老叶，只说了句"好主意"便不再开口，闷头抽烟喝茶。

老叶知道老罗是个闷葫芦，三棍子打不出个屁来，就说："老罗，你头次来，我陪你四处转一转。"

老罗答应一声，站起来，冲汪小芸笑笑，随老叶出去了。

汪小芸望着老罗的背影，不觉皱起眉头。这人头发老长，胡子也没刮，衣服皱巴巴的，哪点像相亲的样子？徐老太看得上吗？一个心直口快，有啥说啥；一个闷葫芦，成天打肚皮官司。能在一块儿过日子吗？

汪小芸转念一想，谋事在人，成事在天。好歹拉来见一面，成与不成，是他们两个人的事。于是，汪小芸拨通了徐老太的电话，催她赶快启程。

徐老太在电话中笑着说："弟妹，谢谢你。这么重要的事，我准备一下，最快后天到。弟妹，替我把个关，此人怎么样？"

汪小芸想了想说："人还可以，胖墩墩的，身体健康。"

她本想说是个闷葫芦还抽烟，又怕把徐老太吓跑了，这边交不了差，就模棱两可地说："自己来看，青菜萝卜，各有所爱。"

中午吃饭时，老叶知他老罗好酒，特地拿出一瓶泸州老窖，满满地为他斟上一杯。老罗也不言谢，接过酒杯就喝了一大口，且发出不小的声响。

汪小芸听不得这种声响，浑身起鸡皮疙瘩。她心里骂道，一副穷酸吃相，还是文化人、大书法家，一点都不斯文。

老罗没啥言语，低头喝酒，也不大吃菜。

老叶知他品性，也倒了半杯陪他，没话找话说。倒是坐在一边的汪小芸忍不住告诉老罗，徐老太要后天才到。

老罗抬头朝女主人瞥了一眼，淡定地说："我等她。"

老罗说完又接着喝酒，发觉杯子空了，自个儿抓起酒瓶斟酒。也不与老叶碰杯，独斟自饮。

汪小芸越发懊恼，朝老叶使个眼色，老叶却不理会，依旧热情地劝老罗多吃点。

饭后，老罗要午休。汪小芸去收拾房间，刚收拾完，老罗与牧羊犬就进来了。

汪小芸见老罗把狗也带进房间了，面有愠色。

老罗却说："没关系，在家都这样。"

汪小芸退出房间，嘟囔道："那是你家，这是我家。懂不懂？"

汪小芸向老叶告状。老叶听罢，眯着眼想了一会儿，慢吞吞地说："这是个问题，农家乐开张后，要有这种应急预案。"

汪小芸摆手表示不说这些了。忽然，汪小芸笑了起来。她觉得自己和老叶两人费神费力地办了件蠢事——把八竿子打不着的两个人，硬凑到一块儿，百分之百打水漂。

"这事啊，怕是三十晚上看月亮——没得指望。"

老叶摇摇头："我看未必。"

"那打个赌。"汪小芸兴致勃勃。

两人相视一笑，像小孩一样击掌。

老罗午觉醒来，精神抖擞地拖着旅行箱来到餐厅，坐下，点燃香烟，又把圆桌擦了一遍。

老叶知道书法家要干活儿了，忙招呼老婆泡茶，自己则上前搭把手。老罗打开旅行箱，取出几张旧报纸，老叶就一张张铺在圆桌上。老罗又从旅行箱里拿出笔筒，一大把长短不齐、粗细不一的毛笔、砚台、墨及一瓶墨汁，最后拿出一沓白纸和几卷宣纸，还有两块精美的镇纸石。

老叶帮着将笔、砚台、墨、墨汁、纸张摆放妥当，又往石砚里倒了些墨汁。

汪小芸上前说："我来磨墨。"

老罗一抬手："不必磨墨。"

老罗站在圆桌前，叼着烟，半闭着眼，神色凝重。一支烟吸完了，又续上一支，他忽然一挥手："拿酒来。"

老叶递上酒瓶与酒杯。老罗自斟自酌，他轻轻地呡，浅浅地饮，时而来回踱步，嘴里喃喃自语。老罗忽然搓搓手，抓起笔来，一连写了几幅"近月山庄"，有草书、篆体、正楷、柳体、颜体，问道："二位选中哪一幅？"

老叶和汪小芸两人看得眼花缭乱，觉得哪一幅都好。

老罗也不言语，点燃一支烟，吞云吐雾后，又重写了两张条幅。一条为"众山朝西，山形嵬嵬观近月"，一条乃"一水向东，水势浩荡迎朝阳"。

老叶点头称赞，心中大喜，他知道老罗的字是按寸收费的。好些人抱着钱来，也没讨到老罗的字呢。

老罗踱着步说："过几天，我再给大楼、花园、餐厅、厨房写几副楹联。"

汪小芸好生欢喜，说道："今晚杀只鸡。"

"不必了，等她来了，再杀不迟。"老罗淡淡地说。

汪小芸答应一声，说照大师的意思办。

· 04 ·

晚饭后，三人在葡萄架下乘凉。

西边山头最后一抹晚霞消逝，凉爽的山风带着森林的气息扑面而来。醉醺醺的老罗经山风一吹，格外兴奋，话也渐渐多了，指着老叶说："不错，不错！躲进小楼成一统，管他冬夏与春秋。哈哈。"

老罗自从丧偶后，就不断有人给他介绍老伴。最初，老罗想找个有共同爱好的人，一块读读诗书、写写画画，共度余生。最后，还真让老罗寻觅到这样一位妇人。此人姓李名美玉，出身于文化世家，其父乃当地有名的画家，其夫经营一家字画店，裱糊修复字画。

前几年其丈夫因病去世，李美玉就关了店，剩了一堆字画。老罗和她经人介绍后，一拍即合，但婚后老罗就叫苦不迭。原来李美玉要老罗把字画店开起来。

李美玉说："你每天写两幅字画即可，裱糊、销售我负责。"

老罗心中不悦，他一不善经营，二对画少有研究，一天只会友喝酒。

可奈何李美玉催得急，老罗就只得胡乱写上几笔交差。如此，二人最后分道扬镳。

有了这前车之鉴，老罗再也不找懂书法绘画的老伴了。于是，他找了个化工厂退休的大妈。大妈姓张，对老罗很尊重，照顾得也很周到，可以说是"饭来张口，衣来伸手"，但张大妈认准了一个死理——老罗的字放得越久越值钱。

只要有亲戚来，张大妈就叫老罗写一幅字相送。开始几次，老罗碍于情面，认认真真地写了。可后来，家里隔三岔五就有客人，张大妈厂里的姐妹们都找上门来。老罗有些烦，只好龙飞凤舞地草书几笔，将人打发走。

若老罗借故罢笔，等客人走后，张大妈就会甩脸色给老罗看，不给他洗衣、做饭，还一天到晚絮絮叨叨，数落老罗的不是。

如此三番五次，老罗心也凉了，收拾行囊，准备走人。张大妈却不放行，还大言不惭地说，好赖夫妻一场，要散伙，得留下三幅字画。

听到这里，汪小芸气得叫道："这些人哪懂啥书法，丢人现眼，真是缺了八辈子的德。但你放心，徐姐是老叶大学同学，有文化，坐办公室的。"

老罗一听，心里说，半路夫妻，有退休金就行，千万别找懂书法的。

汪小芸见他愁眉苦脸，知他心有余悸，笑着说："徐姐会把你当宝的。"

月亮爬上屋后的山头，皎洁的月光透过斑斓的葡萄叶泻满长廊。牧羊犬与黑狗也安静地趴在一块儿，享受月光。

第三天中午，徐老太姗姗来迟。老罗自告奋勇地去山下接她。

老罗开车走后，汪小芸担忧地说："能接到吗？两人素不相识呀。"

老叶哈哈大笑："有无缘分就看这一着，这对双方的情商都是一次考验。"

将近一个小时，两人才到山庄。徐老太与上次比大有改观，她烫了短发，一张脸容光焕发，一看就知道刚去美容院做了美容。身穿时尚的夏装，手上拎一个进口的精美小包，俨然一副资深的职场白领形象。

汪小芸一见就叫道："哟，精神焕发。起码年轻了十岁。"

徐老太嫣然一笑："哟，弟妹，你这么一说，我都飘飘然啦。"

老罗一声不响地跟在后面，像是个跟班。

老叶竭力想从两人的面部表情获取信息，来判断事态的变化。但老罗不苟言笑，徐老太的矫揉造作，让人难以捉摸。老叶也懒得问他俩是怎样接上头的，只瓮声瓮气地喝道："开饭了，请二位入席。"

大家入座，汪小芸指着鸡汤说："徐姐，这鸡汤是老罗的一片心意。"

"啥意思？"徐老太停下筷子，"这鸡是老罗买的。"

"不是，不是。"汪小芸笑着讲了杀鸡的来龙去脉。

徐老太微微一笑，对老罗说："你这是借花献佛，不过，还是要谢谢你。"

老罗端起酒杯："是你的面子大。干一杯！"

"哎哟，我不会喝酒。"徐老太娇声说道。

汪小芸和老叶互相瞥了一眼，都知道徐老太这会儿在装纯情，明显有戏。

老叶见老罗的手悬在空中，忙端起酒杯："来，来，为初次见面干一杯。"

徐老太忙端起碗说："恭敬不如从命，我以汤代酒。干，再次谢谢两位主人家。"

老罗依旧喝闷酒，少有言语，这让徐老太反而成了席上的主角。几人聊到山庄的改造，徐老太颇为反对地说："弟妹，这又是你的馊主意？"

汪小芸把徐老太拉到身边，对她一番耳语。徐老太不停地点头，终于明白了汪小芸的良苦用心，随后，徐老太转身对着老叶伸出大拇指，大声说："好，办个高规格的农家乐，有创意。"

席间，徐老太喝了几口鸡汤，赞不绝口。她用湿纸巾轻轻擦嘴后说："我一定要带客人来，包你门庭若市，放心，不会少你一个子儿。"

汪小芸对此不感兴趣，她几次想把话题扯到老罗身上，可总让徐老太引到一边去了。

最后，汪小芸鼓足劲儿说："徐姐，老罗是书法家，他给你介绍没？"

徐老太浅浅一笑："是业余的吧？"

"人家是市协会的理事。"

"如今的社会，这类理事多如牛毛。"徐老太侃侃而谈，"我压根儿不会钓鱼，也是单位钓鱼协会理事，家里渔竿十几套。哎，我提个建议，庄园外有个鱼塘，跟农民搞联营，这些来休闲的人又有了新的项目。"

老叶说："那请你当顾问。"

"好啊。那要分成哟。"

一顿饭，就听徐老太一人高谈阔论。老叶两人插不上嘴，更别提老罗了。不过他也稳得起，该抽烟抽烟，该喝酒喝酒，旁若无人似的。

·05·

饭后，老罗和老叶照例午睡。汪小芸一边收拾碗筷，一边对徐老太说："怎么不到房间去？两人单独聊一聊。"

"着什么急，有的是时间。"徐老太坐在饭桌边胸有成竹地说，"多观察，多了解。不能像小青年一样，头脑一发热，就把自己给卖了。"

汪小芸伸出大拇指夸她："高，实在是高。"

徐老太笑着站起来，问道："弟妹，介绍朋友的馊主意是你出的吧？"

汪小芸佯装生气："怎么说是馊主意呢？真是狗咬吕洞宾，伤老叶的心。"

"我不信。"徐老太语气坚定地说，"我还不了解他？他从来没关心过我。"

"是吗？我怎么没听他说过。"汪小芸有意套她的话。

"说来不怕弟妹见笑。"徐老太喝了口茶，把当初给老叶介绍对象，以及收一丁为干儿子、丁怡然去世之后劝老叶续弦等事说了出来。

汪小芸听老叶提过此事，就说："听老叶讲，那女孩是个跛子，对吗？"

"那女孩去做了腿部手术，活蹦乱跳，跟正常人一样啦。你不晓得，这事弄得我有多被动。女孩父母找我要女婿，我只能在别的单位找了个替补。好在两人一见钟情，丈母娘也特别喜欢女婿。"

徐老太凑过来，神秘地说："关键是不到一年，女婿就从郊县调回市区了。"

汪小芸把碗往桌上一搁，发出咣当的声响，幽默地说："徐姐，你真是功德无量。可惜呀，老叶没这福分。"

汪小芸双手在围裙上擦了擦，说："徐姐，上次你做媒，老叶不领情。这回老叶还你人情，给你说了个大媒。你可不要错过。"

两人哈哈大笑，坐到桌边与徐老太唠家常。

"这老罗多大岁数？"

"好像比老叶小一岁。"

"哪月出生？"徐老太追问道，并用手指掐算着什么。

"这我不知道。"汪小芸随口应道，见徐老太正低头掐算。猛想起那次带同学上山，徐老太也曾向老叶打探她的生辰八字。

汪小芸有心捉弄她，就好奇地盯着她："徐姐，你这灵验吗？"

徐老太似乎觉得如此这般，与自己身份不符，自嘲道："没事玩玩。"

"我结婚时，没讲究这些。"汪小芸煞有介事地说，"结果呢，搞个四分五裂，各走各的。"

徐老太脸上露出几分得意的神情，用教训的口吻说："婚姻是门大学问，讲究阴阳合一，刚柔兼备。叶总与一丁他妈就不够协调。一个钻研业务，长期泡在厂里；一个酷爱舞蹈，愿为艺术献身。"

见徐老太这么说老叶的往事，汪小芸愤慨不已，她讥讽道："看来这生辰八字很重要，还是你自己当面问，免得以后酿出啥悲剧来，我还猫抓糍粑——脱不到爪爪。"

徐老太觉得这话味儿不对，却又无处发作，只好装聋作哑闷头喝茶。

老罗午睡后，在餐厅铺开了笔、墨、纸、砚，又写了几副楹联。徐老太背着手，一边站着，不时点评几句。

"这个柳体不错，这一弯勾漂亮。"

"这草书，真是龙飞凤舞。"

徐老太极力摆出行家的派头。其实，这两天她迟迟未上山，除了烫发美容，就是坐在电脑前恶补书法常识。

老罗见她指指点点，以为她是行家，便把毛笔递给徐老太说："请指教。"

徐老太慌了神，连连后退摆手："不行，不行，我几十年没写毛笔字了，我真的不行。"

汪小芸扑哧一声："原来是弹花匠的女儿——会谈（弹）不会纺。"

"弟妹，不是吹，我肯定比老叶写得好。但我哪敢在大师面前班门弄斧。"

老罗一边收拾东西，一边不冷不热地说："相互学习，共同进步。"

老叶趁机说："你俩到花园去共同进步，这里我来收拾。"

老罗点了点头，看了徐老太一眼，径直出了餐厅。汪小芸轻轻推了徐老太一把，她才扭捏着跟了出去。

老叶瞧着徐老太离去的背影，他的心终于踏实了。

·06·

徐春萍其实出身于普通的码头工人家庭，在家中排行老大，家里供她上大学，很不容易。因此，她从小吃苦耐劳、争强好胜、精打细算，待人接物颇有一套，当然，学习成绩也必须名列前茅，才能当弟弟妹妹的榜样。

徐春萍的第一段婚姻，许多人认为是她削尖脑壳投怀送抱骗来的。她也懒得给别人多解释，这事儿她只对叶世全含含糊糊地讲了个大概。

婚后不久，徐春萍被调进了机关，还生了个女儿。她不仅照顾好了家庭，还对丈夫与前妻的一双儿女关爱有加，深得丈夫赞誉。丈夫去世后，她把财产全部分给了孩子，只留下很少一点儿给自己生活。这让领导和同事都对她刮目相看。

其实，徐春萍乐于助人，总是力所能及地帮助他人。老叶深有体会。

在残酷的现实中，婚姻改变了徐春萍的命运。

晚饭时，汪小芸一直在观察两人的举动。可一个只是对她笑一笑，埋头吃饭，一个只顾自个儿喝闷酒，对老叶的问话也总是简短或模棱两可地回答。

气氛微妙，汪小芸内心凉了半截，只得不停地为老叶夹菜缓解尴尬。

饭后，两人稍坐片刻，就提出要下山，让老叶夫妇始料未及。

汪小芸说："罗老师，你喝了酒，不能开车。"

徐老太立刻说自己能驾车。

汪小芸回头看了看老叶，见他微笑着默不作声，只能眼睁睁地送二人上了车。牧羊犬似乎不太愿意走，但最终在老罗的呵斥声中，不情愿地爬进了后座。

徐老太坐在方向盘前，朝汪小芸做了个飞吻。车子缓缓地驶离庄园。

这时，庄园门外刚好路过几个附近的村民。

"上门女婿，你要开农家乐？"

"恭喜，恭喜，当老板，发大财。"

老叶二人很惊讶，事情还在筹划中，四周农民怎么就晓得了？

汪小芸忍不住问："你们咋个晓得的？"

众人七嘴八舌纷纷道来："你家来的客人，在大门口比比画画，又是照相，又是画图。问他干啥子，他说大门要重修，开农家乐。"

"开农家乐，发大财哟。"

汪小芸哈哈大笑："借各位吉言，开业之时，一定请大家。"

老叶也两手抱拳向村民致谢，那大呼小叫的"上门女婿"声也不刺耳了。

其中一人问："老板，潲水我来承包，可以吗？"

汪小芸看了老叶一眼，说："没问题，只要我不喂猪，潲水包给你。"

又有人说："老板，我来办个生日宴，打几折？"

汪小芸有些兴奋，看了老叶一眼，见老叶沉稳地说："保证比镇上便宜。"

老叶二人欢欢喜喜地送走了村民，汪小芸有些激动，说："安逸，还没开张，就当老板了。"

老叶也感叹："看来，开弓没有回头箭了。"

这时，汪小芸却突然骂道："早知如此，老娘就不该去白忙碌这两天。"

老叶只是意味深长地一笑。

"不明不白？成了。"

"我看不出来是对上眼了。我看是搞砸了，两个都不好意思待在这里。"

老叶不与汪小芸辩解，只说了句："骑驴看唱本——走着瞧。"

回到家里，老叶正在欣赏老罗留下的条幅。汪小芸亲热地坐到老叶身边，讨好地说："来，说一说你与第二任老婆的初次见面，有这两位浪漫吗？"

老叶顺手搭在汪小芸肩上，与方校长经历的一幕幕情景瞬间浮现在眼前。老叶这才发现，自己内心深处的伤疤还是没有愈合。老叶叹了口气，抚摸着汪小芸的秀发认真地说："很朴实，却难忘。"

汪小芸本欲以柔克刚，听听叶大哥的曲折浪漫故事。猛见老叶动了感情，两眼已噙满泪水，晓得触碰了叶大哥的伤心处。想起当初曾有约定，相互不打探对方的过去，忙不迭地道歉："对不起，叶大哥，我再也不问了。"

汪小芸依偎在他怀里，能感觉到他的心在强烈地跳动。她知道老叶是个有情有义的汉子，也知道老叶经历了人生的各种磨难。但具体发生了什么她还不知道，至少还不完全了解老叶的内心世界。

这一夜，老叶失眠了。汪小芸的好奇心，搅乱了老叶已经平复的内心。漆黑的夜里，老叶躺在现任妻子的身旁，却始终忘不了那已逝去的岁月，始终忘不了与曾经的家人相处的朝朝暮暮。

第五章

· 01 ·

老叶清晰地记得第一次见到方校长的情形。

那是个初春的下午，他被同事老刘硬拽上摩托车，朝县城驰去。因为老刘的老婆是县供销社的主任，托了熟人才给叶世全介绍到一个合适的对象。

叶世全一听对方是位三十出头的未婚妇女，还是小学校长，忙叫老刘停车，说自己不去了，去了也是竹篮打水一场空。

老刘在前边大声说："你跑了，我回去咋交差？兄弟，雄起。"

老叶思索片刻，最终还是去了老刘家。

他们到老刘家时，女方已经到了。老刘一家便找借口出去了，剩叶世全与女方二人留在屋子里。

叶世全偷偷打量对方，见对方齐耳短发，戴一副小巧的方框眼镜，穿一件浅色风衣，里面是件浅花套装，俨然一副知识分子派头。

叶世全自惭形秽，想迅速结束这场相亲，便打个招呼就说："你怎么叫这个名字？真是非常男性化。"

方秋实抬头平静地说："老爸取的，春华秋实，就是希望我做一个品德高尚的人，做一个有用的人。"

不理解她这个名字的人多得数不尽，但见面就问的，叶世全是第一人。方秋实不由得多看了对方两眼，见魁梧的叶世全，身穿脏兮兮的工作服，仍遮掩不住他的英俊。可他那过长的头发，满嘴的胡茬，却折射出了生活的无奈。

方秋实摘下眼镜，一边擦拭，一边漫不经心地说："我这个名字，是上了书的。你在《三国志》上查一查。"

叶世全忙换了个话题问："令尊何处高就？"

方秋实笑了，露出洁白的玉齿："你是学理工科的，说话怎么酸溜溜的？"

叶世全像挨了一闷棍，一时无言以对，他脸色骤变，眼神左顾右盼，希望老刘回来救场，但屋内安静得可怕。

方秋实看到叶世全的狼狈模样，主动问道："今天是下了班过来的？"

"今天下车间。"叶世全松了口气，回答道，"刚下班，还没到家，就被老刘拖到这里来了。"

方秋实扑哧一笑："你不是还有个小男孩吗？"

叶世全心里一颤，故作平淡地说："孩子么，这会儿还在幼儿园。"

方秋实忽然站了起来，说："还愣着干吗？走吧，去看看孩子。"

方秋实这句话，让叶世全猝不及防。女方主动提到小孩，说明是有心有意者，他瞬间对方校长提起了兴趣，对刚才的冒失行为懊悔不已。

但他也来不及多想，找老刘要来车钥匙，载上方秋实就走了。

老刘以为他俩到河边去兜风，感叹道："知识分子，就是浪漫。"

老刘老婆惊讶："怎么搞的，都走了？"

老刘得意地说："老婆，你真行。他俩骑摩托车兜风去了。"

老刘老婆睁大了眼睛："这也太快了点吧。"

她低头细想，悟了点门道来，便招呼老刘开饭了。

叶世全驾驶摩托车穿街过巷，心里又是懊悔又是纠结自己的家庭状况。

突然，方秋实拍了下他的肩膀："停下，快停下！"

叶世全一踩刹车，把摩托车停在路边。他的第一反应是，女方可能后悔了，他心里有一丝凉飕飕的感觉。

方秋实快步进了一家面包店，拎了一盒蛋糕出来，对叶世全说："给孩子的。"

叶世全松了口气，继续启程。摩托车在崎岖的山道行驶，方秋实在后座一只手紧紧抱住叶世全，另一只手拎着蛋糕。她从没坐过摩托车，车速很快，山风迎面扑来，她感到兴奋和刺激。

到了幼儿园时，一丁正在看画报。他见爸爸身后有位阿姨，主动上前叫道："阿姨好。"

方秋实很兴奋，摸着一丁的头说："好乖的孩子，看阿姨给你带什么来了。"

一丁接过蛋糕一看，高兴地跳起来。可他拿到嘴边闻了又闻，又递回

给方秋实。

方秋实问："不喜欢吃吗？"

"蛋糕应该在生日那天吃，再过三天才是我的生日。"

"蛋糕放不得。三天后，我再送你一个生日蛋糕。"方秋实解释道，并拿出一块蛋糕递给一丁。

"好耶！"一丁拿着蛋糕，兴奋地吃起来。

方秋实抚摸着他的脸蛋，两人就这样熟悉起来。

带着一丁和方秋实离开幼儿园，叶世全准备请方秋实到餐馆就餐，但方秋实坚持在叶世全家随便吃点儿。一来，她不愿给对方带来太多的麻烦；二来，她也还想多了解了解叶世全和他的家庭。

当初，第一次听说叶世全的情况时，她就有点儿动心。她明白，女人随着年龄增大，选择婚姻的范围就小了。二十几岁，她可以挑；三十几岁，她只能捡。现在能遇到这样一个稍稍满意的人，机会非常少了。她十分珍惜。

令她惊喜的是，孩子懂事又讨人喜欢，一下拉近了她与这个家庭的距离。

最后，叶世全煮了热气腾腾的面条，他们一边吃，一边闲聊。一丁坐在桌边，微微仰头，一会儿看看爸爸，一会儿看看陌生的阿姨，一双明亮的眼睛忽闪忽闪的。

方秋实读懂了一丁的眼神，那纯真的神情中，有几分渴望，有几分期待。

晚上，叶世全叫一丁睡觉，一丁说什么都不肯，非要和方秋实玩。

方秋实只好带着一丁洗脸、洗脚。一丁两只小脚欢快地拍打着盆里的水，水花飞溅到地面，溅到方秋实身上。她板着脸佯装生气："淘气鬼。"

一丁嘿嘿地笑着，露出刚长的虎牙。小屋里洋溢着久违的欢乐。

等一丁睡着后，方秋实才从卧室里出来。

方秋实准备与叶世全好好谈一谈，可叶世全第一句话就是："我送你回去。"

方秋实有些失望，满腹怨气却无处撒，只好跟着上了摩托车。

崎岖的山路上，夜风袭人春寒未尽，她不由得紧紧搂住叶世全，把脸紧贴在他背上。叶世全感觉到方秋实的恐惧，因为她的双手紧紧箍住他的腰，叶世全减缓了车速。月光照着乡间的公路，寂静的村庄偶有灯光，山林在微风中发出阵阵声响。方秋实偷偷地舒了口气，觉得这人粗中有细，也善解人意。

"一丁他妈怎么去世的？"方秋实问道。

"车祸。"叶世全答道，随后补充，"半夜回家，遇上垮岩，被砸死了。"

方秋实把叶世全抱得更紧了。

叶世全说："你放心，不是这条道。"

叶世全讲述了事故的大致经过，最后深情地说："我真该陪她一块儿去演出。我还没有静下心来欣赏她的舞姿，她就走了。"

方秋实大为震惊，因为介绍人只说了丧偶，见叶世全还沉浸在悲伤之中，忙说："对不起，惹你伤心了。"

摩托车又疾驶在崎岖的山路上，方秋实把叶世全抓得更紧了，她意识到这是位重情重义的男人。

叶世全把方秋实送到楼下，拒绝了她请他上楼坐一会儿的邀请。最后叶世全留下了办公室的电话，两人才结束今天的相亲。

回程时，叶世全到老刘处打了个招呼，叫他明天乘早班车回厂。

老刘揉着蒙眬的睡眼问："咋样了？"

叶世全也不回答，一踩油门，一溜烟似的走了。

· 02 ·

第二天早上，叶世全给一丁热了杯牛奶，加上两块蛋糕，就把一丁打发了。一丁吃得很高兴，问爸爸："阿姨呢？"

"走了。"

"她会再来吗？"

叶世全摸摸一丁的小脑袋说："你希望她来吗？"

一丁一个劲儿地点头，期待的目光无比强烈。叶世全什么也没说，此刻他脑子一片空白。对方是黄花闺女，还是一校之长。自个儿呢，中年丧妻，拖着个快四岁的小孩。工作呢，厂名好听，牌子大，却在山沟里。

叶世全蹲下问道："昨晚来的阿姨好吗？"

"好！"一丁说，"她还要送我生日蛋糕。"

"没出息。"叶世全揪着他的小鼻子说，"一盒蛋糕就把你收买了。"

叶世全转身欲走，一丁却说："爸爸，你还没回答我。"

叶世全做了个无可奈何的手势："小孩不要过问大人的事。懂吗？"

三天后，叶世全刚在办公桌前坐下，就有人喊他接电话。当年全厂一个总机，再由总机连接各车间部门，叶世全得去科长办公室接听电话。

当初，叶世全以为没戏，就只留了厂里的电话。现在，他得避开同事的目光，低着头，在众目睽睽下接电话。

叶世全拿起话筒，说了声"你好"，那边就传来方秋实的声音："叶世全同志，一丁的生日蛋糕我准备好了，请你下班后跟我一起拿回去。"

方秋实说完，电话就挂了，只剩叶世全握着话筒发愣。

科长看着叶世全的样子，觉得蹊跷，忍不住问道："什么人给你下指示？"

叶世全犹豫了一下："为一丁过生日的事。"

科长听后哈哈大笑。

其实，叶世全并没有给一丁过生日的打算。原本只想带着一丁去外公外婆家吃顿饭就完事，没想到半路杀出个程咬金，要为一丁过生日。

是顺水推舟，还是婉言谢绝呢？若要征求一丁的意见，他早就惦记着方阿姨的生日蛋糕了。叶世全想来想去不得要领，就给徐春萍打了电话。

徐春萍一听，乐呵呵地说："好事啊。既然人家主动提出送生日蛋糕，那言外之意，还不明白吗？你这个大傻帽儿。我是一丁的干妈，我也来。"

叶世全一听，立马后悔给她打电话，可电话那头还在热情地说："地点嘛，我看在公园比较合适。"

等叶世全两父子下午赶到时，方秋实已经到了。她撑着浅红色的太阳伞，拎着一盒生日蛋糕，依然是穿着风衣，脚上一双浅跟皮鞋。

一丁蹦跳着迎上去，嘴上嚷着："方阿姨。"

两人刚寒暄几句，徐春萍领着女儿萍萍就到了。她老远就招呼一丁。方秋实以为徐春萍是叶世全单位的，下意识地用太阳伞遮掩住脸。

徐春萍走到二人面前，不待叶世全开口，徐春萍就主动说："你是方秋实方校长吧？我叫徐春萍，和叶世全是大学同学，还是一丁的干妈。"

正当方秋实心生疑惑时，徐春萍朝叶世全喊道："你一个工程师，没一点绅士风度，快把蛋糕接过去，怜香惜玉，懂不懂？"

叶世全赶紧上前一步，憨笑着接过蛋糕。几人朝公园里走去。

一丁和萍萍追逐着，跑在前边。叶世全提着生日蛋糕跟在后面。

徐春萍主动接过方秋实的伞说："我俩聊一聊。"两人有说有笑起来。

到了一座凉亭，待叶世全到来，徐春萍就说："你们慢慢聊，我带孩子们玩。"说完朝叶世全使了个眼色，便离开了凉亭。

艳阳当头，温暖的风带着花的气息扑面而来，四周绿树红花，映衬着凉亭的简朴，叶世全见四根石柱间有石砌的长凳，便邀请方秋实坐下，自己坐时，却离得有一米左右远。

忽然，有几个冒失青年闯上凉亭，见一男一女，便扮个鬼脸，落荒而逃。

方秋实找了个话题，说："徐姐这人挺好的。你什么也不告诉我，徐姐十分钟，就把你说透了。"

叶世全不好意思地笑了，搓搓手说："别听她瞎说。"

"我要听一听你的意见。"

"我没意见，只怕委屈了你。"叶世全诚恳地说。他也没抱多大希望，感觉自己像个蹩脚的球员，随时会被赶出赛场。

方秋实扑哧一笑："我挺喜欢一丁的。"

叶世全激动地点点头，心情舒缓了许多。他掏出手帕擦额头的汗水。

不料方秋实狡黠一笑，又提出一个尖锐的问题："普通同学好到做孩子的干妈，看来你与徐姐关系不一般。而且八字还没一撇，你就通风报信了。"

叶世全顿时紧张起来，额头冷汗直冒，刚过了小孩关，又冒出个干妈的事来，真是祸不单行。只怪自己不严谨，不该过早告诉徐春萍。他只好将前妻遇难的前因后果讲述了一遍。

方秋实听后惋惜地叹了口气。她明白，徐姐好心酿成大错，以后所做的一切，都有赎罪的意味。同时，方秋实也隐隐约约了解到徐姐这个人，若将来她和叶世全组成新家，徐姐肯定经常会来指手画脚。

太阳快当顶了，气温闷热。叶世全掏出折扇，不停地扇着，凉风多半冲着方秋实。

方秋实很惬意，微笑着享受扑面而来的微风，她想起介绍人的话："结过婚的男人，会疼女人。"

她下意识地朝叶世全的方向挪动身子，这让叶世全倍受鼓舞。

二人正谈得高兴，徐春萍回来了。她见二人满面春风，明白二人有戏，就赶紧招呼大家到公园餐厅吃饭。

到餐厅时，早已人满为患，好不容易觅到张桌子，还得自己收拾收拾。一丁跑得满头大汗，钻进方秋实怀里，他一心念着生日蛋糕，方阿姨、方阿姨地叫个不停。

徐春萍笑道："一丁，有了方阿姨，就忘了我这个干妈了。看，给你买的新衣服。"说着，徐春萍从包里拿出一套蓝色童装递给一丁。

方秋实正用手绢给一丁擦头上的汗水。

"我不要衣服，我要吃蛋糕。"

一丁的话，惹得邻桌的人都笑了。

叶世全见到这一幕，找到了家的感觉，心里热乎乎的。他快速打开蛋糕盒，一丁和萍萍便欢呼雀跃地围上来。叶世全问两个孩子："蛋糕是谁买的？"

"方阿姨。"

"我们吃到蛋糕，该怎么表示？"叶世全进一步问。

两个孩子大声说："谢谢方阿姨！"

徐春萍觉得少了什么，便叫来服务员，要了一瓶红酒，又添了三个菜，其中有孩子酷爱的卤菜拼盘。

徐春萍一边斟酒一边说："现在宴席上，女士们流行喝红酒，美容养颜。"

三人碰杯后，徐春萍故作严肃道："今天这顿饭，我请客。今天又是一丁的生日，干妈付款理所当然。"

徐春萍又替二位斟酒，她意味深长地对方秋实说："酒是催化剂，常言道，酒不醉人人自醉。"

席桌上，就她喋喋不休，叶、方二人都插不上话。

临别之际，徐春萍把方秋实拉到一边，向方秋实要办公室电话。方秋实明白徐春萍又要掺和，心里有一丝不悦，但还是微笑着告诉了她。

徐春萍与萍萍离开后，叶世全与方秋实才有了一种轻松感，两人相视一笑，只听一丁欢叫着："方阿姨，给我讲故事吧。"

"好的，中午太热了，这样吧，干脆到我家去？"方秋实弯腰摸着一丁的头，抬头看着叶世全。

叶世全拎着半瓶红酒，脸上红红的。他平时很少喝酒，一喝就上脸。听方秋实这么一说，他竟仗着酒力点头同意了。

·03·

汪小芸翻了个身，压到了老叶的脚，打断了老叶的回忆。老叶感觉眼角湿润，用手背擦了之后，又眨了眨眼，努力使自己清醒一点。他忽然想吸烟了，却忘了都戒了这么多年，屋里哪会有烟。

那年冬天，叶世全与方秋实正式结婚了。他们在县城办了几桌，请的客人大部分是叶家人，方秋实这边一个娘家人也没有。因为其父母早些年就被接到了外地哥哥姐姐家，但他们都发来热情洋溢的贺信，并有不菲的礼金。

徐春萍自然是少不了的。自从方秋实给徐春萍留了电话之后，二人常通话，很合得来。因此，徐春萍还想多邀几个同学，却遭到叶、方二人的反对。

春节期间，叶世全想带着全家去一丁外公家。叶世全探询方秋实的态度，没想到方秋实大度地说："孝敬老人，应该的。"

叶家三人的到来，让丁家有了几分节日的气氛。一丁亲热地扑到正在厨房忙活的外婆怀里，脆生生地说："外婆，你看，妈妈给你买的礼物。"

外婆百感交集，强忍住激动的泪花，偷偷问："她骂没骂你，打不打你？"

一丁歪着头说："妈妈不骂我，不打我，天天给我讲故事，还教我识字呢。"

外婆深情地抚摸着一丁的小脑袋，看到外孙白白胖胖，红润的笑脸，心里有几分欣慰，但心底深处仍有忧虑：有些女人没有孩子前，对丈夫的子女呵护万般；一旦有了自己的孩子，就不能一视同仁了。

外婆暗自叹息，不免想到逝去的女儿，掉下辛酸的眼泪。

方秋实进来拉着她的手，真切地说："以后我就是你女儿，有啥活儿我来做。"

外婆仔细打量着方秋实，嘴里一个劲儿地说："好……好……"

方秋实见锅里的水烧开了，就赶紧把早已搓好的汤圆放进锅里，又从碗橱里取出碗筷。

"一丁，数一数，有多少个碗？"

一丁歪着头，伸出小指头："一、二……五。"

"正确，鼓掌。"方秋实拍手鼓励。

外婆在一旁，见两人十分亲近，默默地祈祷，但愿永远如此。

客厅里，翁婿正品茗叙家常。叶世全欲解释再婚的事，刚一开口没说上几句，老丁把手一挥："小叶，不用说了。我早知道了。"

老丁抓起烟盒，点燃一支烟，说："这媳妇不错，听说还是个校长。"

叶世全点点头，他明白，工会主席已经告诉老丁了。他看看桌上的烟缸满是烟头，见老丁又点上了一支烟，就诧异地说："爸，我记得你不抽烟。"

老丁苦笑一声："以前在部队也抽，你若不信，去问老赵。到了机关后我才把烟戒了。这不是苦闷嘛，心里憋得慌。"

叶世全低下头，又开始在内心责备自己：为什么没有在小丁生了一丁后，说服她退出宣传队，酿成大祸，殃及父母，给他们的晚年蒙上一层阴影。

叶世全说："下次给你带条好烟来。"

老丁豪爽地说："这点烟钱，我还负担得起。你们能来看我们，我们就知足了。"

"都是我的错，我没有保护好她。"叶世全痛苦地说。

老丁扔掉烟头，平静地说："你也别自责了。我的女儿，我清楚……"

随后，老丁告诉叶世全，他们准备回山东老家度晚年。

叶世全知道老家没啥亲人了，回去连住房也没有，就劝道："爸，这样吧，二老退休后，就搬到县城来，我和小方还有一丁来照顾二老。"

老丁微微一笑，抽出一支烟，看看昔日的女婿，又朝厨房瞟了一眼。叶世全明白老丈人的意思，正欲解释，却被一丁的欢叫声打断。

"吃汤圆啰，吃汤圆啰。"

热气腾腾的汤圆烘托着团圆的氛围。大家正低头品尝汤圆，突然，外婆说："一丁，你还没给外公外婆拜年呢。"

一丁抬头看了妈妈一眼，得到鼓励的眼神后，就在外公外婆面前端端正正地跪下，大声说："外公，外婆，祝二老身体健康，万事如意。"

外婆拿出早就预备好的鼓鼓的红包，塞到一丁手里，声音颤抖地说："乖孙孙，这是外公、外婆给你的压岁钱。"

一丁从来没有见过这么多钱，他兴奋地跑向方秋实，嘴里叫道："妈妈，好多钱。"

方秋实说："还不快去谢谢外公外婆。"

一丁转身回去，又跪下大声说："谢谢外公外婆！"

老丁忙说："不用跪了，傻小子。"

小宝贝是生活的调味剂，让一家人发出欢快的笑声，充满了温馨与欢乐。

突然，方秋实发现客厅一侧有张小丁的剧照，忍不住说："一丁，快看你妈妈，好漂亮啊。"

外婆提议道："咱们午饭之后，去拍张照片纪念一下吧！"

大家都欣然答应。午饭后，一家人就高高兴兴地跨进照相馆，却在缴费处出现了一段小插曲。本来方秋实准备掏钱，却被老丁拦下，说他来付。两人争着给钱，弄得营业员不知该收谁的。

叶世全拉住方秋实说："让老爸破费吧。"

老丁交了钱，心头越发舒畅，揪着一丁的小脸蛋说："走，照相啰。"

到吃晚饭时，一家人才乘兴而归。

路上邻居招呼："老丁，女儿女婿来拜年啦。"

"哟，老丁，过年团圆真幸福啊。"

老两口愉快地答应着，脸上露出久违的笑容。

· 04 ·

老叶在很长时间都在思考一个问题，堂堂一校之长，为啥会嫁给他一个山沟里的知识分子，而且还是带着一个小男孩的丧偶男人。

只有方秋实自己知道。出生在一个知识分子家庭的她，对爱情与婚姻有她自己独特的理解：不是白马王子绝不嫁。

这些年，她从一个下乡知青到县城的小学校长，虽然外表看起来是个很有威望的人，但当她回到寝室掩上门的时候，总觉得很孤独。

她不是没有人追，相反，她身边不乏追求者，有教师、乡村干部、区县公务员……但她一个也看不上，问她原因，她也说不清楚。渐渐地，人们觉得她高傲，欲追求者也望而却步。

因此，一过而立之年，四方的流言蜚语扑面而来，让家中父母视其单身为心病，不断联合家里的大哥、二姐来信催促。

她也着急，可还是不愿意妥协。这时，叶世全出现在她的视野中。

在改革之初，工程师是一张响亮的名片，再加上可爱的一丁助攻，两人的恋情就很容易被催化。随着时间的流淌、朝夕相处的婚姻生活，叶世全逐渐深入方秋实的内心世界。

后来，叶世全才了解到，方秋实的哥哥姐姐都在科研部门工作，常年难有封家书。但哥哥姐姐都疼爱幺妹，知道她在乡村当教师，常有包裹寄给她，里面什么都有，书籍、布料、罐头、衣服、葡萄干。

方秋实常说，她是家里最不争气的一个，当了个孩子王。关于哥哥姐姐，方秋实虽然不知道他们具体在做什么，但他们是在为国家建设努力。她为哥哥姐姐感到骄傲。

叶世全问方秋实，他们在哪里工作，方秋实只知道在 ×× 信箱。

叶世全惊讶地说："我在 ×× 信箱干了三年。"

方秋实听了也很惊讶。她央求叶世全讲一讲那神秘的 ×× 信箱的情况，却被叶世全一句"有纪律，不能讲"回绝了。

方秋实像个顽皮的小孩，抱着叶世全的颈项："那就说说不属于保密范畴的吧，这总可以吧？"

"里面的一草一木，都属于保密范围。"叶世全坚持说。

方秋实饶有兴趣地说："你待了三年，见到过我哥吗？他高大英俊，块头儿跟你差不多。"

叶世全眼前浮现出当年的许多人和事，一幅幅平常却又震撼心灵的画面。也许在一块儿听过报告，可有几百上千号人啊，各自匆忙地奔向自己的岗位；也许打篮球、踢足球时曾在一块儿，却没法询问球友的姓名；也许……

"你哥是学什么专业的？"叶世全反问。

方秋实摇头："大学是学物理的，后来研究什么材料学。"

叶世全老实地说："那里人太多，也许……"

方秋实兴奋地跳起来，按住叶世全的鼻子说："哈哈，你泄密了。罚你帮我整理一下我哥姐给我的嫁妆。"

说完，方秋实就带老叶去见识了大皮箱的庐山真面目：有毛毯、双人床尼龙蚊帐、印花床单、雪花呢大衣、各式衣裳及长短裙子，还有十几段质量上乘的布料，大部分都是她哥哥姐姐历年寄给她的。

方秋实拿出一段浅红色绸缎说："这是大哥大嫂送我的，真正的杭州货。本来是两段，我最好的朋友结婚，送了她一段。两段一模一样。"

叶世全打开绸缎一看，不觉叫出声来："好精美的图案，少见，少见。"

浅红色的底面绣着金黄色的凤凰，四周纹饰相得益彰。叶世全爱不释手，问道："那一段送谁了？多可惜。"

"好姐妹呗。人世间，友谊很珍贵。我看出来了，你是个小财迷。"

叶世全嘿嘿地憨笑，心里羡慕那位能和妻子要好的新娘。

"亏不了你。"方秋实说着从皮箱里拿出几段布料，仔细斟酌道，"这块灰色的，给你做裤子还可以。这块蓝色的，给你做套西装吧。"

叶世全有点受宠若惊，不好意思地说："你也添几件衣裳吧，我出钱。"

方秋实娇媚一笑，拍拍大皮箱说："别花冤枉钱。以后的日子还长着呢。"

"那剩下的布料怎么办？"

方秋实早有安排，给一丁留着，等他上中学了，做几身像样的衣服，给自己增光。叶世全从心里感谢方秋实的周全。

婚后的方秋实是幸福而满足的。她有一种归属感，就像跋涉很远的客车，到了站；就像远涉重洋的海轮，归了港。

方秋实的脸蛋渐渐红润了，皮肤比以前更细腻白皙了。她自嘲道："哎呀，家里伙食开好了，我都发胖了。"

叶世全摇头。方秋实赶紧追问了一句："还有啥子原因？"

叶世全笑而不语，方秋实靠近央求道："说嘛，说嘛。"

叶世全对她耳语："爱养颜。关键是我的出现。"

方秋实脸庞瞬间绯红，她紧紧靠在叶世全胸前。

新的生活，叶氏父子都感到温馨甜蜜。最幸福的是一丁，他早已改口叫方秋实妈妈了。方秋实逢人便说："我赚大了，结婚就有个胖小子。"

一丁上小学时，方秋实分到一套两居室，一丁就到她所在的学校读书了。叶世全也像老刘一样，成了早出晚归的人。

每天，方秋实和一丁就早晨一道出门，黄昏一同归来。方秋实在厨房做饭，一丁就在客厅写作业。

他被一道应用题难住了，就歪着头叫："妈妈，快来哟。"

方秋实一边在围裙上擦手，一边跨进客厅："一丁，有什么事？"

"这道题，做不出来……"一丁满脸疑惑地望着方秋实。

方秋实看着一丁小手指着的题，明白这是今天讲课的新知识。因为一丁的缘故，她对教学进度、学生状况了如指掌。但她在意的不是一丁会不会做，而是一丁已经有两三次遇到不会做的题就唤妈妈，这可不是好兆头。

她严肃地说："一丁，你一遇上困难，就叫妈妈。以后在考场上，将来在工作中，遇见困难你叫谁呀？"

一丁低下了头，妈妈从来没有这么生气过，心里惴惴不安。

方秋实见一丁面有愧色，便温和地说："你先想想老师是怎么讲的，再看看书上的例题是怎么做的。一步步搞清楚，这道题就迎刃而解了。"

方秋实说完就回到厨房，一边干活，一边偷偷观察一丁的动静。

过了一会儿，客厅传来一丁兴奋的喊声："妈妈，我做出来了。"

方秋实脸上露出了喜悦的微笑，她趁热打铁，摸着一丁的脑袋说："你是男子汉，有困难，要学会自己解决。你看看，你一认真，难题就不难了嘛。"

这一幕刚好被叶世全撞上。他向妻子投去赞许的目光，就到厨房干活儿去了。他想让妻子多陪陪孩子，因为妻子的教育方法，对一丁的成长很重要。

他心中更欣慰的是，有方秋实这样的好妻子，视一丁为己出。

第六章 ☾

· 01 ·

方秋实的肚腹渐渐凸现，很快，亲朋好友都送来祝福。方秋实的父母更是来到家中，对高龄产妇的女儿千叮咛万嘱咐。

这也是叶世全第二次见到老丈人和丈母娘。他们一点教授的架子也没有，不断地夸叶世全："后生可畏。"

丈母娘觉得女婿有专长，人又厚道，夸女儿的选择没错，自己当娘的也可安稳睡觉了。方秋实把一丁的事也一五一十地告诉了父母，方家父母也非常心疼这个外孙。

临走时，丈母娘还掏出五百元钱硬塞给叶世全。

"这给一丁吧，做身好衣服。我也算半个外婆吧。"

叶世全只好帮一丁收下，同时心中感慨自己何其幸运，能找到这样的家庭，再拥有这样好的妻子，以及即将到来的新孩子。

不久后，方秋实如愿以偿生下一个女婴，取名叶春秀，小名秀秀。

这时，叶母已退休，自告奋勇要来照顾方秋实母子。老人家人勤腿快，杀鸡宰鸭，炖汤熬粥，缝补浆洗样样能干，把他们一家照顾得舒舒服服的。不仅坐月子的方秋实发胖了，连叶世全、一丁也跟着享福。

但过了半岁以后，方秋实渐渐看出了秀秀的异常。

她只会啼哭，还不曾说话，眼神也比其他婴儿少些灵气，多些呆滞。

方秋实将自己的猜想告诉了叶世全，可叶世全只觉得是孩子说话晚，方秋实太敏感。

叶母也愤愤不平地说："莫要神经兮兮的，找些歌来唱。我住的那条街，张二娃三岁才说话，现在上中学了，成绩数一数二的。"

叶母抱着小孙女，在屋里来回踱步，嘴里哼着古老的摇篮曲，她把全部的爱倾注到秀秀身上，不允许任何人说孙女半点不是。

这样又过了两月，直到方秋实实在放心不下，带着秀秀到儿童医院检查，事情才真相大白。秀秀被初步诊断为神经系统发育不健全，疑似智障儿童。虽然医生说，孩子尚在发育期，一切皆有可能，但智力会停留在十岁左右。

方秋实拿着诊断书欲哭无泪。医生的话，极为委婉，但仍给了她一线希望。

叶世全接过诊断书的那一刹，痛苦与绝望交织在一起，他沉默良久，坚定地说："到其他医院去再做检测，哪能相信这一家医院。"

两人请假专程去了省城的几家大医院，结论基本一致。

回家的夜班火车上，乘客稀少，人们迅速找好座位，放妥行李，各自休息，车厢倒显得冷清。叶世全挑选了一处安静的地方，方便方秋实给秀秀喂吃的。

秀秀半岁时，方秋实就给她断了奶，她能吃能喝，就是反应有些迟钝。

方秋实将孩子哄睡后，疲惫感一下涌了出来，几乎一整天没吃东西，现在靠着座椅也是昏昏欲睡。见此，叶世全接过熟睡的秀秀，放在背风的位置。

窗外风声呼呼，近处的灯光一闪而过，远处是一片漆黑与寂寞。叶世全没有心思欣赏沿途的夜色，因为妻子正靠在他肩上恹恹欲睡。

列车在隧道中发出的巨大轰鸣声惊醒了方秋实，她见叶世全还没入睡，便伸直腰问道："你怨我吗？"

"为什么怨你？"

叶世全说着抱住了方秋实，感觉她在微微颤抖。他关切地问："冷吗？"

方秋实摇摇头，她是内心惶恐，怕叶世全怪罪于她。秀秀生病的消息，他们全家都守口如瓶，但婆婆的眼神，还是让她觉得自己是罪人。

叶世全拍拍她的肩膀，尽量轻松豁达地说："面对现实吧，既然秀秀来到我们家，就是我们家庭的一员。无论怎样，我俩都要尽到父母的责任。"

尽管叶世全的心情也很糟糕，但在情绪低落的妻子面前，他必须坚强。他用轻松的口吻讲了好些明星家庭也有智障小孩。最后，叶世全摊开双手，耸耸肩，模仿外国电影中的人物说："尊敬的夫人，非常遗憾，人类还没有找到治疗这种疾病的灵丹妙药。"

方秋实看了看睡着的秀秀，心里多少有些宽慰。

叶世全从包里拿出两个面包，递给妻子一个："饿了吧？多少吃一点。"

方秋实接过面包，小口地嚼着。即使已变得干涩，方秋实仍缓缓地咀嚼，

吃着，吃着，她忍不住掉下一串泪水。她低下头，不想让丈夫看见。

叶世全说："慢一点，这里有水。"

· 02 ·

天刚蒙蒙亮，查票的乘警来了，车厢一阵混乱。

叶世全蒙眬中觉得有人拍了拍自己的肩膀，睁开眼时，见两名乘警站在自己面前。他忙从上衣口袋里找票。这时，方秋实也醒了，也开始在包里找票。

两个乘警不说话，注意到他们怀中还有一个幼儿，便交换了下眼神。

叶世全终于在裤兜里找到了火车票，他长吁一口气，将票递给乘警。

这时，乘警已经对火车票不感兴趣了。其中一人问道："这小孩是你的？"

叶世全点点头。

"多大了，叫什么名字？能证明孩子是你的吗？"

叶世全觉得莫名其妙，还是耐着性子回答了。

方秋实没好气地说："我自己的孩子也要证明吗？"

"那当然。"

方秋实从包里抓出一把看病的发票递给对方。

乘警一看全是昨天看病的发票，仍有些不放心，就说："证件看一下。"

叶世全有些烦躁："查票？为什么还查身份证？"

叶世全与乘警争执起来，顿时引来一大群围观者。

人群中有人说："看，抓到两个人贩子，还有个小孩，人赃俱获。"

方秋实气得脸色煞白，她抱起熟睡的秀秀，大声说道："孩子是我们自己的。"

人群中发出一阵哄笑声，都以为抓住了两个人贩子。

两个乘警说道："对不起，请你们到餐车去一趟。"

走进餐车，叶世全看见一个握着对讲机的人。他觉得很面熟，但一时半会儿又想不起来。

那人也察觉到来者两眼盯着自己，厉声喝道："蹲下，老实点。"

他的广东乡音，勾起叶世全的回忆。叶世全问道："你是小胖子？"

那人一惊，他这个绰号已经很久没人叫了。他不由得再次打量叶世全。

"你忘了当年在工地，打篮球、踢足球的时候……"叶世全笑着说。

那人一拍脑门儿："想起来了，你是基建队的大学生。"

原来他当年在工地时，空余时间常到球场踢足球，和叶世全那帮大学生混得比较熟。

他热情地招呼叶世全夫妇坐下，问："怎么回事？"

为首的乘警急忙说："我们只是怀疑，请二位到这里来核查身份。"

"小胖子"哈哈大笑："怀疑他是坏人？告诉你，这是我的老朋友，为国家做过很多贡献！赶紧走，别在这里丢人。"

叶世全还从未受过这样的委屈。即使以前在那么特殊的单位里，他也享受着车接车送和注目礼的待遇。

两个乘警立刻连声道歉，恭敬地退下了。

"小胖子"为缓和气氛，请老叶二人坐在餐车里休息。席间，端来了牛奶、面包、小笼包子，二人也不客气，狼吞虎咽地吃喝。

"小胖子"见他俩披头散发、衣冠不整，还带个小孩出门，就半开玩笑地说："二位是有身份的人，为何如此狼狈？"

叶世全放下牛奶杯说："兄弟，一言难尽。"

"小胖子"问道："怎么不坐卧铺？"

方秋实不好意思地说："还不是为了省两个钱。"

"你们的收入不少嘛，现在知识分子吃香，又是涨工资，又是分房子。""小胖子"大大咧咧地说，"还带着孩子，怎么这么抠门啊？"

"兄弟，哪有心情出来游山玩水，实在是病急乱投医。"叶世全无奈地抱起小孩，"不瞒兄弟，孩子有病，四处求医，掏空了家底。"

"小胖子"收敛笑意，顿时明白这对夫妇窘迫的原因。他关切地询问病情，得知是先天性智商有毛病，对此无能为力的自己不觉叹了口气。

于是，他叫乘警去拿了一大包饮料、罐头、小食品来，送给叶世全夫妇。见叶世全拒绝，他拍着叶世全的肩头："兄弟，这是给孩子的。"

方秋实感到意外，坚持要付钱。

"小胖子"笑道："兄弟，还记得吗？那次踢足球，我们输了，没罐头给你们，今天补上啦。"

叶世全只好收下老朋友的一片心意。

在回家的路上，方秋实问："那人真欠你罐头？"

叶世全呵呵一笑，想起了那段艰苦而充实的岁月。

·03·

从此，老叶一家人走上漫长艰辛的求医路，企盼有奇迹出现。

叶母每次见二人背着秀秀外出求医，天已漆黑才拖着疲惫的身子归家，

免不了唠叨几句："好大个事嘛，还麻子打哈欠，一家大小都去了。"

方秋实劳累一天，在外受人白眼，回到家还要被婆婆数落，她只能躲进卧室，抹下辛酸的眼泪。

叶世全把老妈拉到一边，低声央求："妈，别说了，她心里难受啊。"

"我心里就不难受吗？莫相信那些大医院，又费神，又费钱。小小偏方治大病。"叶母满腹怨气，因为她每次抱着秀秀在院子里玩耍时，总有几个阴阳怪气的邻居围上来，骚言杂语说一番。

叶母可不好惹，直接眼一瞪反唇相讥："后颈窝的头发，摸得着，见不到。你家那个瘦得像个猴子，还说聪明、漂亮、与众不同，记得照镜子。"

一番话骂得邻居灰溜溜地散去。从此，没人敢在叶母面前说秀秀的不是。

为了不惹怒母亲，叶世全只能点头认可，抱着死马当活马医的心态，节假日带着秀秀，或是闹市陋巷或是偏远古镇寻觅大师。可在那挂满锦旗的诊所里，那些冠有各种头衔的专家大师们，一个个信誓旦旦，夸口包医百病，各种疑难杂症不在话下，开出的方子，要价却不菲，还无任何效果。

有天，徐春萍给方秋实打电话，说要登门为一丁过生日。心情烦躁的方秋实委婉地拒绝了徐春萍。可徐春萍不同意，说什么也要给一丁办，如果叶家不办，她请大家去酒楼，反正这个干妈不能白当。

方秋实没办法，只好让徐春萍带着萍萍来，还让婆婆置办了一桌丰盛的菜肴。果不其然，徐春萍寒暄之后没多久，就看出了秀秀的端倪。

方秋实抱过秀秀，说了句："让你见笑了。"

欲退回里屋，犹豫片刻，还是在桌边坐下，极力哄秀秀入睡。

此刻的徐春萍无比后悔，自己不该冒失地闯进叶家，打扰人家的生活。可是已经来了，也不好马上告辞，只好与方秋实有一句没一句地闲扯。

中午开饭，生日的氛围浓烈，一丁头戴生日桂冠，稳重地吹蜡烛。大家纷纷向他送祝福。秀秀也在婆婆的诱导下，高兴地拍手。

一桌饭吃下来，大家说话都格外谨慎，生怕一不小心，窗户纸就被捅破，到时候，叶家的自尊心也不知道怎么拾起来。但大家其实都已心知肚明。

特别是徐春萍，她的行为动作早已出卖了她。

饭后，方秋实也不打算装了。她抱着熟睡的秀秀默默进了卧室。

徐春萍也跟了进去，两人坐在床沿。徐春萍先讲了宽心的话，随后拉着方秋实的手，轻轻拍着她的手背说："再生一个呗。"

这个方案，其实方秋实不是没有考虑过。包括丈夫和婆婆也多次暗示，但她顾虑重重，下不了决心。她害怕再生一个也是如此，她还有勇气活下去吗？

徐春萍见方秋实不说话，便说："你放心，现在医疗水平高得很。"

"我忧虑的不是这些，我怕……"方秋实心有余悸，说话吞吞吐吐。

徐春萍这下明白了方秋实内心的痛楚。徐春萍叹了口气，见方秋实默默流泪，自己也忍不住掉下眼泪。

方秋实倒来安慰她："这么远来，真的感谢你。今天这事儿，到此为止。不必找老叶了，他的压力也不小。"

"你还是为自己多想想吧。"徐春萍站起来，抚着方秋实的肩头说，"我只是站在女人的角度。我该走了。"

离开时，徐春萍本想对叶家的不幸做点表示，但想到方秋实是个要强的女人，在这个场合上送钱，必会遭到方秋实的婉拒。于是，徐春萍改变了主意，只说："一丁，送送干妈。"

等一丁送了人回来时，慌里慌张的，没等天黑，就把手里的东西交给了方秋实。

方秋实打开一看，是一大沓钱。她愣住了。这可不是小数目，起码是大半年的工资呀。她为朋友的真挚与无私所感动。

第二天方秋实一到办公室，就给徐春萍打电话表示感谢。

其实，当夜方秋实就将徐春萍送钱和建议生二胎的事，统统告诉叶世全了。叶世全表示，妻子对这个家庭的付出，实在是太多太多了。在这个问题上，他完全尊重老婆的意愿。两人相拥而泣。

·04·

日子就这么过着，时间不快不慢地翻动一页又一页日历。

秀秀十岁的时候，表面看上去，是个文静秀气的小姑娘，笑起来时两个酒窝特别逗人喜欢，又因长期跟婆婆相处，学了不少的俏皮话。

晚上没事时，一家人就会逗秀秀。秀秀也会模仿婆婆的口吻，说："王大娘的裹脚布——又臭又长，棺山坡卖布——鬼扯。"

叶世全也终于发现了秀秀的天赋——音乐模仿能力极强。只要她跟着电视哼上几遍，就能准确地唱出来，加之音质纯正的童音，给人清纯悦耳的享受。

这一发现，让夫妇俩看到了一线希望，对治好秀秀的疾病，充满了紧迫感。

但更为紧迫的是秀秀读书，为此，方秋实伤透了脑筋。因为没有班级想收一个影响自己考核的学生。身为校长，却难以解决女儿读书难的问题，方秋实只好把秀秀纳入非考核范畴。

同时，方秋实利用自己的身份和影响力，不断向市里申请设置特殊儿童辅读班。项目批下来时，县城内各小学送来十多个孩子，不久，邻近区县又送来十多个孩子。方秋实一个人顶着压力开了三个班。

更让她压力大的是，她担任校长多年，自然在工作上得罪了不少人，这些人知道她家中不幸，经常嘲讽她。起初她还能一笑了之，久而久之，无形的精神压力让她常在被窝里无声地哭泣。

叶世全只能耐着性子宽慰她："嘴长在人家身上，爱怎么说我们管不了。你办特殊儿童辅读班，干得好，有那么多人感谢你。都说你眼里不只有一个秀秀，装着所有需要帮助的儿童，了不起啊！"

方秋实得到鼓励，就主动辞去了校长的职务，全身心投入辅读班，跑县市妇联残联，为智障少年谋出路，几年下来颇有成效。后来，辅读班升格为学校，她又成为校长。

但不幸的事接踵而至。秀秀因大量服药，导致体内器官衰弱，经常生病住院，使得家庭经济支出增加不少。虽有方家哥哥姐姐资助，但入不敷出，家里开销捉襟见肘是时有的事。别人家陆续换了彩色电视机，他家还在看黑白电视。

一天，徐春萍来给叶世全送彩电票。那时候彩色电视机还是紧俏商品，没有门道搞不来的。叶世全和方秋实再三感谢徐春萍的好意。方秋实委婉地说："徐姐，我家暂时还没考虑，这个……"

徐春萍听出了弦外之音，看看家里的摆设及三人的穿着，她什么都明白了。再看看一丁充满渴望的眼神，她的心软了，叹了口气说："看在我干儿子面上，我借钱给你。"

"谢谢，我们不借。"叶世全说。

徐春萍没再说什么，她明白这两人又死撑面子。于是，第二个星期天，她拉来了一台金鹊牌彩电。

一丁脸上绽放出笑容，大叫再也不用去别人家看电视，还看别人脸色了。

叶世全问徐春萍："这动辄几千元，你当得了家吗？"

徐春萍笑道："笑话，当不了家，这彩电哪来的？"其实，她对丈夫说只是给了张彩电票，帮忙送去。

"把发票给我。"叶世全认真地说。"这钱一定得还，不过暂时没有。"

徐春萍放下筷子，生气地说："还有利息哟。你还不了，还有一丁接着还。"

叶母笑道："一丁听清楚了吗？父债子还。"

一丁不懂这是玩笑话，他生气地说："干妈，这是地主老财放高利贷。"

徐春萍摸着一丁的头说："捡来的孩子喂不熟，一丁，干妈白疼你了。"

一家人哈哈大笑，秀秀也跟着笑。

没过多久，徐春萍又联络了七八个大学同学，到叶世全家里来。几人叙旧畅谈之外，还凑了一千多元硬塞在叶世全口袋里。

叶世全只好收下，他感动地向大家深深地鞠躬，说："我永远珍藏这份同学的友情。我代表全家向同学们表示感谢。"

待同学们散去，叶世全将钱递给徐春萍，说："这是还电视机的钱。有借有还，再借不难。"

徐春萍心里直骂老同学一根筋，同时也钦佩老同学的诚信待人。她挥挥手说："老同学，你看你，都啥年代了，整天一身工作服。小方、一丁也穿得不像样子，赶紧拿这钱去做几套新衣服。"

说完，徐春萍就追赶同学们去了。

一丁在一旁听得真切，心里暖洋洋的，望着干妈渐渐远去的背影，心里充满感激之情。

后来的这几年，家里的事再苦再累，叶世全也没有懈怠厂里的工作。作为技术科的一员，从入厂开始，他就自学和实践双管齐下，不仅学完了相关几个专业的教程，并能结合实际，学以致用，逐渐成为科室的骨干，经常获得各种奖金。

家里的日子，也好过了一些。

· 05 ·

一丁有了妹妹，别提多兴奋，就在班上向全体同学大声宣布："我有妹妹啦，我有妹妹啦！"

好些独生子女的同学投来羡慕的目光。他就更神气地说："我妹妹的名字叫秀秀。"

这下班上热闹了，女孩子都说秀秀这名好，男孩都说这名字俗气，大家你来我往，争得不可开交。

一丁涨红了小脸，认为这几个阴阳怪气的男同学完全是妒忌，他冷笑道："狗咬耗子——多管闲事。"

其中一个同学说："你娃因祸得福。"其余几个哈哈大笑。

一丁不懂这个词的意思，但有个祸字，肯定不是好词，就生气地说："你有本事，敢再说一遍。"

"因祸得福。"那同学壮着胆子重复了一遍。其实他也不懂这个词，

是刚才在校门口听几个老师聊天，说老叶家因祸得福，他才捡来热炒热卖。

一丁愤怒了，吼道："与你们屁相干。"

几个同学一哄而上，将一丁压在桌子上，有的摸鼻子，有的揪耳朵，嘻嘻哈哈大搞其恶作剧。一丁叫着，苦苦挣扎，无济于事。这时上课铃响了，几个家伙一哄而散，一丁才脱离窘境。

我有妹妹了，我要保护她，不容别人欺负她，连她的名字也不许笑话。一丁不禁想起老爸的话："有了妹妹，你就是哥哥，有义务保护好妹妹。"

一丁就这样浮想联翩，连老师在课堂上讲了些什么也全然不知。

回到家里时，一丁就去看襁褓中的秀秀，只见秀秀戴着薄薄的小花帽，正闭着眼睛熟睡，粉嫩的小脸煞是可爱。

一丁正要伸手，方秋实低声喝道："先别碰。"

一丁停下手，仰头对方秋实说："妈妈，有人说秀秀这个名字俗气。"

"谁说的？"

一丁回答是班上的几个男同学说的，方秋实绷得紧紧的神经松弛下来："几个小屁孩，懂啥叫俗气。"

"农村的小孩，名字越贱越好带。"正在洗尿布的叶世全说，"狗娃、黑蛋、狗剩子，叫什么的都有，农村有这讲究。"

等方秋实催促一丁到客厅写作业时，一丁又歪着脑袋问："爸爸，因祸得福是啥意思？"

方秋实的神经又敏感起来，知道准是学校里的一些大人们茶前饭后议论她，一不留神，闲言碎语溜到一丁耳朵里了，正准备解释，结果叶世全笑起来："这话不假，我家真是因祸得福，一丁以后要珍惜妹妹。"

一丁坚定地点头，从此更呵护秀秀。但好景不长，秀秀还是生病了，看着爸爸妈妈抱着妹妹四处求医，他心里很难过，可他也不懂到底是什么病。

有天，一丁在校外又碰见那几位男同学。一丁不想理他们，便绕道避开。没想到那几个同学迎上来，嘲笑他："听说吃鲤鱼可以补脑，你们家是不是穷得没钱给你妹买啊，才让她成了痴呆。"

一丁气急了，跟他们大打一架，然后狼狈地往家里跑。跑到门口时，他忽然觉得同学的话有道理。想起爸妈常说吃鱼的小孩会变得更聪明。

一丁决心要为妹妹买一条鲤鱼。于是，他跑回家，打开他只有硬币和分币的储钱罐，统统装进口袋里，急匆匆向市场奔去。

他和爸妈去过菜市场，知道哪里有鱼卖。在菜市场的拐角处有一个鱼贩子正在大声吆喝。

一丁钻进围观的人群，挤到贩子面前说："我要买鲤鱼。"

贩子看了一丁一眼，指着其中一个塑料盆说："有啊。"

"是大河里的吗？"

"那当然。"贩子抓出一条还在乱蹦的鲤鱼，在一丁头上晃动几下："就这一条啦，要吗？"

一丁赶紧点头，生怕被人抢先一步。

贩子熟练地称鱼剖鱼，随口报价："三斤二两五，一十七块二角八，只收十七块二角。"

一丁掏出所有的硬币和分币，堆在贩子的案板上。围观的人都笑了，贩子有些气恼："不收分分钱。"

一丁一下子哭了，叫着："我要鲤鱼，我要给妹妹治病。"

刚巧有个学校的教师来买菜，见一丁在哭闹，问清缘由后，那教师爽快地说："来，来，我替他付了。"

贩子正伸手收钱，一丁拦住说："不行，我要用自己的钱救妹妹。"

围观者这才晓得这小孩是方校长的儿子，背着父母用自个儿的零花钱为妹妹买鱼。那时，方校长是小县城的名人，加上家里又出了这档事，知名度更是高。再说这围观人群中有不少人的子女，曾经或现就读于方校长的学校，就有人说："让小孩把鱼拿走，差多少，我们大伙儿凑。我出一元。"

"我出五角。"

"我出三角。"

贩子把鱼递到一丁手上，说："你是方校长的儿子。你走吧，鱼送给你了。"

一丁开心地拿着鱼跑回家。

叶世全夫妇回到家里，见到收拾好的鲤鱼，惊讶地问："谁送来的？"

一丁神气地说："我买的。"

两人几乎异口同声地问："你哪来的钱？"

一丁迟疑了一下，从头到尾地讲了整个经过。叶世全摸着一丁的头，许久没有说话，心情像翻滚的江水。

方秋实一把抱住一丁，在他脸上深深一吻，又对秀秀说："说，谢谢哥哥。"

秀秀似乎动了动嘴唇，听不到她的发音，但脸蛋上明显有了笑容，两个可爱的酒窝呈现给亲人。

一晃几年过去，一丁上六年级了，秀秀也长大了，会自己穿衣吃饭，说话也不结结巴巴了，还会跟着电视唱歌。这多多少少给了叶世全夫妇一点儿抚慰。

这天，一丁放学回家，见秀秀正在跟婆婆玩耍，他想起老师在课堂上讲的勤奋比天赋更重要的道理，觉得妹妹比以前灵巧多了，自己何不每天教她些常识呢。于是，一丁把秀秀叫到跟前说："我教你认字数数，可以吗？"

秀秀显得很不情愿，这数数的游戏，爸爸妈妈婆婆都教过，但看着哥哥严肃的神态，她还是小声说："可以。"

一丁伸出双手，缓慢而有节奏地念道："一人，两手，两手，十指。"

秀秀也伸出手来，跟着哥哥念。如此反复多次，一丁就叫秀秀单独念。秀秀伸出手来却怎么也念不全。

一丁仍不气馁，又耐心地把着手教："一人两手，两手十指。"

秀秀仍是吞吞吐吐念不明白，一丁又急又气，可还是在心里告诉自己，妹妹是病人，要有耐心。一丁换了笑脸，耐心地说："妹妹，有进步，再来一遍。"

日复一日，年复一年，一丁就这样坚持教秀秀，好在也有些成果。

时间过得很快，转眼一丁就要初中毕业了。他成绩优秀，是学校老师同学公认的尖子生，考进市里的重点高中是板上钉钉的事情。一丁却做出了一个大胆的决定——读职高，早日挣钱，让妹妹有更好的医疗条件。

他把这一切做得天衣无缝，因此，当他拿到烹饪学校的通知书时，学校的老师同学都觉得不可思议，叶世全夫妇更是长久的沉默。

一丁是怎样做到的呢？原来职高招生普遍较早，甚至中考还未进行，就已经在校园公布消息，游说家长与学生尽早考虑，好对那些升学无望的学生大开方便之门。一丁就自己主动送上门了。

方秋实难过地抹去脸上的泪痕，沉重地说："是我对不起一丁。"她泣不成声。儿子的举动，她完全理解，可手心手背都是肉，谁都不能对不起。

叶世全刚得知这一事情时，大脑一片空白。市重点高中，是多少学生与家长梦寐以求的殿堂，跨进去就等于一只脚已跨入大学的门槛。当年自己就是从市重点中学进入大学的。

可当冷静下来时，他又觉得十分欣慰。一丁是个好孩子，他已经长大了，懂事了，是家庭的苦难磨炼了他的性格和意志。

他了解一丁，只能劝妻子说："顺其自然吧。"

方秋实坚定地说："不，一定要读高中，去不了市重点，也要进县重点。事关孩子前途，不可掉以轻心。"她决定为一丁做些什么。

两天后，方秋实拿回一份县重点高中的录取通知书，却找不到一丁的人影。忽然一个消息传遍了校园，也传遍了整座县城，那就是一丁上电视了，成为烹饪学校的形象代言人。

原来一丁拿着中考分数就跑到烹饪学校去报到了。学校看到他的中考分数这么高，再了解了他的动机，大为感动，当即安排一丁做形象代言人，并奖励三千元，还免去三年学费。

婆婆拉着秀秀在电视机前看一丁的广告。一丁戴着高高的厨师帽，穿着洁白的工作服，用略显稚嫩的普通话大声疾呼："有志向的年轻人，到烹饪学校来，让川菜走遍天下。"

婆婆指着电视说："那个穿白衣服的是哪个？"

秀秀高兴地说："是哥哥，哥哥上电视啰。"

婆婆笑得合不上嘴："这个行当好。宰猪宰羊厨师先尝，饿不死。"

方秋实气得在一旁扔下扫帚，躲到卧室里。

她本来准备了一肚子的大道理，让一丁迷途知返。哪晓得，全家没一个人向着自己。连一丁都退避三舍，逃之夭夭，让她有话无处说，有气没处撒。

"都啥时候了，这个家，你还管不管？"

叶世全放下书，见愁眉苦脸的妻子朝他发火，便招呼妻子坐下，轻言细语地说："做父母的应该尊重孩子的选择。我相信一丁不是头脑发热。"

方秋实长吁短叹半晌才说："外人会说，我这个后娘亏待了一丁。"

"你好不好，一丁知道就行。"

· 06 ·

方秋实找到烹饪职业学校，声泪俱下地诉求对方放了一丁。

校长是位五十来岁的男子，他热情且坦诚地接待了她，耐心听方秋实讲完后，将茶水递到方秋实手上说："你也是校长，我就不绕圈子了。我非常同情你家的遭遇，所以学校给予了一丁许多优惠。"

方秋实怒不可遏地站起来，指着男子说："你……你……"

"别激动，学校的大门是敞开的，允许每一个学生进出。"

方秋实听到这里，情绪稍缓，重新坐下来，喝了口水，觉得问题有了转机，仿佛看到希望的曙光。

校长点上一支烟，慢悠悠地说："叶一丁是办理了入学手续、领了奖学金的，还未开学就要退学，是要收违约金的。但看在同行的份上，我不收一分钱。关键是，你能让你儿子回心转意吗？"

方秋实毫不犹豫地说："谢谢你，我能让我儿子跟我回去。"

校长见方秋实自信满满，便耸耸肩，站起来，又点了根烟。这种事，他处理得太多了。学生要来，家长不同意，宁愿交赞助费也要上普高。他的原则是，只要学生愿退，都放行。但叶一丁太优秀了，他真舍不得放行。

不过，校长心里有底，他同一丁交谈过几次，知道一丁来到烹饪学校绝不是一时的冲动。这是个有思想、有个性的青少年。

校长见方秋实疲惫焦虑的神情，只好说："我给你一个电话号码。"

方秋实半信半疑地拨号，电话一接通就问是不是叶一丁。

那边接电话的人反问一句："你是谁呀？叶一丁在上课，不方便接电话。"

"我是他妈。"方秋实大声说，"我现在在校长办公室。"

话筒里传来电话扔到桌上的声音，方秋实晓得是叫一丁去了。她心里忽然不自信了。话筒里传来令人不安的忙音，让方秋实愈发烦躁。时间一分一秒地流淌，对她来说，简直就是煎熬。那握着话筒的手半点不敢松开。

过了好一会儿，话筒那边传来一丁熟悉的声音："妈，我是一丁。"

方秋实努力使自己镇静下来，在电话前，用了一切办法劝说一丁。但一丁的拒绝，乱了方秋实的方寸。

方秋实很恼怒，特别是之前自己在校长面前夸下海口。

校长挑了挑眉，掏出香烟，退到了门口。一丁的回答，令他很满意，觉得自己眼光不错，没有看错人。

"妈妈，我爱你。我永远是你的儿子！"一丁在电话里大声地说。这句暖心窝的话，让方秋实失望的心理得到一丝安慰。

临走时，校长要开车送方秋实到汽车站，被方秋实拒绝了。

不久后，一丁回家第一时间跪着说："爸，妈，对不起，让你们失望了。"

方秋实一把抱住一丁，深情地说："你要出去见见世面，也好啊。什么时候想回来，都可以，县高中的大门随时欢迎你。"

一丁很感动，他无法用语言来表达自己对父母的爱以及对家人的牵挂。短短半个月的时间，仿佛离开父母，离开秀秀、婆婆好久好久了。他从书包里拿出个大信封，交给方秋实。

方秋实打开一看，是一大沓人民币。叶世全也疑惑地看着儿子。

一丁说："这是七千元，拍广告的五千元，学校奖励的三千元，我留了一千元。另外学校免了我三年学费。"

婆婆高兴地说："我孙子小小年纪就挣大钱啰。"

方秋实皱起眉头，看了丈夫一眼。

叶世全哑然失笑，认识到，一丁长大了，这个决定，是经过他慎重思考做出的，又经过精心安排而实施的，都是这个家拖累了一丁。想到这里，叶世全心里沉甸甸的，感觉对儿子关心太少，竟然不知道儿子的思想动态。

一丁从包里拿出一个盒子，对妹妹说："秀秀，看看这是什么？"

"巧克力！"秀秀高兴地扑上来。

一丁把盒子高高举起，问道："别忙，别慌，唱个歌给哥哥听。"

秀秀羞羞答答地不肯唱。婆婆鼓励道："别怕，婆婆跟你一块儿唱，哥哥在外上学又上班，好久才回来一回哟。"

"婆婆唱歌，难听。"秀秀童言无忌。

婆婆笑着说："我没上过学，牙齿也快掉光了。"

"跟着电视唱啊。"秀秀歪着头说，惹得大家都笑了。

方秋实忙说："大家一起唱《难忘今宵》。"

叶世全正欲起音，秀秀跺着脚说："我要独唱。"

一丁拍着手说："好！独唱。好久没听妹妹唱歌了，有进步吗？"

秀秀朝哥哥得意地晃晃头，学着电视中的歌手摆开架势唱起来。

方秋实听着女儿银铃般的歌声，看着全家和谐的场面，内心的感慨真是一言难尽。秀秀在唱歌的时候，无论从体态、动作方面看，乃至面部神情，或喜或忧，均属一个正常的少女，就音乐天赋而言，可以说超越了同龄人。

而看到一丁对妹妹、对家庭的无私大爱，方秋实深深地感到内疚。她是本着同情一丁的美好愿望而踏进叶家的，没承想反倒拖累了他。

秀秀唱完一曲，就躲到妈妈身后去了。

一丁带头为秀秀鼓掌，他为妹妹的表现感到高兴。兴奋之余，他似乎想起了什么，对婆婆说："不知道买什么礼物给您。给您五十块钱，好吗？"

"不要，不要。"婆婆推辞一番后，还是高高兴兴地收下了，对看热闹的秀秀说："看，这是哥哥给我的钱。秀秀，你什么时候孝敬我，哈哈……"

婆婆将钱折了两个对折，小心翼翼地放进内衣口袋里，去厨房做饭了。

一丁回到自己的小房间，房间被收拾得干干净净，床单与被面都是新换的，读过的课本与练习册也整齐地摆放在桌上。他知道这一切是妈妈操劳的，不觉鼻子一酸，躺在床上休息。

此次回家，一丁做了充分的准备，不管父母生多大的气，怎么骂自己，都绝不还口，再不能伤父母的心了。可他万万没料到，父母会如此宽容与理解。父母的疼爱、家庭的温馨抚慰着他的心。

以后，每个周末一丁都要回到家里。每当这个时候，叶家最快乐最温馨。一家人围着饭桌，一边吃饭，一边听一丁讲学校的趣事及自己的见闻。

"那里的厨房，比我家还大，十几个灶排成两排，中间的案板比乒乓

球台还要大。中午最忙的时候，十几个师傅炒同一个菜。"

方秋实说："你只说不练，假把式。"

一丁戏谑地说："妈妈，我才入门，哪里敢掌勺？现在练的是基本功，主要是刀功。你们看我这土豆丝切得怎么样？虽不敢说炉火纯青，也是一丝不苟啊。"

一家人都笑了，秀秀看看大家也张开小嘴笑起来。

饭后，方秋实与一丁进行了坦诚的谈话。方秋实先询问一丁在学校的情况，一丁都如实回答。突然，方秋实话锋一转："一丁，妈想跟你谈件事，你必须认识到问题的严肃性。"

一丁一头雾水，不知妈妈要谈什么思想品德方面的问题，立马正襟危坐。

"你班上男孩子多，还是女孩子多？"方秋实试探地问。

他漫不经心地说："我们烹饪班男生多，礼仪班几乎全是女生。"

这位长期在教育行业耕耘的园丁，自然对当前学生的思想状态了如指掌。一丁初涉社会，毫无社会经验，她必须防患于未然。

方秋实皱眉思索，斟字酌句地说："出门在外，要多长个心眼儿，跟有些人要保持距离。"

一丁调侃道："是对老师还是同学？"

"跟妈妈说话，不许油腔滑调。"方秋实明显感觉到一丁的变化，耐着性子说，"社会上很复杂。"

"我出淤泥而不染。"一丁笑嘻嘻地对答。

方秋实只好亮出底线："在校期间，不准耍朋友。做得到吗？"

一丁严肃地点头，说保证做到。其实，在报到之初，一丁已暗下决心，学习期间，认真学艺，绝不考虑个人问题。

第七章

· 01 ·

不久前，汪小芸召集弟弟妹妹来庄园，就投资、改造、年终分红诸事进行讨论，大家基本达成一致意见。没过几天，负责改造庄园的汪老二就带着工匠进场，重建了庄园大门，装修客房和改造花园。

汪老二身高体重，黑黑的脸庞，腆着啤酒肚，一双眼睛贼亮，眼珠子转个不停，给人一种精明能干的印象。自从下岗后，他就到四处打工，木匠、石匠、砖瓦工……啥活儿都干，逐渐成了包工头，揽些小工程，日子也将就过得下去。

汪老二很想证明自己的能力，便常劝说汪小芸夫妇出门旅行。

"大姐，姐夫，你俩放心去玩。我干这行十多年了，绝对保证质量。"

老叶不想去旅游，说："你在这儿受累，我们去逍遥自在，多不好意思。"

"一家人不说两家话。"汪老二嘿嘿一笑，"姐夫，你看，我在大门上安装一组霓虹灯，晚上十里之外都看得见。另外，我在水池中安装音乐小喷泉，增添夜晚的浪漫色彩。还有，我在葡萄架下安几组彩灯，如何？"

老叶听着，不觉皱起眉头，没有立即表达。这是他多年工作的习惯。这几项都是锦上添花，且都在预算外，这样干，无疑会增加开支。

汪小芸却在一旁叫道："你这几点有创意。我同意了，按你的设想施工。"

汪老二有大姐撑腰，心里也就踏实了。

"老二，那就辛苦你啦。这改造费用，我还是出点吧？"见汪老二这么用心，老叶坦诚地说，"不以我的名义，记在你姐的名下。"

汪老二笑了，咧着嘴说："那是你们两人的事，我管不着。到时几兄弟会分摊的。"

老叶不知道，上周末汪小芸在汪老二家主持了一项会议，山庄前期费用由汪小芸与汪老二垫付。

汪小芸把老叶拉到一边，没好气地说："你还真把自己当个人物了，你想出多少？拿过来。"

看着汪小芸伸出的手，老叶嘿嘿地笑："你想要多少？"

早与汪老二预算过的汪小芸成竹在胸地说："毛算，十五万元左右，我先垫着。你有多少？拿出来救急。"

见老叶真要掏银行卡，汪小芸拦住他说："考验你的，暂时还用不上。以后有啥事，先跟我商量，莫乱表态。"

老叶只好点点头，心里颇不服气，但低头琢磨一番，只好作罢。

他俩生活在一起这么久了，对经济一直没有明确裁定。各人管自己的银行卡，相互不干涉。生活费用的支出，汪小芸也从不叫老叶掏，但老叶主动买单，汪小芸也不阻拦。如此这般，倒也相安无事。

但这出资修建山庄跟股份挂钩，汪老二不动声色就把老叶搪塞过去了，老叶还是心里不踏实。

可汪小芸觉得处置恰当，她又怕伤了老叶的面子，就宽慰他说："现在少出钱，今后多出力。一样的主人翁。"

"没事儿，横起，竖起，都是一个一字。"老叶嘴上这么说，心里还是有看法的。汪老二话中有话，他当然明白，仔细想想，倒也无可厚非，他能遇上汪小芸，平静度过余生，已是苍天眷顾，哪里还有什么非分之心。

近月山庄的改造就这样进行着，汪小芸见老叶还是愁眉不展，觉得应该找个机会出去旅游一趟，让老叶散散心。

早饭后，山雾尚未散尽，两人在菜地里锄草，小黄狗在地边欢蹦乱跳。汪小芸对老叶说："叶大哥，我想跟你商量一件事。我们去旅游吧，就算是结婚纪念。"

这话汪小芸重复了多次。她始终认为旅游是一剂良药，可以使人忘记痛苦，净化心灵。

老叶故作神秘地说："我也有个大胆的想法，只要你做到了，包你游遍大江南北，说不定走遍欧亚大陆。那就是，你必须先拿到驾照。"

汪小芸一怔，问："必须学吗？"

"必须学。"老叶用不容置疑的语气大声说。

就这样，每天下午，老叶开车送汪小芸到山下的驾校，自己则到街上闲逛，等汪小芸学完，二人再一起上山。

两人经常在车上讨论今天的教学要点，老叶讲解操作技巧。如此一来，汪小芸比同班学员高出一头，常受到教练的表扬。

功夫不负有心人，转瞬到了路考的最后一关。汪小芸心里有几分紧张，很希望老叶能在场边为她助威。老叶却像往常一样，说了声"祝你好运"，就到街上溜达去了。

上了教练车，汪小芸才知道，今天的考场不是驾校训练场，而是郊县的山区公路。教练知道她的实力，想用她的上乘表现来鼓舞团队的士气。

教练叫汪小芸第一个上。汪小芸坐在驾驶座上，手握方向盘，既紧张又兴奋。如此严峻的时刻，汪小芸心里七上八下的，手上动作也有点变形了。

教练不断地提醒："放松，放松。注意力集中。"

汪小芸紧紧抓住方向盘，拐弯，上坡，会车，倒车，加速行驶，急刹。如此反复几次，她心里渐渐平和，眼前只有不宽不窄的道路。按照教练的指令，她熟练地操纵方向盘。这些动作，她在家里不知练了多少遍，在叶大哥的督导下，逼着她一次又一次地机械重复。一个左转，又一个右转，接着一个长下坡。

教练终于叫停，满意地说："好，祝贺你。"

汪小芸惊喜地叫道："过了。就这样？"

"还想怎样？钻火圈，过单轨？"教练幽默地说。

在同伴羡慕的眼光下，汪小芸走下教练车，这才感觉到汗水已湿透后背的衣衫。汪小芸就见老叶向她招手。汪小芸小跑过去，两人像小青年一样击掌相庆。

喜悦之余，汪小芸想到的是责任。老叶交出车钥匙，就是想让自己当好这个家。她知道老叶最想去西藏、新疆，要亲眼看看延绵千里的巍巍雪山，想骑上骏马在一望无际的草原上奔跑，想牵着骆驼穿越茫茫戈壁，眺望满天繁星。她以后可以驾车周游名山胜境，尽可能实现老叶的夙愿。

晚上，老叶特地炒了几个菜，开了瓶红酒，说："为我家又多了位驾驶员，干杯。"说罢，一饮而尽，才掏出车钥匙放到桌上，推至汪小芸面前。

汪小芸撒娇道："我不要这辆破车。"

"能用就行啦，还要改造花园，有的是用钱的地方。"老叶叹口气说，"你不知道，这辆车是一丁送我的。"

"你不说，我哪会知道？怪你，全怪你，嘻嘻……"汪小芸把车钥匙推回老叶面前，不觉想起前几年，为给儿子买车的事，把家底都耗尽了，叹道，"人与人不同，花有几样红。"

老叶不知汪小芸何出此言，倒酒说："来，为你鹏程万里，再干杯。"

汪小芸按住老叶的手："别喝了。说吧，想去哪？"

"现在不行。"老叶沉稳地说，"等山庄运转正常了，有的是时间。"

"你既然不愿旅游，那就陪我回老家住几天吧，长江边上的小镇。你还没有拜见汪家长辈呢。"

老叶欣然点头应允，笑着说："你说咋办就咋办。"

· 02 ·

第二天，汪小芸带着老叶驱车前往老家。一路上，两人轮流开车。当轿车翻过山梁，老叶看见了奔腾的长江，显得有些兴奋。

汪小芸手指过去，山脚下有一片高低重叠的黑瓦房，在斜阳的照耀下，显得温馨和谐。老叶一踩油门，向江边的小镇冲去。

一个大型水利枢纽工程打破了小镇的寂静，小镇到处可见的标语——大街上的横幅，小巷墙壁上的口号"××水利工程，功在千秋，利在当代""舍小家，顾大家"——都让人浑身热血沸腾。老叶有一种似曾相识的感觉。

根据规划，水利工程二期的水位将淹没小镇大半，也就意味着小镇要整体搬迁。这些祖祖辈辈在石板小街生活惯了的老少爷们，不得不离开熟悉的院落，在小镇后面的半坡上大兴土木，修建属于自己的新楼房。

新修的小镇大得多，马路也是四车道。平时，小镇的人没事就喜欢成群结队地在工地转悠。自家能住几栋几楼？购置的铺面风水如何？

傍晚，汪小芸领着老叶上工地看热闹，这正是人流高峰，下了班的、吃了晚饭的、在家憋闷一天的人们，纷纷出了门。

路过的人纷纷与汪小芸打招呼，然后用惊奇的眼神盯着她身旁的老叶。这惊奇也并不奇怪，毕竟所有人都知道她离了婚，对突然出现的新姑爷，当然要好好打量一番。

汪小芸正在给大家介绍老叶，不料昔日的闺密也就是前夫的妹妹陈新梅突然上前寻衅滋事。

瘦高的陈新梅酸溜溜地说："哟，老同学，傍上大款了？给我们介绍一下，是哪里来的大老板？一个虾米老头，还有脸带回来。"

汪小芸一怔，晓得她还没消气，仍笑着说："新梅，话别说得这么难听，不管怎么讲，你也是孩子的嬢嬢。明天，我上你家，好好聊一聊。"

“老娘，没有空。”陈新梅满口脏话，“聊个××。”

汪小芸不想在大街上与她争吵，欲转身离开。

陈新梅蛮横地站在路中间，刻薄地说：“带个爆眼子老头回老家来显摆，羞死你汪家先人。”

陈新梅这话惹来了大麻烦，要知道，汪姓在小镇占绝大多数，围观者十有七八皆是汪氏，陈新梅的恶言一出，即遭汪氏围攻。

“婚姻自由，人家嫁鸡嫁狗，又与你什么相干？”

“你不服气，也去找个大老板回来臭美。”

“你哥有错在先，你不骂陈新国，跳到这里来撒野，以为汪家没人了吗？”

这场面，即使陈新梅嘴巴再尖酸刻薄，也难敌众人。汪小芸劝阻众人放她一马，转身对陈新梅友好地说：“明天我到你家去，我俩好好聊聊。”

陈新梅撒起泼来，对汪家众人破口大骂。

汪家一中年男子抡起拳头说：“烂婆娘，再不滚，老子拳头不认人。”

在众人的嘲笑声中，陈新梅落荒而逃。

第二天早晨，汪小芸与老叶到码头散步。江水奔腾依旧，沙滩仍柔软温柔，而这一切给汪小芸的印象却是衰落。

过去，小镇的人出行都是坐船。鼎盛时期，长江航运公司的大轮船，轮渡公司的短途轮船都要停靠小镇码头，还有四五艘私人轮船也在运营。同时，为方便长途贩运，还专设了夜班船，船上塞满了装有鸡鸭鹅的各式篓子，贩子们在弥漫异味的篓子边，随时为鸡鸭鹅喂食。

江面上船来船往，码头上也车来人往。沙滩上各种小店、茶铺、饭铺、小面店一家连着一家，全是竹子编制，易于装拆。各饭铺门前皆有一口热气腾腾的大锅，煮着闻名遐迩的河水豆花。

但如今，整个码头除了传统的农贸市场还在，其余饭馆茶馆小杂货店都没了，更没有旅客以及那些鸡鸭贩子硕大的筐子。码头失去了往日的生气。

其根本原因，就是十多年来，我国公路和交通的迅速发展，严重冲击了长江水运，尤其是短途运输，统统败给了大大小小的汽车。汽车班次多，运输量大，速度快，价格还便宜。

踩着柔软的沙滩，享受朝阳的洗礼，两人在几近空旷的江边漫步。汪小芸将昔日的码头盛况及趣事，向老叶夸耀一番。

老叶驻足岸边，望着滚滚江水感慨地说：“这就是历史，小镇已不是昔日的小镇。就像你我，再也无法回到过去的时光。”

汪小芸笑道："那我带你去拜访历史。"

汪小芸指着上游的一处全是鹅卵石堆叠的岸边，见老叶面有畏缩之意，她轻轻摇着他的胳膊说："走吧，不远。这两天要涨水了，说不定明天那石滩就被江水淹了。再过几年，你绝对看不到这片鹅卵石了，大坝蓄水，它将永沉水底，你想看也看不到了。"

老叶猛然想起与方秋实恋爱时，方秋实曾送给他一块晶莹剔透的白玉石，说是在河边拾到的。而今，这石头被钻了个孔，就挂在自己的脖子上。

老叶有些激动地站在鹅卵石堆积的河滩上翘首眺望，上游有处峡口，当湍急的江水冲出峡口涌入宽阔的江面，水势减缓，在这一带留下大量的石头，而在小镇前面只剩下河沙了。大自然的鬼斧神工造就了瑰丽的河山，睿智的巴人选择在沙滩边安营扎寨。这一切，是那么完满和谐。

老叶低头在色彩迥异的鹅卵石中寻觅，希望也能拾到方秋实送他的那块玉石一样的宝贝。但都是些平平常常的石块，形态各异，色质多为褐色。

老叶失望地站起来，拍拍手掌上的泥土，他甚至怀疑挂在脖子上的玉石，真是在河边拾到的吗？

汪小芸手上已有几个漂亮的小石子，见老叶一无所获就说："石海寻宝，可遇不可求。想找到称心如意的宝贝，那得是运气特别好的人。"

老叶掏出挂在脖子上的玉石，得意地说："你看这玉石，就是我前妻在河边捡的。"老叶说着把玉石递过去。

汪小芸手掌中的玉石尚存体温，在阳光下熠熠生辉。汪小芸什么都明白了。她内心有些激动，不禁想起自己和老叶的往事。

汪小芸与老叶初次见面，是在县城的咖啡屋。它其实是一个球迷会所，当天刚好赶上球迷闹事，但两人一见倾心，交谈甚欢。

汪小芸提出："叶大哥，我有个要求，彼此不问彼此的过去。"

此话正中老叶下怀，他连连点头，心想若能这样过日子，肯定舒心。于是，两人从不提及对方的过去。实在绕不开，都是等对方主动开口，自己才听的。所以汪小芸只知道老叶有过两任妻子和一儿一女。

可今天汪小芸见到这块玉石，脑海里顿时浮现出那个明月当空的夜晚。汪小芸和友人在寂静的山间公路漫步，她们星期天赶场归来，在空荡荡的学校内杀鸡改善伙食，可鸡没杀死，还四处飞腾。夕阳斜照在石滩上，两人追逐嬉闹、互赠奇石。

原来，这友人就是老叶的第二任妻子。世界也太小了！震惊之余，汪小芸决定暂不告诉老叶。

老叶见汪小芸脸色不太好，太阳也快当顶了，就说回去吧。

汪小芸假装自己走不动了，要老叶搀扶着她，在石滩上缓缓移动。两人有一搭没一搭地聊着石头、沙滩，不知不觉回到了河边菜市场。

艳阳高照，人群已快散场，只剩几个附近的农民在卖所剩无几的蔬菜，他们口中不断降价，目光四处寻觅，期盼晚来的顾客。

有个打鱼的提着鱼篓子急匆匆过来，湿漉漉的篓子尚有水滴到热乎乎的沙滩上。汪小芸拦住打鱼人，问："有什么鱼？"

打鱼人也不多说，把鱼篓盖一揭开，只见一条青鳝，足有五六斤。

汪小芸说："要了。多少钱？"

打鱼人打量汪小芸一番，笑道："你不就是汪家大妹吗？我认识你爸，还一块儿喝过酒呢。你要嘛，不称了，一百元。"

汪小芸欣喜地点头，自己出去三十多年了，还有人认识。这就是小镇的魅力。老叶欲掏钱，却听汪小芸的"加二十元"，就多给了二十元。

老叶提着鱼，跟着汪小芸来到河街。河街已破旧不堪，到处是瓦砾杂草和垃圾，四处蝇蚊飞舞。街头巷尾的麻将声却格外响亮。

"你真要去？她昨天当着那么多人，肆意侮辱你。"老叶想起昨晚的情景，这会儿还心有余悸。

河风吹拂着汪小芸的头发，她一边用手梳理着被风吹乱的头发，一边说："在学校时，我俩是形影不离的伙伴。结婚后，又是姑嫂关系，相处得挺好。现在，她落魄了，情感脆弱，骂骂人，很正常。她要是没有当街撒泼的本事，就不算河街的人。"

老叶停下脚步，凝视着老婆的背影，再次感受到她内心的善良。一个人对亲人温良恭俭是本分，对外人、有负于自己的人，也能大度，那才是真善良。

来到陈新梅门前，见大门紧锁，汪小芸四处张望。

隔壁老妇人见了，便叫道："新梅，你家大嫂来了，还提着一条大鱼。"

过了一会儿，过来两个半大小子，其中一人说："新梅说了，她没空。"

老叶一听，心中不免怨气冲天。简直不可理喻，哪有这种待人之道？他一言不发地静静看着汪小芸。

汪小芸平静地摇摇头。她知道陈新梅喜欢打麻将，这会儿肯定正在麻将桌上吞云吐雾呢。于是，她转身对两个小孩说："叫新梅到时回家吃饭。"

待两个半大小子走后，汪小芸从破窗旁边的小洞里掏出一把钥匙。见老叶睁大了眼睛，心中充满了疑惑，就漫不经心地说："河街的人，都这样。"

两人跨进屋里后，老叶大吃一惊。房舍矮小简陋，看上去像好久没住人似的，地上灰尘很厚，但床上未收拾的空调被，灶台上没洗的碗碟筷子，又说明这儿住着人。整个房间并不大，却用竹子隔成四间小屋，可以推测当年人丁兴旺。而现在的主人房，除了床和一个三开柜，几乎没有别的家具。

汪小芸对这一切一点也不见怪。她在厨房寻找可用之物，终于找到半袋米、大半桶油、一把干面，所需的佐料却一无所有。

汪小芸吩咐老叶扫地，自己则从侧门出去了。结果刚出门，就被眼前的景象弄得有些无语。邻家的菜地郁郁葱葱，这边却杂草丛生，看来有好几年没有耕种了。记得陈家父母在时，每次归来，总能摘些番茄、辣椒、南瓜之类的时鲜蔬菜，临走时陈家父母还叫她带上一些。

见汪小芸还在发愣，邻家妇人招呼她："要吃菜吗？自己摘。"

汪小芸摘了两条丝瓜，扯了些葱蒜后，硬塞给妇人几元钱才回到厨房。见老叶已把屋子打扫干净了，就夸老叶懂事。

正说着，门口有几个小孩在窥探。汪小芸上前叫住小孩，请他们到街上买盐、味精及烧鱼的调料，并说："剩下的钱，就是跑路费。"

孩子们高高兴兴地离开。汪小芸一边动手做饭，一边唠叨陈家这档事。陈家有五个子女，只有新梅混得惨。年轻时，她顶替老爸进了水运社，可没几年单位就破产了，她成了下岗工人。后来见别人南下广东发了财，她也跑到广东去，却病恹恹地回来。丈夫与她离婚，房子孩子都不归她。她只好回到老房子，与父母住在一起。这几年，父母先后走了，她就孤独一人生活。

不久，孩子们回来了，将买的东西及剩余的钱放在桌上。

老叶问："为啥不收钱？"

为首的孩子回答："老师说，做好事，不能要钱。"说完，一溜烟跑了出去。

这时门外有卖河水豆花的来了，汪小芸又买了一盆豆花。

饭菜刚要做好，陈新梅就叼着烟回来了。她跨进门喜气洋洋地叫嚷："走，上街吃饭去。"

汪小芸瞧她那神情，晓得她准是赢了钱，就说："已经做好了，就在家里吃吧。"

陈新梅见鱼已烧好，还有一盆豆花，再看屋子也收拾得干干净净，更是喜上眉梢。她冲着汪小芸差点喊出大嫂二字，见老叶在旁边，忙改口："小芸，你真是我的贵人。你没来之前，我输惨了，差点几个口袋一样重。你一来，我运气就来了，手手自摸，管三家，把那几个搞得瓜兮兮的。"

陈新梅一看饭桌说："没有酒，那不行。"

说罢转身出门，不大一会儿，她就提着一瓶酒还有一包卤菜回来了。

陈新梅晃着酒瓶说："客听主安排，小芸你多少给点面子。这位大哥先来一杯。"

老叶见陈新梅一身江湖习气，已有几分不悦，便推说牙痛，不能奉陪。

陈新梅听后哈哈一笑："酒是一包药，药到百病除，这话不是我说的，凡是酒仙都晓得。"说完，陈新梅给老叶倒了一杯。

陈新梅端起酒杯对汪小芸说："你敬我一尺，我敬你一丈。"

陈新梅再倒一杯，举至胸前："昨天的事，是我的错。给二位赔罪了。"一仰脖子把酒喝了。

上午打麻将时，有人说汪小芸来了。她的气还没消，但自觉理亏，没脸见过去的闺密与嫂子，便推说没空，直到不断有小孩来报信。

"两人在打扫卫生。"

"正在剖鱼。"

"买了一大盆豆花。"

陈新梅冰冷的心融化了，她体会到汪小芸是真心对她好。

汪小芸看得目瞪口呆，没想到陈新梅会如此豪爽。当年一个孱弱的小姑娘，如今这把岁数了，还烟酒不离口。汪小芸知道她的遭遇，心里不觉沉重起来。她端起酒杯象征性地吮了一小口，对陈新梅说："小梅，你该考虑你后半辈子的事了，不能……"

"酒仙说的，今朝有酒今朝醉。"陈新梅浅浅一笑，又倒上一杯。

陈新梅指着老叶说："大哥，小芸是个好女人。你要善待她，若做出啥子亏心事，小心我找你算账。"

老叶只好端着酒杯说："不敢，不敢。"

老叶起身舀了碗米饭，想三下五除二吃饱走人。这麻辣鱼的味道诱人，关键是鱼肉新鲜，肉质酥软，没有小刺，很对老叶的胃口。他一连吞下几大坨，满口辛辣味，满头直冒汗。

陈新梅见状爽气大笑："大河鱼的味道就是不一样。喜欢就多吃点儿，我这是借花献佛了。"

陈新梅一番话，说得老叶不好意思地放下筷子。陈新梅又嚷道："再尝尝这豆花。"

老叶就夹了坨豆花，蘸上佐料，吃起来。这河水豆花鲜嫩又爽口，是小镇传统食品。用石磨细细磨来，再用传统工艺制成白花花的豆花。一碗豆花，能下两大碗干饭。

老叶对河水豆花赞不绝口，陈新梅叹息道："这豆花跟过去比，假多了。这豆子，基本不是本地的。还有几家挑河水？都用自来水。现在都用电机打豆子，味道差远了。这个嘛，只有上了年纪的河街人才品得出来。"

陈新梅说到这里，脸上露出得意的笑容，又自斟自酌吞下一杯。

汪小芸又与陈新梅聊起了童年的趣事，就像阔别多年的闺密再聚会，有说不完的悄悄话。汪小芸将自己的近况告诉了她，还留了电话号码。

老叶看着眼前的场面，很为汪小芸高兴，不料风波再起。不知哪句话刺伤了陈新梅，她把筷子往桌上一扔，阴沉着脸说："我也是走南闯北水上漂的人，用不着你来教训我。在广州、深圳，啥人没见过，啥事没干过……"

老叶一见话不投机，赶紧说："喝酒，喝酒。"

陈新梅端起杯子，脸上露出笑容："大哥，耿直，干！"

· 04 ·

离了婚的大嫂，回到河街看望过去的小姑子的事，成了河街的爆炸性新闻。陈新梅觉得脸上特有光，于是她在饭桌上独自喝了大半瓶酒。汪小芸两人啥时候走的她也记不清了，但她记住了汪小芸临走时说的话："有事到云转山找我。"

这句话让陈新梅羞愧不已。陈新梅躺在床上，回想着往事，她破天荒地没去打麻将。学生时代，她与汪小芸最要好，无论学习还是待人处事，都以汪小芸为楷模。

她忽然醒悟，汪小芸不也是离过婚的吗？人家照样光彩照人。现在怎么就不能学学汪小芸，过几天舒心日子？小镇没啥留恋的，这里的人古板、不开放，收入也少，自己在这里活腻了，明天就到城里去先找份工作再说。

陈新梅想到这里，浑身来了劲头，翻身起床，对着镜子照来照去，越照越有自信。她觉得应该去美容，洗洗脸，做个发型。

她站起来，打了个饱嗝儿，嘴里仍散发着酒气。收拾一下，她就出门朝街上的美容店走去，路过麻将馆也没回头。

此刻，汪小芸驾车行驶在小镇的马路上。老叶不知去哪里，就问了句："今天上哪里去？"

汪小芸回答道："走到哪里黑，就到哪里歇。"

轿车驶出了小镇，公路两边都是绿油油的田地，远处是长长的山岭，公路蜿蜒而上。老叶又问："到底去哪里？"

汪小芸抿嘴一笑："到了你就知道了。"

老叶看看四周的景色说："我前妻曾在这里工作过。"

"是吗？你来过？"

"没有。"老叶老实回答，"这里景色不错。"

汪小芸没说话，当年这里只有一条石子公路，没有公交车，上山下山要两个小时，她哪里有心情看风景。后来，她怀揣调令翻越这座山时，曾激动地说，这是她最后一次爬这山了。想不到今天又来了。

汪小芸见前方公路边有位老大爷，步履维艰，走路一瘸一拐地向前行走。汪小芸把车停到他身边，想捎他一程，却惊叫道："黄老师！怎么是你呀？"

汪小芸下车，拉着黄老师的手热情地说："黄老师，上哪去？我送你。"

黄老师八十出头，脸色红润，身体硬朗，就是手脚不太方便。他努力辨认这位昔日的学生，最终摇头说："眼拙，认不清了。"

"我是汪小芸。"

"哦，小芸呀。你是语文科代表嘛。"黄老师慈祥地笑着。他眼里闪现出一个活泼可爱的小姑娘，常为他打扫办公室，替他擦黑板……那时的小姑娘，与眼前这位，却是怎么也联想不到一块儿。

"有朋自远方来，不亦乐乎。"黄老师随意地朝车内瞥了一眼，问道，"是回小镇小住几天，还是游山玩水？"

"回来小住几天，拜访本家亲戚。"汪小芸如实回答，"顺便到处逛逛。"

黄老师挪动了两步，笑道："你俩去玩吧，别辜负了这大好时光。"说罢意味深长地一笑。小镇就这么大，汪小芸再婚的事，他也略知一二。

汪小芸凝视着昔日的老师，觉得精神尚好，但比以前消瘦了许多，脸上的笑容掩饰不住岁月留下的皱纹。汪小芸亲切地问："黄老师，你还好吧？"

"好，好。"黄老师笑眯眯地说，"吃得，睡得。无事读点闲书。"

汪小芸再次请他上车，说要送他回家。黄老师摇头说，他是出门散步，不到哪儿去，该往回走啦。黄老师拍着车窗说："难得故地重游，多耍几天。当年青春靓丽，转瞬已是白头。珍惜当下，这是当下的流行语。"

黄老师挥挥手，转身往回一瘸一拐地缓步慢行。炙热的阳光烘烤着大地，没有一丝风。

汪小芸回到车内，瞧着反光镜内的老师渐渐远去，她垂头双手扶着方向盘，深切地说："我的小学语文老师，是一个悲剧人物。"

老叶不以为然地说："悲剧？有我这一生悲惨吗？他不就是得了小儿麻痹症，影响了他的一生。但他至少有一个和睦的家，孙子都该上中学了吧。"

"别以为你是天下最惨的人。"见老叶不服气的样子,汪小芸做了个手势继续说,"他出生在农村,从小得了小儿麻痹症,造成右手和右腿残疾,但他以惊人的毅力念完了高中。他左手能写钢笔字、毛笔字,在班上是老师和同学公认的才子,而他却与大学无缘,仅仅是因为小儿麻痹症。后来他当了民办教师,在偏僻的山村任教。他良好的表现、全身心地教书育人,很快获得学校与家长的认可,被调到了中心小学任教。"

老叶听完肃然起敬,他摇下车窗探出头去,空荡荡的马路上已没有了黄老师的踪影。夏天的阳光正沐浴着广袤的土地,遍坡的玉米正扬须受粉,地边的小菜长得绿油油的。

"黄老师当时还收获了一份爱情。他俩以前是同学,现在是同事,都是民办教师。黄老师凭他的才华与人格魅力,赢得了女教师的芳心。"汪小芸看了看副驾驶座的老叶继续说,"但是,遭到女方父母的反对。理由很简单,因为对方是个残疾人。最后女方嫁到城里去了,远远地离开了这里。"

老叶静静地听着,他以为故事结束了,伸伸腰说:"这是个悲剧故事,可结尾太没劲儿了。不过,女方父母的做法也可以理解。"

汪小芸瞪了老叶一眼:"我那时上五年级,同学们晓得这事后,都为黄老师打抱不平,对那个女老师非常不满。我也跟在大同学后面,对那女教师唱道:狐狸精变的,尖嘴婆……"

"那后来呢?"老叶有些迫不及待,他琢磨黄老师临走时说的话,自语道,"这老爷子有点意思。"

"后来黄老师娶了个农村姑娘,两人有个儿子。儿子努力上进考上了大学。然而造化弄人,大二时患了肝癌,没拖几年就死了。"

"啊!"老叶惊叫一声,丧子之痛他是经历过的,个中滋味只有自己知道。

汪小芸再往下说:"没过多久,黄老师抱养了一个女婴,算下时间,应该大学都毕业了。黄老也很坚强,从民办教师转为公办教师,又读了五年的函授学习,拿到了大学本科文凭。后来在职中当了校长,评了高级职称。"

老叶沉默许久,缓缓地说:"好人终有善果。"

汪小芸说到这里,心情却兴奋不起来。她知道,在这些光环的背后,隐藏着好多不为人知的辛酸与痛楚。

老叶见她神色凄苦,晓得她还在为老师难过,就说:"我来开车吧。"

这两天都是汪小芸驾驶,老叶当教练。今天老叶坐稳把住方向盘,用力按住喇叭,长长的喇叭声在大地回响,他想黄老师一定能听到,也一定能从喇叭声中感觉出学生对他的崇敬。

· 05 ·

老叶驾驶轿车开始爬山，道路很好，是标准的柏油路，有公交车来往。小车盘旋来到山顶，长江和小镇都在脚下，山顶居然是一块平地，公路两旁是高大的行道树，看来有些年头了。公路边的农舍统一刷得雪白，在阳光下格外显眼。

老叶心里说，这地方不错。汪小芸却说："往前走，下山就到了。"

老叶心里一下子明白了，汪小芸是要到她工作过的学校去。

平坦的地势已走完，开始沿着山边公路下坡。山那边一片丘壑，顿时让人感觉天又高了千仞，地又宽了万丈。

老叶小心翼翼地把着方向盘，向下而去，绕过一个山头，终于来到谷底。汪小芸一边观察，一边指挥轿车右拐。她也只能靠记忆辨别大致方位，因为这里变化实在太大了，比如沟里多了条不知通向哪里的新柏油路。

轿车向右转后，又要开始爬坡，汪小芸却让停车。她刚下车，就被人叫住："哎哟，你是汪老师吗？"

原来是住在学校边的农妇认出了她。农妇很健谈："这么多年了，你还惦记着学校，哎呀，你一点都没变。"

汪小芸笑着与农妇告辞，沿着小路走向昔日的学校。没几步就踏上一座小石桥，石桥显得陈旧，到处布满青苔，石缝间长着小草，桥面上淤泥成片，长出绿茵茵的青苔。

"这叫板板桥，可能以前是木桥。不过，我来教书时已经是石桥了。当年，每天有几百个学生过上过下，石桥光滑干净，无一根杂草。"

汪小芸站在杂草丛生的石桥上，抚摸着石栏。桥下仍有淙淙流淌的溪水，清澈见底，在两岸翠竹的护送下，弯弯曲曲地流向远方。

老叶一言不发地跟在后面，穿过玉米地、走过田坎，又遇上小溪，流水汩汩，溪水两边竹高叶茂。跨过流水，上行几步，便看到几堵石头砌成的墙。

汪小芸说："那就是过去的教室。"

两人站在昔日的操场上，看着操场上晒着农民的柴草，一只母鸡领着一队雏鸡在柴草中觅食。操场一侧的食堂、教师宿舍、厕所都荡然无存，只有那座院子还在，板壁墙上还有依稀可辨的"好好学习，天天向上"的标语。

汪小芸耳朵边响起孩子们的琅琅读书声、同事的欢歌笑语、方秋实的谆谆教诲，浮现出一张张稚嫩的笑脸、同事们教书育人的身影、方秋实那潇洒的倩影……可这一切都成为过去。

面对面目全非的学校，汪小芸有一定的思想准备。学校的鼎盛时期，不仅逐年平整操场，还办了中学。在操场两边用石砖建了教室，在对面建了新的食堂、厕所、教师宿舍。有小学、初中、高中二十多个班。

后来学龄儿童逐年减少，大批农民外出务工。等他们站稳脚跟后，老婆孩子也到城里去了，乡村学校就愈发冷清。学生少了，老师也就慢慢调走了。

撤乡并镇的政策，让中小学统统纳入新镇，只在公路边保留了一所幼儿园。等学校一搬走，操场就成了周围农家的打谷场。新建的校舍卖给了农民，但农民要的是石砖、瓦、木料，其他大多被退回或者贱卖了。

老叶对这一切感到陌生。若没人介绍，怎么也不会联想到这里曾经是学校，而且汪小芸竟然在这么艰苦的环境中工作过十年。十年啊，多少个寒冷的长夜，多少个炎热的夏日。

同时，他也联想到方秋实。方秋实在农村工作过十多年，但愿她工作的环境比这里好一点，山没有这么高，路没有这么陡峭。

汪小芸忽然叫住老叶，指着院子大门左右的板壁房间说："叶大哥，当年我就住在其中的一间。你猜一猜，我住哪一间？"

老叶望着那一排紧闭着的窗户，摇了摇头。一边四扇窗户，两边共八扇窗户。一间一扇窗户，当年有八个教师栖身于此。

"你猜，左边第一间谁住过？"汪小芸再次发问。

老叶顺口说道："肯定是你了。"

"我没资格，那是书记校长住的呢，再猜一猜。"汪小芸抿嘴一笑，看透了他的心思，补充一句，"你认识的。"

老叶还是摇头。

"是方秋实校长，方姐。"汪小芸兴奋地说。

老叶一愣，旋即笑道："哈哈，你少蒙我。"

汪小芸对围观的十多个上了年纪的农民问道："我在时，哪个是校长？"

农民七嘴八舌地说："是方秋实，方校长。"

村民一边说，一边好奇地打量着老叶。

老叶的脑袋一下懵了，农民的注意力这才集中到他身上。

"这人是谁？是你老伴吗？"

汪小芸只是笑笑未回答。

"是方校长的老伴吗？听说方校长去世好几年了。"

汪小芸仍是微笑着，含含糊糊地点头。

好几位农妇请他俩去自己家吃午餐，因为她们的子女都曾是汪老师的学生。当年，没少麻烦这些家长，没菜时，人家送来咸菜，煮面条时，常到人家的自留地里摘苕尖。汪小芸委婉谢绝，并一一作别，离开了操场。

老叶独自向院子里走去，汪小芸只好跟随其后。她明白老叶心里此刻在想什么，有些后悔不该带老叶来这里，弄得凄凄惨惨的。

两人跨过高高的门槛，站在天井中，汪小芸给老叶介绍，教室、办公室、宿舍……最后，两人来到方秋实曾经住过的寝室。

门虚掩着，汪小芸言语一声，见没动静，就轻轻推开一条缝隙，只见里面堆满了杂物，布满了灰尘。老叶伫立在门前，默默无语地望着室内。自他踏进这个院子，就不曾言语过，这会儿更是神色凝重。

汪小芸心里着了慌，生怕老叶过度悲伤，引发身体不适，但她不敢劝阻，只好静静地站在老叶身旁，轻轻地挽扶着他。

过了好一会儿，老叶舒了口气，看了汪小芸一眼，默默地走开。汪小芸紧随其后，两人来到清清的小溪旁。高大茂密的竹林，遮挡住炎热的阳光，溪水边凉风习习。

见四下无人，老叶才用几分责备的语气，说出憋在心里好一阵的话："汪老师，你为什么一直瞒着我？"

"没有啊……"汪小芸笑嘻嘻地说，见老叶严肃的神态，知道他生气了，忙说，"我也是昨天上午见到那玉石，我才明白的。"

老叶很惊诧，忍不住问："怎么？你以前见过这玉石？"

"岂止见过。"汪小芸蹲下来，用溪水洗手，清澈的流水从手掌心流过，使人想起年轻时在溪边洗衣物的情景。

那时她常带方秋实到自己家过周末，带她去欣赏小镇古朴的风貌，带她在长江边柔软的沙滩漫步，在铺满鹅卵石的水边寻找精美可爱的小石子。

有次二人走在石滩上，汪小芸招呼方秋实小心点别摔了，又见她手里已经有好几块石子，便打趣道："捡到宝贝啦。"

汪小芸忽然发现在右前方不远处的鹅卵石丛中，有幽幽的光闪现。她好奇地盯着，三步并作两步跑去。汪小芸蹲下，用手扒开乱石，捡到一颗晶莹透亮的小石子。这小石头片薄薄的，一头稍大，早已没了棱角。

汪小芸兴奋地举起石子，见它在阳光下发着浅绿色的光，和方秋实当天的打扮十分配，便当即把石子送给她，方秋实高兴得手舞足蹈。两人拥抱在一起，欢快的笑声洒满空旷的河滩。

老叶听着汪小芸的叙述，只低头洗手洗脸，内心却翻江倒海。他知道

前妻到县城前，曾经在山区教过书，但方秋实从没有给他讲过在农村工作的艰辛。今天实地观光，完全可以想象当年的环境有多艰苦。

"其实，睡觉时我见到那玉石，觉得似曾相识。但又觉得，白毛猪儿家家有，天下哪有这么多的巧合。现在看来，就是这么巧合。"汪小芸说罢哈哈大笑，惊飞了竹林中的一对小鸟。

老叶抖掉手上的水，又问："那你昨天为什么不告诉我呢？"

"我想给你一个惊喜，不是更浪漫吗？"汪小芸歪着头调皮地看着老叶。

老叶万分感动，他仰望着晴朗的天空，说道："感谢苍天对我的眷顾，让我遇上了汪小芸。"

汪小芸不高兴了，指着老叶说："苍天若有眼，就要割你的舌头。方姐跟你这么多年，难道就不是苍天眷顾吗？"

老叶急切摆手，走到汪小芸身边，真诚地说："我不是那个意思。我是感谢苍天，让我在失去秋实之后又遇上了你。"

汪小芸故作生气："老实说，你心里有几个女人？"

老叶嘿嘿笑起来，比画着手说："都装在心里，她俩是过去，你是现在，这不矛盾吧？我不能不缅怀过去，更不能放弃现在。"

汪小芸笑道："你娃臭美吧。"顺势弯腰击起一片水花，打在老叶脸上。老叶猝不及防地连退几步，想要反击，汪小芸早跑远了。

第八章

· 01 ·

方秋实和汪小芸从前亲密无间。

一天晚上，方秋实叫汪小芸到她寝室去，汪小芸以为是谈工作，就大大咧咧地推门进去，却见方秋实正在收拾行李。

汪小芸瞧见靠窗桌上的照片，那是装在镜框里的一张彩色照片。方秋实与汪小芸并排站着，背景是庄稼地，方秋实微微含笑，深邃的目光含着几分惆怅，汪小芸一脸稚气，笑得灿烂，梳着两条长辫子，完全是一副学生打扮。

这是汪小芸初到学校时，方秋实邀她第一次照相，也是她生平第一次照彩照。她自己也留有一张，却觉得没照好，藏在相册里，不肯示人。

"你我姐妹一场，如今你结婚了，当姐的总得表示一下。"方秋实从皮箱里拿出两段丝绸被面，说，"这两段被面，是杭州出产的，我原是为自己准备的。你捷足先登，就送一段丝绸被面给你，你自己挑一段吧。"

汪小芸喜出望外，爱不释手地看着精美的绸缎。这两段被面色彩一样，花纹图案也一样，浅红色、金黄色的凤凰图案。汪小芸再三道谢。

"我大哥二姐送的，两个书呆子，买了一样的礼品。"

"他们在杭州工作？"汪小芸羡慕地问。

方秋实回答说："保密单位。"

汪小芸心里升腾起崇高的敬意，心想到时一定还个大礼，这件事一直到现在成了遗憾。

后来有天，发生了一件让汪小芸印象深刻的事情。

那天放学后，同学们围着水泥台子打乒乓球。这儿的规则是六分一局，谁赢谁做庄。现在坐庄的是个胖胖的女孩，同学、老师都叫她小龙女，已经打败了四五个同学，脸上正扬着得意的劲儿。其实，她的球技也一般，不过是因为她是学校龙主任的宝贝女儿，大家才让着她。

轮到小罗上场了，他刚被龙主任训斥了一顿，正憋着一肚子气，忽然萌生"邪念"，开始施展他的球技。刁钻的球一会儿在左，一会儿在右，时而远，时而近，让小龙女左奔右跑、上下推挡，几个回合下来，早已气喘吁吁。

小龙女涨红了脸，她意识到小罗有意捉弄她，又见同学们一个个侧身窃笑，顿时恼羞成怒，小龙女扔掉球拍号啕大哭："爸爸，有人欺负我。"

龙主任闻声赶来，见是小罗，也不问个青红皂白，扬手就给了小罗一巴掌。

小罗也哭闹起来，哭声传到了正在办公室工作的汪小芸耳朵里，她赶紧跑了出来问明情况。

汪小芸对龙主任说："你怎么能这样呢？"

龙主任没想到汪小芸竟敢当面指责他，气愤道："我也是学生家长。"

"学生家长也不能打别人的孩子。"汪小芸据理争辩。

龙主任自知理亏，他不搭理汪小芸，转身数落小罗的诸多不是，并要小罗到办公室去。小罗受了委屈，坐在地上大哭，弄得龙主任更是气不打一处来。

正在这尴尬的时刻，方校长来了，头上汗涔涔的。她刚从区教办开会回来，在板板桥上就听到了这边的哄闹声，心里感觉不妙，就一路小跑赶回来。她站在人群中，环视了一圈，已经从同学们的闹嚷声中知道大概是怎么回事了。

方校长和颜悦色地说："大家快回家吧，有事的同学到我办公室来。"

小罗乖乖地跟着校长进了办公室，龙主任犹豫了一下，迈着沉重的步子也跟随进去了。

汪小芸见状，准备理直气壮地进入办公室，却被方校长劝阻，让她回避一下。汪小芸气呼呼地离开，觉得校长不公平，吃晚饭时也没像往常一样往校长寝室里凑。

当月亮升起来时，方秋实在外面敲着窗棂说："出来走走。"

两人来到操场，见有教师在散步，就很默契地朝学校后山走去。这是她俩探秘的一处世外桃源，半山处有一棵大树，树下有块大石头，正好可席地而坐。此时，月亮挂在树梢，月光泻满山野，轻拂的夜风送来阵阵清凉，田里的蛙声与草丛的昆虫鸣声，编织成这具有山乡特色的月光小夜曲。

方秋实拿出纸包着的卤鸡腿说："吃吧，再不吃就坏了。"

汪小芸激动地接过鸡腿，小口啃着，两眼噙着泪花："我今天有错吗？"

"你没有错。"方秋实叹口气道，"你性格太直，将来会吃大亏的。"

汪小芸叫了声大姐，扑进方秋实怀里，像受委屈的小妹子呜呜哭着。

这件事过后不久，方秋实就被调到县里去了。临走那天，汪小芸送她到小镇码头，拉着方秋实的手亲切说道："姐，县城地面大，你的婚姻大事肯定会解决的。"

方秋实笑着拥抱汪小芸。汪小芸调皮道："到时候，可别忘了请我。"

方秋实拍着汪小芸的肩膀，意味深长道："那是理所当然。记得带上丈夫和孩子，我还没见过妹夫呢。"

汪小芸略带羞涩地说："还早着呢。"

汪小芸伫立在码头边，直到轮船从她的视线中消失，她才依依不舍地转身离开。

再过了两年，汪小芸被调到陈新国单位的子弟学校。她到县里办手续时，听说方秋实结婚了。汪小芸好高兴，她深知大姐的秉性，在个人问题上，她是个执着的理想主义者，她选中的郎君，一定英俊潇洒、学识渊博。

汪小芸好想见方秋实一面，好久都没与大姐拉家常了，也想见见姐夫，当面祝福他俩幸福美满，却不知她在何处，无法拜访。汪小芸向教委的人打听方秋实的地址。那人说："你今天找不到人，放假了。她去丈夫家了。"

汪小芸好生奇怪，难道她有两个家？也不便询问，只好退出办公室。那时她还有许多调动手续待办，只好作罢，坐上了返程的公交车。

但她心里沉甸甸的，觉得到了县城，不去见大姐一面，真对不起大姐。

这一走，她们就再也没有重逢过。

·02·

在石桥上，老叶追上了汪小芸，有点气喘吁吁地靠在石栏上。汪小芸掏出纸巾替他擦额头上的汗水。

老叶拉着她的手说："小芸，我要送你一个礼物。"

老叶说着从颈上摘下玉石，欲挂在汪小芸脖子上。

汪小芸后退一步说："这是方姐给你的定情之物，我不能要。"

老叶再三相劝，见汪小芸仍不肯收下，只好抬出方秋实的临终遗言："她说了，这玉石一定要送给陪伴我后半生的人，非你莫属了。"

"这么大的事，一个见证人也没有。"

"上有天，下有地，中间还有个明晃晃的太阳，足以见证我俩的爱情。"

汪小芸扑哧一声笑出口："你把天地神都请来了，我再不接受，岂不是天怒神怨？"说着就弯下腰去。

老叶将玉石挂在了汪小芸脖子上。她心里暖潮涌动，趁势在老叶脸上纵情一吻。老叶倍受鼓舞，正欲搂住汪小芸。汪小芸眼尖，瞧见有人朝石桥走来，说声"有人来了"，扭头就走。

两人回到公路边，农妇和好几个人已在轿车旁等候，这些人手里还提着时鲜蔬菜，还有一篮子嫩苞谷。大家热情地叫着汪老师，说些问候的话。

汪小芸推辞不了，只好收下，准备付钱，却见他们都笑着告退了。

两人回到车上，汪小芸发动汽车问道："前边十多公里还有个风景区，还有个古镇，上过中央电视台的，今天还去吗？"

老叶摇摇头，脑海里尽是方秋实和女儿的身影。他怏怏地说："改天吧。"

汪小芸掉转车头往回走，行驶到一棵黄葛树边，汪小芸指着路边的山道说："这就是九道拐。过去我和方姐到小镇就走这条道。"

老叶探头望了一眼，果断地叫了一声："停车。"

老叶站在黄葛树下，仰头望着蜿蜒而上的石板路，思绪万千，神色凝重。他忽然开口："你把车开上去，在路口等我。我来体验体验这九道拐的滋味。"

汪小芸睁大了眼睛："你娃想得出来！你看看这条路上，人都没得一个。农民都晓得乘车。"

"我就想体验一下嘛。"老叶固执地说。

汪小芸不放心他一个人，于是请附近的农户代驾，自己陪老叶走路。

两人沿着石板路缓步前行，路旁杂树成荫，时有成片野花点缀，路边有山涧，树丛杂草遮蔽，只闻潺潺水声。阵阵凉风袭来，令人精神振奋。老叶兴致很高，汪小芸就讲了一个故事：学生为感谢老师，半夜放完别人池塘的水，捉来鱼偷偷放在老师门前；早晨来上学，还顺手牵羊摘南瓜送给老师。

老叶听得入神，问道："还有这种事？"

"说你没见过簸箕大的天，你还不服。天下之大，无奇不有，这算啥……"

"快看，那枝头上有只小鸟。"汪小芸快活地叫着。

那是只尖嘴绿衣的小鸟，正在枝头跳来跳去，还哼着婉转的调子。老叶抬起头，望了一眼，像是对汪小芸倾诉，又像是在自言自语："我真是好后悔，没有好好地待秋实和女儿。秋实来到叶家，没享受到一天的清福。"

汪小芸扶着老叶跨过有积水的路面，语重心长地对老叶说："你若永远生活在苦难的过去，就永远没有明天。"

老叶低头看路，默默行走在石板路上，没有言语，只是激动地紧紧抓住汪小芸的手。

两人驾车回到小镇，在一家小饭馆门前停下，要了两碗豆花、一份盐煎肉、一份素菜。老板热情地招呼："哟，汪老师，您回来了。"

老板是个饶舌的人，一边吆喝伙房炒菜，一边对二位说："来了，就多住两天，四处走走，再过几年，好多景观就看不到了。汪老师回来住哪里？"

"我住幺叔家。"汪小芸仔细看了看老板，觉得有些面熟，但记不起是谁了，毕竟离开小镇二十多年了。她试着问道："你，你是？"

老板反倒有些诧异，客气地说："我是杨明山。"

汪小芸仍是云里雾里。邻桌一顾客大声说："这是当年的小打更匠。"

汪小芸"哦"了一声，朝老板点点头，赶紧埋头吃饭，记忆却如潮水般涌动。

老叶一边吃饭，一边顺手关了头上的吊扇，他的衬衫早被汗水湿透，担心感冒。但吊扇立马又被邻桌的客人启动，嘴上还骂骂咧咧的。

汪小芸无心争吵，只是催促老叶快些吃饭。结账时，老板笑容可掬地说："二位难得回来一趟，今天我免单，算是给二位接风了。"

汪小芸很感动，但这饭钱还是要给的。当汪小芸一边道谢，一边掏出钱时，老板收敛笑容，真切地说："汪老师，我说了免单，是对二位的敬重。你真要这样，就是看不起我。"

汪小芸内心受到极大震撼，她无法拒绝人家的好意，虽然只是区区几十元而已。汪小芸瞟了老叶一眼，伸出手热情地说："怎么当老板啦？"

"下岗了，有啥法？"老板苦笑道，"大人要吃饭，娃娃要上学。"

镇上最大的企业是修船厂，红火了几十年，曾经是小镇的骄傲。在历史变革中，厂子资不抵债，最终破产，工人干部下岗自谋出路。小打更匠是工会干部，没有技术，又没有门路，只好在镇上开家小饭馆养家糊口。

"日子还好吧？"汪小芸关切地问。

老板握住汪小芸的手自豪地说："儿子研究生毕业，在上海安了家。"

二人走出小饭馆，老叶问这老板怎么这么客气，汪小芸小声对他说："我差点嫁给他了。"

老叶"哦"了一声，回头望了望，老板还站在店门前，朝他们挥手。

· 03 ·

回到幺叔家里，汪小芸一摸老叶的额头，果然有些发烧，于是她嘱咐老叶擦干身子、换身衣衫，自己则一边找备用的感冒药，一边数落老叶逞能，不会自己照顾自己。

老叶像个小孩似的乖乖坐着，任凭汪小芸怎么唠叨，始终保持着微笑。见汪小芸忙碌得差不多了，气也消得差不多啦，他悠悠地说道："九道拐风景不错，芳草萋萋，流水潺潺……"

汪小芸点头道："二十多年的封山育林，才有了这美景。"她叹口气继续说，"那些年，道两旁的茅草都被割得光光的，不是喂牛，就是当柴烧了。"

"再修个凉亭就更好啦。"

"你吃错药了？九道拐又不是风景区，建啥亭子。小镇码头兴旺时，九道拐是马帮的必经之地。但自从有了公路，九道拐就没啥人走了。"

老叶服药后，在床上躺下，汪小芸给他盖上空调被。老叶乘机握住汪小芸的手，久久不放。老叶心里涌出好多好多心里话。他费了好大劲儿才说出口："小芸谢谢你。真的，感谢苍天，让我遇上了你。"

汪小芸反问道："你到底是感谢我，还是感谢苍天？"

两人正说着悄悄话，外面传来摔碗砸盆的响声，接着是幺婶咒骂三叔的声音："这个挨千刀的，都过去几十年了，还想来分财产，真是见财眼红……"

"吼啥子吼？也不怕大侄女笑话。"幺叔低声道。

"那啷个办嘛？"外面传来幺婶焦急的声音。

幺叔冷笑一声："水来土掩，兵来将挡。我自有办法。"

汪小芸在里屋听得一清二楚，不由得皱起眉头，想起了老一辈的事情。

汪小芸的爷爷长年行医，育有四男三女。汪小芸的父亲是老大，他在兄弟姐妹中威信很高，可以说是一言九鼎。

老大结婚，爷爷给了一套三四间房的宅子；老二随父学医，老爷子就将当街的医馆给了他，也有三间房，但公私合营时，老二进了镇上的联合诊所，房产就归公了，后来医院分了住房，也算衣食无忧。三个姑娘出嫁，老爷子均备有不菲的嫁妆。

老三在外地工作，在城里安的家，有一个女儿，远嫁广东。自己因好酒滥赌，与妻子离异，净身出户。现在回到小镇已经好几个月了，东家几天，西家几天，还处处摆长辈的架子。家家都烦他，又奈何不了他。

老爷子跟老幺住在一起，有五六间房。老爷子夫妇去世后，房产归了老幺，剩余的积蓄，兄弟姐妹均分。现在小镇即将拆迁，政府正在进行房产登记的事情。大家听说老幺的房产值三百多万元，心里就都打起了算盘。汪家兄妹之间的多年积怨终于要爆发了。

汪小芸对这些一无所知，这次回到小镇来，奈何幺叔盛情邀请他们去住，于是他们就在幺叔家住下。幺叔还叫了几位哥哥姐姐，在镇上的酒楼包了三桌，给她接风洗尘。

大家最感兴趣的是老叶，得知他是总工程师退休，都兴奋不已。不是羡慕他有渊博的学识，而是交头接耳打探，总工程师退休金有多高？几个长辈则是旁敲侧击地询问有几套住房？有多少存款？问得老叶浑身不自在。

汪小芸到那两桌敬酒回来，见老叶快招架不住了，就转移话题："我俩计划投入二十万，改造云转山的院子，办一个高档农家乐……"

这话掀起轩然大波，老态龙钟的二叔用拐杖戳了戳地面，眯起昏花的老眼，慢吞吞地说："有二十万，还折腾个啥……"

三叔附和老二的高见："有这么多钱，干脆到国外去旅游，见见世面。"

几个姑姑用惊愕的目光看着汪小芸，她们不理解比自己小不了几岁的侄女为何如此狂妄，窃窃私语一番，一致认为肯定是那个总工程师鼓捣的。

三姑借着敬酒的机会，小声对汪小芸说："这把岁数了，还不懂吗，投资有风险。"

好在汪小芸的规划得到了堂弟堂妹以及侄儿侄女们的赞许，纷纷表示要带朋友来照顾生意。

汪小芸一拍巴掌："好，你们来，一律免单，带的朋友八折优惠。不过，我是高档农家乐，收费每天两百元左右。"

二叔、三叔、幺叔还有几个姑姑睁大了眼睛。晚辈们却欢呼雀跃，说收费高，必然档次高，花钱就图个舒心。大家又纷纷举杯，向汪、叶二人表示祝福。

酒至半酣，老三仗着酒劲儿，敲着胸膛直言不讳："今天，大侄女也回来了。各房都有人在，我把我的想法说一下。"

席桌上瞬间安静下来，大家不约而同地停止了吃喝，谁也不言语。

"大家都是一母所生，一个屋檐下长大的，你们多多少少都得到父母的遗产，只有我一个人光眼看着，这不公平，总得给我点安慰吧……"

老三话还未完，就激起了大伙儿的愤怒。两个姐姐一个妹妹率先反驳："嫁出去的女儿，得了啥子？那点陪嫁算得了什么。"

"老三你结婚，父母送你台大彩电，你忘了吗？"

"还有现金，拿今天讲，算不了啥，可在当时……"

众姐妹唇枪舌剑，让汪小芸左右为难，她朝老叶使个眼色，示意他赶紧吃饭。老叶匆匆扒了几口饭，跑到酒楼外看夜景去了。

老二熄掉手中的烟，不阴不阳地说："莫要一篙竿打了一船人。你想要啥子？明说嘛，都是亲兄弟。"

老三见有人帮腔，立马长了几分精神，胆壮腰硬，说话也理直气壮起来："老幺，你这回肥得流油，总要拉你三哥一把。"

老幺慢吞吞地呷了一口酒，并不看老三一眼，拖着腔调说："你有啥要求？说来大家听听，是要房子，还是要票子？大家说，该拿，我一定兑现。大家说，不给，我也只能干瞪眼。"

酒桌再度安静，谁也不愿贸然表态。见此，老幺继续说："这回拆迁，我有了几个钱，不会忘记哥哥姐姐的。有啥难处，我会帮助的。"

三姐妹眉飞色舞，三姐一拍桌子："老幺，耿直。我家老头子要住院，能借我点吗？"

老幺点点头："借钱，好说，你是三姐嘛。"

四姐见有机可乘，扭身起立也说："老幺，我也有难处，希望拉我一把……"说着，便哭泣起来，汪小芸忙递上纸巾劝慰。四姐擦着眼泪说："我家儿子不争气，上个月打伤了人，要赔七八千，不然，公安不放人。"

六姐满面春风地站起来说："各位长辈，我孙子满周岁，周岁宴定在下月初六，计划办三十桌，到时可要捧场哟。幺舅老爷，等着你的大红包哟。"

这一系列事，气得幺婶在洗手间里低声骂娘。她嘴里嘟囔着回到座位旁，刚巧服务员端来一钵鸡汤，她接过汤盆重重地放在桌上，溅了好些汤汁在桌上。大家见此都默不作声。

过了一会儿，老幺对三个姐姐说："你们的事，我记住了，下来具体说。"

三姐妹连声向老幺道谢，推杯换盏，席面上喜庆的气氛再度升温。只剩老三显得十分尴尬，他刚才的诉求，像一阵风吹过，什么痕迹也没留下。他看了老二一眼，老二正低头啃鸡腿。

老三憋得慌，朝老幺吼道："你开空头支票，收买人心。"

汪小芸正欲说话，却被幺婶一把拦住，对她耳语道："莫管他，好酒滥赌，欠一屁股赌债。"

老幺稳坐如山，不搭理他，三姐妹也在一边谈笑风生。老三瓜兮兮地独自吸烟。老二耸耸肩，举起酒杯与老幺同饮后，慢条斯理地说："老幺，你赚大了，靠的是老辈的房产，你多少给哥哥姐姐们意思一下嘛，都是一母所生。先说清楚，我不要……"

"不想吃锅巴，莫围到锅台转。"幺婶冷不防回了一句。自汪小芸父亲去世后，老二常以老大自居，对弟弟妹妹指手画脚，大家多有怨气。

"老子不缺钱。"老二近乎歇斯底里。他确实不缺钱，他是小镇有名望的中医，专治各种疑难杂症，提前退休后，开了家诊所。小小诊所里常有远道而来的慕名者。老二看病兼售药，收入自然不少。

"我就是看不惯靠老祖宗遗产发财的。"老二愤愤不平，瞥见汪小芸忙说，"小芸，我不是说你。你把房子卖了，到云转山建了座庄园。如今又要办高档农家乐，不是浪费钱吗？"

汪小芸本不想介入长辈之间的纷争，既然二叔指名道姓了，她只好站起来，敬了各位长辈一杯，坦诚地说："房子正在改造，准备开家农家乐。开业后一定请各位长辈光临指导。"

大家热议农家乐，都夸大哥的几个儿女团结，有经济头脑，便不再提老幺房产的事，老三气得干瞪眼。

老幺伸出大拇指，兴奋地说："大侄女有气魄。"

幺婶笑道："这大好事，也不通知一下三亲六戚。几个孃孃依不依？"

三姐妹摇头不同意，一致要求择日到镇上大河酒楼摆上几桌。

汪小芸说："不敢让长辈们破费，改天请大家吃个饭。"

"老幺，你莫要滑头。"老三愤懑地嚷道，"明明在说遗产的事，你故意扯到大侄女的农家乐。不得行！"说罢，眼瞅着老二。

老二摆出一副事不关己的姿态，仍是慢条斯理地说："亲兄弟，好生商量。有话好好说。"

"亲兄弟？生怕别人吃饱饭。"幺婶愤愤不平地打断老二的话，"要钱没有，要房子找妈老汉儿要去。"

几个姑姑想笑，见三兄弟剑拔弩张，都低头强忍住笑。

老三悲哀地说："我没有房子住啊！"

幺婶幸灾乐祸地说："我给你指条路，去找个有房子的老伴，把你的臭德性改一改。"

三个姑姑顿时来了兴致，把小镇的寡妇排了排，都先后摇头说："难办。"

气得老三咬牙切齿，跺着脚说："镇上这些老太婆，我一个也看不起。十月份我就到女儿那去，找个富婆回来，气死你们。"

老幺看了幺婶一眼，又环视众人后，缓缓说道："三哥，我家有空房。你不嫌弃的话，可以来住。当着大家的面说好，是无偿借你住，不是给你。"

老三犹豫不决："可是，以后……"

"知足了吧。"老二呵斥道，"还不谢谢老幺。"

老三赶紧抱拳致谢。大家拍手叫好，只有幺婶阴沉着脸，憋了一肚子气。

大家又高兴地喝了几巡酒，各自回了家。汪小芸帮着幺婶收拾可以打包的菜肴，幺婶还耿耿于怀："我那二女子没来，她若在场，老二老三不敢这么张狂。"

老幺坐在一旁吸烟，心里舒坦。其实，老幺早有心理准备，谁家有困难，他愿意拉扯一把，谁要想重分遗产，他会嗤之以鼻。他觉得这样对待三哥，于情于理都讲得过去。至于二哥，自家也有空房，却挑唆三哥来闹事。自己实在不愿撕破脸，与他计较，让街坊邻居看笑话。大侄女再婚，多少要表示一下，想起大哥在时，总是庇护着自己，在外受别人欺侮，都是大哥替他出头的，在家没少受父母呵斥，大哥也总是替他担责。

送多少呢？老幺想，大侄女不是要在小镇办桌酒席，招待亲朋好友么？自己来买单怎么样？大哥在天有灵，也会高兴的。老幺想到这里，脸上露出了满意的微笑。欲告诉汪小芸，却见她与老婆在一块儿打包菜肴，只好把话咽下肚。

幺叔深知自己的婆娘一辈子省吃俭用，节俭到几乎吝啬的程度，在单位和街坊闹了不少的笑话。今晚当众答应三哥免费住房，她肯定要反对。

"提起。"幺婶怨气冲天地把几袋残汤剩菜递到幺叔面前，挖苦道，"穷得烧蛇吃，外面吹壳子。还无偿、免费！"

幺叔嘿嘿一笑，接过食品袋就走了。汪小芸陪同幺婶走在后面。

· 04 ·

汪小芸回到卧室，见老叶斜躺在床上看电视，音量却开得很小。汪小芸说："好阴险，偷听我家族的人谈话，该当何罪？"

老叶坐起来笑道："见怪不怪，家家都有本难念的经。不过，这都过去几十年的事了，又翻出来扯，足见人的本性难移。"

"什么意思？"汪小芸沉下脸来。

"我觉得幺叔这个人还不错。"老叶停顿一下继续说，"幺叔识大体，重视亲情，也懂得保护自己的财产。"

汪小芸微笑着点头，表示认可。

老叶点点头，站起来走到窗前，望着窗外黑黝黝的江水说："我认识你二叔，一上桌子就认出来了。"

汪小芸有些莫名其妙，以为老叶在说笑。老叶叹了口气，慢慢道来。

方秋实在山区工作多年，有许多同事与学生。那时有人介绍说，小镇有家私人诊所，大夫姓汪，是中医世家，对小儿科及各种疑难杂症有独到之处，其周末及节假日开业，平时在医院上班。方秋实听闻后，脸上露出难得的一丝笑意，只要有一线希望，她都要努力尝试一番。

那是个下着瓢泼大雨的星期天，方秋实的同事驾驶一辆长安面包车，送夫妻俩和秀秀到小镇上去。秀秀坐在父母中间，望着车窗外黑压压的乌云，听着豆大的雨点扑打在车窗上，远处活跃的闪电伴着轰鸣的雷声，吓得瑟瑟发抖，紧紧地抓住妈妈。

方秋实抱着秀秀说："别怕，妈妈保护你。"

秀秀哭着说："我，不要，打针。"

方秋实强忍悲情说："秀秀，今天不打针。"说完在秀秀的额头上亲吻。

叶世全目睹这一切，心里一阵酸楚。他心里明白，此次前去什么小镇，其结果与之前无数次的寻医求药必定一样。秀秀的现状木已成舟，现代医学也无法治疗，他们应该放弃治愈的念头，接受残酷的现实，好好善待秀秀。

可每一次，话到嘴边，叶世全又咽下了肚。他实在不忍心打碎妻子的梦。毕竟她现在一切围着秀秀转，为她规划康复路线，细心观察她的每一点变化，为她的每一点进步喝彩。

这一次也毫不例外，叶世全犹豫再三，也未开口。

两人到了小镇后一打听，就找到了汪大夫的诊所。门面不大，墙上挂满了患者赠送的大小锦旗，另一面则是中药柜台。那油漆斑驳的陈旧木柜，无声地诉说着它悠长的历史。锦旗下有一排长凳，竟坐着衣衫各异的十来个男女。因为下雨，诊所地面湿漉漉的。正在问诊的汪大夫见又有陌生人进来，忙从里屋搬出几把塑料凳子。

叶世全坐在塑料凳上，好奇地打量室内的一切。他对长凳上的十来人逐一观察，发现只有三四个患者，其余多是陪伴者。叶世全略略宽心，从这些人的只言片语中得知，他们都是来自边远山区的农民，有的还来自邻县。

叶世全望着墙上长短不齐、新旧迥然的锦旗揣想，真有这么神奇吗？他再看了看汪大夫，穿一件旧的白大褂，看上去也就四十来岁，戴一副近视眼镜，一边看病，一边与患者开着玩笑。

山里农民从包了好几层的塑料袋中拿出钱来，数了又数，将钱交给柜台内一个烫着卷发的瘦高女人，又从她手里接过几大包草药。同行者的目光聚焦在草药包上，同时把亲人康复的希望寄托在这神秘的草药包上。

患者回头向汪大夫千恩万谢，汪大夫总是微笑着说："下得田了，莫忘了送锦旗。"

快到中午时分，终于轮到秀秀了。汪大夫接过方秋实递来的厚厚的病历，皱眉翻了两页，转身对那些或坐着或站着的人说："其余人下午两点钟再来吧。"

当诊所只剩下方秋实三人与汪大夫时，汪大夫示意夫妇二人坐下。他一边慢慢地翻阅病历，一边抬眼打量叶世全夫妇。

"从县城来的？"

叶世全点点头。

汪大夫又看了几页，他摘下眼镜，仔细地观察秀秀，和颜悦色地问道："小妹妹，今年几岁了？"

秀秀把头一歪："我九岁啦。"这是每天都要重复的功课，她本能地答道。

"七个桃子加八个桃子，一共有多少个桃子？"

秀秀伸出小手，似乎觉得手指头不够用了。她茫然地看看爸爸，又看看妈妈。汪大夫心里便什么都明白了。

汪大夫重新戴上眼镜，半闭着眼睛再次打量叶世全夫妇，心里琢磨着如何开处方。从医生的直觉出发，什么药方也别开，可从开诊所的私欲着想，又可以捞一把。思来想去，他眼珠一转，心想，不捞白不捞。

汪大夫微笑着招呼秀秀坐过来，瞧了瞧她的舌苔，又给秀秀把脉后，伏案开了张龙飞凤舞的处方。汪大夫亲自抓药，一共有十服，总计二百三十八元。

汪大夫抖抖白大褂爽快地说："就收两百元，你们远道而来，辛苦了。"

方秋实叫道："这么贵哇？"

"不算贵。我这个诊所开过八百元一服药的处方。"

在被送出诊所时，汪大夫叫住叶世全低声说："大哥，这十服药吃完，若没有明显效果，就没必要再来了。"

老叶抬起头来，对听得入神的汪小芸说："你二叔还算有良心，棒棒举得不算太高……"

"何以见得？"汪小芸很内疚，觉得二叔敛财太黑心。

老叶呵呵一笑，坦诚地说："要知道，黄金有价药无价。他没收我七八百块。更重要的是，他暗示我，不要再去医院花冤枉钱了。"

· 05 ·

第二天早饭后，汪小芸向幺叔辞行，并拿出五百元作为伙食费。幺叔很诧异，解释说："大侄女，你误会了，你幺婶就这脾气。"

汪小芸又做了番解释，说要到张家界旅游。幺叔听后便不再挽留，但仍不肯收这五百元。

汪小芸只好说："既然这样，就把这钱给三叔吧，他也挺难的……"

话音未落，早已站在一旁的幺婶，伸手攥住钞票说："给他？还不如给我。他拿去，两天就输光。大侄女，莫忙走，我去给你煮几个鸡蛋，带去路上吃。"

汪小芸夫妇谢绝了幺婶的好意后，发动了轿车。

幺婶敲着车窗热情地说："大侄女，回来时，记得进屋啊。"

幺叔站在屋门边，没有说话。轿车驶出院门时，他微笑着挥了挥手。

快到中午时，两人在一个三岔路口的路边食店里休息。这栋两层楼的简陋房舍，盖在高大粗壮的黄葛树下，巨大的树冠似一把遮天蔽日的伞，旁边还有个不大不小的停车场。同时，悠悠凉风从山谷深处袭来，让汪小芸一下车就不禁叫道："好安逸呀。"

一个三十多岁的女人迎上前来，口齿伶俐地说："欢迎二位光临小店。是喝茶，还是吃饭？喝茶嘛，有下关沱茶、茉莉花茶、普洱茶、铁观音、西湖龙井随你挑、随你选；吃饭嘛，有烧白、粉蒸肉、粉蒸排骨、红烧牛肉、火爆肥肠，还有各种凉菜……"

汪小芸道："我只要稀饭、凉面。"

那妇人笑着说："有啊，再来点下饭菜。有凉拌心舌、蒜泥白肉、猪耳朵、凉拌茄子、青椒皮蛋……"

"就要凉拌茄子、青椒皮蛋。"老叶爽快地叫道。

那妇人觉得菜没点够，凑近神秘地说："我这里还有田鸡，来一份？"

汪小芸反问："这么热情，老板给提成？"

那妇人胸脯一挺："我就是老板娘。"

二人跨进店内，见收拾得很干净，便满意地坐下。

老板娘满面春风地说："不劝你俩喝酒，先来一壶啥子茶？"

汪小芸冷笑道："我只喝不要钱的老荫茶。老板娘，这该有吧？"

"有，有。一看就晓得，你是个勤俭持家的婆娘……"老板娘见汪小芸横眉冷脸，忙改口道，"对不起，对不起，乡坝头说惯了。"

她转身对老叶道："老板，一看二位就是有品位的人。退休了，到处旅游，好安逸啊。来壶龙井？全当扶贫嘛。"

老叶被说得不好意思，犹豫着叫了壶茉莉花茶。老板娘大声应允，转身欲走，汪小芸喝道："不要花茶，就喝老荫茶。你这个人呀，给你高帽子一戴，就找不到东南西北了。"

"老人家，乡坝头的茶便宜得很，全当我请客。"老板娘拿来茶碗，一边沏茶一边讨好地说，"喝茶可以到楼上去，上边还有包房。"

汪小芸叫了稀饭、凉面、凉拌茄子、青椒皮蛋，见老叶眉头紧锁，就说："以茶代酒，我替二叔给你赔不是了。"

老叶放下茶杯，开心地说："千万别这样说，我还得感谢你二叔。我将他的话一字不漏地传达给方秋实，她终于醒悟，从此再没带秀秀上医院。"

汪小芸有些不解，反问道："我还以为你对二叔有刻骨之恨呢。既然有感谢之心，为何那天不在席桌上表示呢？"

老叶垂下头，难为情地说："这事儿，不想让外人晓得。"

老叶喝了两口稀饭，夹了一筷子茄子在口里嚼了两下，"啪"的一声吐在地上，叫道："老板娘。"

老板娘兴冲冲地跑来："老板，还要啥子菜？店里有粉蒸肉、烧白、红烧肥肠、凉拌猪耳朵……"

老叶指着凉拌茄子说："这也叫凉拌？放了些什么佐料？"

老板娘看看碟子说："我再给你加点麻油，包你爽口。"

"就只加点麻油还不行。"老叶较真地说。

"你还想加些啥？"老板娘有些烦了。

"凉拌菜的佐料嘛，应该有姜、葱、蒜加茴香。"老叶如数家珍地继续说道，"还有味精、鸡精、调和油、小磨麻油加食糖，还有辣椒、花椒、胡椒粉、酱油、麸醋、十三香……"

老板娘笑道："哎哟，今天碰上大厨师了，这份菜不收钱，佐料随便放。"

"我不是厨师。我儿子是厨师，还不是一般的厨师。"提到儿子，老叶顿时眉飞色舞，"我儿子做的凉拌茄子，在宾馆是一百二十元一份，拌有海鲜，还配有雕花。那味道不摆了。"

老板娘将添加了佐料的碟子端上桌，不冷不热地说："老人家，这里是乡坝头，这份凉拌茄子，只收五块钱。我不是吹牛皮，我这个店虽小，但附近社员家有啥子红白喜事都在我这里包席。平时，来的大多是区乡镇干部，都夸我的手艺好。不信？下午五点钟，就有三桌，是检查蚕桑工作的……"

汪小芸笑着点头："我信，肯定相信。"

老叶调侃道："多少钱一桌？"

老板娘回眸一笑："三五百吧，比城里七八百的还实惠，你信不信？"

两人点头目送老板娘进了厨房。老叶低头尝了口茄子，比先前的味道好多了，但要与一丁做的凉拌茄子相比，真有天壤之别。想起儿子，老叶心里暖暖的，又勾起一连串的回忆。

那是一段美好的时光，他们没有再频繁地进出医院，也没有四处打探名医偏方。早晨，叶世全乘厂里的交通车上班，方秋实领着秀秀去学校，婆婆在家里操持家务、买菜、做饭，洗一家四口的衣服。

没有忧虑的方秋实脸色渐渐红润。婆婆看在眼里，也喜在心头。一天，她拉着方秋实说："小方，你再生一个吧。"

这突如其来的要求，让方秋实猝不及防。类似的问题他们两口子也讨论过，但方秋实有顾虑：她的年龄偏大且不说，重蹈覆辙该怎么办？

望着婆婆严肃的脸色，方秋实不敢将两口子被窝里的话告诉她。方秋实晓得，她只要说个"不"字，婆婆就有几箩筐的道理等着她。

方秋实笑着对婆婆说："这事呀，我还得跟世全商量商量。"

婆婆疑惑地说："还商量个啥？趁我手脚还利索……"

婆婆的眼里满是希望，让方秋实感到害怕。她避开婆婆的目光，拿起挎包准备外出。婆婆坐在桌边，没再言语，冷冷地看着媳妇出了门。

一晃几个月过去了，方秋实发现婆婆没事老爱瞅她的腹部。有些时候，她几乎要妥协了，但想到恐怖的后果，也只能咬牙忍受着婆婆的精神折磨。

只有到了周末，一丁回家的时候，才是叶家人欢快的时候。一丁又长了个头儿，婆婆每次见到他，总是笑得合不拢嘴："一丁回来了，我就可以放假了。"

秀秀总会跑到一丁面前结结巴巴地说："哥哥，今天，给我什么花？"

一丁从书包里拿出一朵花来，递到秀秀面前。这是用胡萝卜雕刻的一朵菊花。一丁拍拍秀秀的肩膀问："喜欢吗？"

"喜欢！"秀秀高兴地说，然后跑到方秋实那儿去炫耀。

一丁每次回家，总要带一两朵雕花回家，这是他上课的习作，是用萝卜、青菜等蔬菜制作的。许多同学不喜欢这门课程，一丁却喜爱这门课，常能触类旁通、举一反三，受到雕刻师傅的好评。有时他空手归来，秀秀缠着索要，他也能就地取材，雕出花来，让秀秀拿着雕花到处奔跑。

秀秀很喜欢一丁的雕花,玩耍时,口中总是念道:"哥哥做的,哥哥做的。"一朵花，她能玩好几天，即使雕花萎缩变形了，她也舍不得扔掉。

一家人围着小圆桌吃饭，是最快乐的。用婆婆的话说，吃星级宾馆的厨师做的菜，享受的是宾馆的规格。于是每个周末吃的菜，一丁会先写出菜单，让方秋实照单采购。

一丁变着花样搭配菜谱，有婆婆爱吃的麻婆豆腐，有老叶爱吃的红烧狮子头，有方秋实喜欢喝的天麻鸽子汤，还有秀秀喜欢的油焖大虾。

大家一边享受美味佳肴，一边听一丁讲烹饪学校的趣闻轶事。

"前两天，我替同学顶班，在大宾馆煎了三天的鸡蛋，把我累得够呛。"

"炒鸡蛋这活儿简单。"婆婆说道，"我一次能炒七八个蛋。"

方秋实忍住笑对婆婆说："妈，不是你说的这回事。"

原来，一丁是在大宾馆早餐部顶班。这里的早餐是自助餐，一丁负责煎鸡蛋。开始，一丁也以为没啥技术含量，哪晓得个个顾客口味不同，要求也是五花八门：有要求煎烟一点的、有要求煎八分熟的、有要放糖的、有要放葱花的，还有要放胡椒的，也有什么都不放的。更有一次，一个顾客要煎两三个鸡蛋。因此，一早上忙下来，一丁要煎一百多个鸡蛋。

婆婆听到这里，把桌子一拍，厉声道："吃个鸡蛋，也这么讲究，简直不把厨师放在眼里。以后莫给这些人煎了，一律煮盐茶鸡蛋。"

"婆婆呀，不是我惹不起这些人，主要是宾馆老板也不敢怠慢这些人。"一丁回头问老爸，"知道这顿自助早餐收费多少吗？"

叶世全夫妇都摇头。

"一百二十元一位。"一丁淡淡地说。

叶世全叹口气："我们单位出差，每天才补助五十元。"

方秋实连连摇头，表示无法攀比。

婆婆睁大了眼睛："啥子？吃顿早饭就要一百二，抢人啊？"

一丁笑道："婆婆莫激动，能住进这大宾馆的人，肯定是付得起钱的，或者说，是有人来结账的。"

婆婆大开眼界，这么贵的早餐还有人请。她喃喃自语："这可累坏了我孙子，这怎么了得？"

"婆婆你放心，我没事。哪天方便，我带你去宾馆参观。"

"我不去。收我一百二，划不来。"婆婆立马否决。

"我要去！"秀秀兴奋地叫道，"我要吃哥哥煎的蛋。"

一家人都笑了，爽朗的笑声在客厅里久久回荡。

夜里十点多钟，方秋实见一丁还没睡，就和儿子聊了起来。

方秋实这套宿舍，是两居室。最大一间住着叶世全夫妇，另一间归一丁。后来秀秀出生了，与父母住一间。再后来，婆婆要照顾秀秀，就只能住客厅。一丁读职高后，婆婆与秀秀才住进了一丁的房间，一丁回家就只能住客厅。

一丁躺在木沙发上，不知是回家太兴奋，还是在学校有啥好事，他辗转反侧，总未入睡。忽见方秋实过来，他翻身坐了起来："妈妈，你还没睡？"

方秋实按住他，关切地说：“快躺下，小心着凉。”

方秋实望着修长的一丁睡在狭小的木沙发上，脚快伸出沙发了。她心疼地摸着一丁的头说：“妈对不起你，你小小年纪就为这个家付出了很多。”

一丁挣脱方秋实的手，披衣坐起，握着母亲冰凉的手说：“妈妈你放心，我会照顾妹妹一辈子的。”他明白方秋实的苦衷和忧虑。

一丁的话，让方秋实心里暖暖的，她相信将来的一丁有这个能力。可是，将来的一丁也有一个家庭……她不愿想下去，含着泪说：“妈相信你。”

一丁不知说什么好，只是紧握住方秋实的手。两人谈到将来毕业，一丁的脸上充满自信。各科考试，他总是名列前茅，烹饪技术也属一流，工作不成问题，并且好几家宾馆酒楼都向他伸出了橄榄枝，还开出了不菲的工资。

方秋实忽然提出一个问题：“一丁，你有女朋友吗？”

这个问题在方秋实心里萌发了很长时间，今晚抓住机会终于说了出来。

一丁的脸庞绯红，即使借着窗外的灯光，方秋实也看得一清二楚。

一丁心里怦怦乱跳。在学校，他是校方树立的楷模，各科成绩名列前茅，专业技术堪称一流，这自然吸引了众多女孩的目光。实习分组时，女同学们抢着要到一丁这一组，有几个姑娘都给他留下了深刻的印象。

一丁不好意思地低头说道：“没有，有了一定让妈妈满意。我的女朋友，必须接受秀秀。这是我唯一的条件。”

方秋实看着一丁难为情的窘态，就知道一定有女孩子追他，就说：“不急，不急，欲速则不达。毕业了，等工作稳定后，再从长计议不迟。”

方秋实很感动一丁时刻惦记着秀秀。有这么善良的哥哥，是秀秀的福气。她强烈地意识到，一丁长大了、成熟了，对生活有自己的见解了。

方秋实沉思了一会儿又语重心长地说：“婚姻大事，只要你自己满意，父母意见，只作参考。另外不要提条件，对你不好。”

“这个条件是必须的。”一丁坚定地说，“秀秀是我亲妹妹……”

一丁还想说什么，却被妈妈抱住，滚烫的泪珠洒在一丁脸上。

第九章 ☽

· 01 ·

老叶讲得绘声绘色，汪小芸听得津津有味，连在厨房的老板娘也丢下手中的活儿，来隔桌旁听。她一会儿看看老叶，一会儿看看汪小芸，搞不明白这两人究竟啥关系。

汪小芸端起粥碗说："来，为你儿子干一杯。"

"现在，也是你的儿子。"老叶也举起粥碗。两只粥碗在空中发出清脆的碰撞声。

隔桌的老板娘恍然大悟，她自言自语道："原来是对半路夫妻。"老板娘转身欲走，却被老叶叫住。

"买单。"老叶说。

老板娘转过身来，脱口而出："三十二块。"她早把账算得清清楚楚。

汪小芸说："零头抹掉，收个整数？"

老板娘唉声叹气："我挣点分分钱啊，过往客人又少，拖一大家子不容易呀……"老板娘絮絮叨叨说个不停。

老叶大手一挥，拿出一张大钞。老板娘立刻接过来，一边找补，一边笑嘻嘻地说："老板，祝你一帆风顺，开车走遍天下。"

汪小芸看着正午的阳光，皱起了眉头："老叶，歇会儿再走吧。"

老叶点点头，晓得老伴有午睡的习惯，于是两人在桌边坐下。老板娘满面春风地赶过来："二位要休息？楼上有钟点房，楼上请。"

汪小芸却说："我俩就在这里坐一会儿，你去忙吧。"

老板娘见怪不怪，双手往围裙上一擦，就振振有词地说开了："我说大哥大姐，二位是城里人，得有城里人的派头。那歌是怎么唱的？对！何不潇洒走一回。"

老板娘跑调的歌声逗笑了汪小芸，她继续游说："钟点房，明码实价。一个钟头二十元。真的是，城里的享受，乡坝头的价格。大哥，一看你就是个走南闯北的老江湖，上楼去实地考察一下嘛，不满意，立马走人，我绝不再多说一句话。"

老叶有点儿心动，回头瞥了老伴一眼。汪小芸佯装没看见。

老板娘冲着老叶说："大哥，出门在外，自己的婆娘，自己要晓得疼爱。"

二人只好来到楼上，见房间倒也收拾得干净，被子也是新换的，就点头同意了。

老板娘把房门一关，戏谑地说："大门一关，干啥子都可以，哈哈！"

二人确实疲倦了，躺下一会儿就入睡了。

不知过了多久，老叶被一阵争吵声惊醒。他定耳一听，原来是一伙男女在打牌。老叶一看时间，三点过了，忙推醒汪小芸。汪小芸醒来，也被那边的声音吸引。她匆匆洗把脸，就到那边看稀奇。

只见十来个男女围在圆桌前，或坐或站。屋内烟雾腾腾，各自盯着手上的牌，不断向桌子中央扔牌或投钱。桌上已有一大堆钞票。

忽然有人在她肩上拍了一下，汪小芸回头一看，竟是老板娘。老叶出来交了房钱，老板娘怂恿道："进去玩一把嘛，试试手气。"

老叶摇头，表示要赶路，走到楼梯口随意问道："周边有啥风景区吗？"

"有啊，有啊。"老板娘如数家珍，"前面十里有黑风洞，再往前左拐，有'土匪洞'……还有'三线'建设时的工地，现在变成旅游景点了。"

老叶顿时来了劲儿，半信半疑地问："真的？"

"当然是真的。"老板娘神气地说，"这里山高林密，风水好呀。"

汪小芸认为老板娘在信口开河，就轻蔑地说："这种事儿，你一个开路边小食店的，能知道吗？"

"那里以前保密。"老板娘不以为然地说，"现在是旅游景点，门票五十元。天天有人排长队参观，有本地的，有外省的，还有高鼻子洋人……"

老叶顿时明白了，这正是自己魂牵梦萦的故地，是自己奉献青春的地方。前几年，他就听说当年的建设工地解密了，没想到居然成了旅游景点。

他一拍大腿，对汪小芸大声说："去，马上去。"

汪小芸有些犹豫，转身问老板娘："你说的这个景点在溶洞里？"她外出旅游，去过很多溶洞，觉得大同小异，没啥看头。

116

"不晓得是个啥子洞。"老板娘扔下手中的活儿，走过来绘声绘色地说，"当初建造时，里三层、外三层围了个水泄不通，方圆几十里的生产队一律外迁，整天炮声隆隆。听说，掏空了大半座山，填平了几条沟。"

汪小芸听得云里雾里，老叶则信心倍增，没错，就是这里。

老叶驾车，用最快的速度向县城奔去，在狭窄的乡间公路上扬起漫天尘土。汪小芸在副驾座不停地提醒，减速、减速。老叶抑制不住内心的激动，嘴里不断地嚷道："找到了，找到了，终于找到了。"

这个在老叶心里魂牵梦萦多年、为之奋斗的故地，终于在不经意间探明。真是踏破铁鞋无觅处，得来全不费工夫。老叶乐得像个老顽童。

"路边食店老板娘的嘴，树上的麻雀都哄得下来。她的话，你也当真。"汪小芸嘲讽地说道。

老叶减速后，仍是兴奋而坚定地说："你莫小看这其貌不扬的老板娘，她敢在这三岔路口开店，必有她的生存之道。"

汪小芸靠着椅背想了想说："那倒也是。这儿不是主干道，来往车辆并不多，周围农民办红白喜事，那也不是天天有啊。"

"开车前，我查了下地图，想了解县城的路线，无意中发现，三岔路口正好在附近三个乡镇的中间，距离都在十五公里左右。"

"这正好说明，食店在三个乡镇的边缘，生意肯定好不了。"

老叶把着方向盘，盯着前方缓缓地说："你没听见老板娘说，今天下午有三桌，是检查蚕桑工作的。"

"这些人傻呀？不到镇上风光，偏要到这黑灯瞎火的路边食店，真是穷作乐。"汪小芸不解地说。

老叶平稳地驾车，没有答话，心里却在想，一个路边食店，竟然对镇上的人有吸引力，可见老板娘神通广大。食店楼上还有雅间、茶座，肯定有棋牌室，说不定还有按摩房呢。老叶想到这里，不觉脱口道："这群人一个也不傻，老板娘只不过是投其所好。"

"听她吹，尿罐也会飞。"

"你别瞧不起老板娘。你也要开农家乐，好好学学人家的经营之道。"

"向她学，学啥子？"汪小芸鼻子一哼，"一看就是个老江湖。"

老叶把着方向盘说："这点很重要。你一脸书生气，能把生意经营好吗？"

汪小芸冷笑道："哟，叫你几声大哥，就找不到东南西北了。"

"她虽然比不上春来茶馆的阿庆嫂，但善于逢场作戏，又能说会道，肯定与几个镇上的头头脑脑有千丝万缕的联系。你信不信？"

汪小芸没搭话，她仔细回想老板娘的一言一行，联想到自己也要开店，觉得这个老板不好当，半晌却说："我要当老板，不当老板娘。"

老叶只好沉默，埋头驾车。

· 02 ·

过了一会儿，轿车转过一个急弯，老叶说："老板娘说的是真的……"

此时，老叶心里有了一个计划——向小皮球建议，组织同学到这里来旅游，一同参观他过去奋斗过的地方，与同学们一起分享这激动人心的喜悦。

汪小芸看到兴奋不已的老叶，感到莫名其妙。

她忍不住问道："瞧你这股高兴劲儿，那地方跟你有啥关系？"

"我在那里干了三年，有太多的回忆。"老叶简约地说，激动且复杂的心情，很难用语言来表达。

汪小芸像触了电一样，猛然直起腰，睁大了眼睛，疑惑地说："啥，你在那里干过？你确定吗？有没有搞错？"

汪小芸见老叶神采飞扬，如孩童一般欢愉，又不忍心奚落老叶，继续问道："开放多久了？怎么没见报道？你在那里待过，怎么还找不到它的位置？"

"因为保密。"

汪小芸一巴掌拍在老叶肩上："现在还保密吗？"

老叶把着方向盘，只是笑。汪小芸有些气恼："停车，让我来。你这会儿兴奋冲昏头脑，莫把轿车掉进河沟里去了。"

老叶顺从地靠边停车，坐在了副驾驶座位上，他放下车窗，热浪滚滚而来，他仔细观察地形，包括山间岩石和草木，他也没放过。随后，他闭上双眼，头枕靠椅，试图努力寻觅那早已逝去的年华。老叶越来越觉得，这周边环境，以及那山形地貌和常见的树木都酷似当年的建设工地周边。一种强烈的情感在心中升腾，即将回到家的感慨溢于言表。

两人到县城后，找了家旅馆住下。老叶向服务员详细打听了参观路线。当年轻美貌的服务员说到××工程遗址展览馆时，老叶又一次热血沸腾。

老叶又给小皮球、徐老太、朱眼镜等人发微信、打电话，忙得不亦乐乎。没多久，就有七八个人报名，要来此地旅游观光，并约好明天午后聚齐。

老叶很兴奋，拉着汪小芸在县城四处参观。县城太小，走了一圈，也没费多少时间。途中有几个袖珍公园，也是一眼望穿，实在让人没多大兴趣。

老叶想寻找当年的县委招待所，他曾在那儿住过几个晚上。那时他要探亲，专车就送到县委招待所。招待所只有三层楼，院墙围着，有水池假山、绿树红花，与工地相比真有天壤之别。

他们在新城和老城之间兜兜转转，最后从执勤的民警那里听说招待所早被拆了。

晚上，两人在旅馆里百无聊赖，汪小芸就说："叶大哥，你讲讲一丁、秀秀的事儿吧。在老学校那里，你说了，过去的协议作废，可以相互了解对方的过去。"

"有这回事吗？我怎么不记得了。"老叶故意耍赖皮。

汪小芸真生气了，赌气倒在床上，拉过被子蒙头大睡。老叶慌了神，忙过来坐在床头："好了，好了。我讲，我讲，别耍小孩子脾气啦。"

汪小芸躲在被窝内窃笑。

· 03 ·

自从一丁有了工作，家里发生了很多变化。厨师的工作特点就是节假日不能回家，但一丁每周都会挤出时间回家，看望父母与婆婆、陪伴秀秀做游戏。每当此刻，秀秀的脸上总会露出灿烂的微笑。

一丁给家里装了电话，电话那时还是奢侈品。方秋实很惊讶，因为一丁每月的工资都交给了她，装一部电话要三千多，一丁哪来的钱？

一丁看出父母的顾虑，淡淡地说："是我这两个月的加班工资。"

方秋实心疼地说："一丁，少加班，别累坏了身子。"

一丁点点头，坐到方秋实身边，谈他工作的感受："我进出各大酒楼宾馆才晓得，处处有高手。这些人能在职场站稳脚跟，那是个个有绝活。妈妈，我决定了主攻方向——红案。研究透传统川菜，绝不做一个平庸的厨师。"

叶世全坐在一边，听着儿子的肺腑之言，他感慨万千，很想说几句赞同或鼓励的话，但又觉得对一个有志向的人，说什么都显得苍白无力，他只能向儿子投去赞许的目光。

只有秀秀盯着红色的电话机，不知是干啥的，伸手抓起电话乱舞。婆婆不让她乱动，并大声呵斥。秀秀竟然哭了。

一丁安慰秀秀说："秀秀，这是电话，可以跟很远很远的人说话。来，听哥哥给别人通话。"

一丁拨通了同学家的电话，将话筒对着秀秀说："听，里面有铃声。"

秀秀睁大了眼睛，惊喜地说："有铃声！"

话筒里忽然传出一个女孩的声音："你好，请问你找谁？"吓得秀秀撒手就跑。一丁对话筒说："小胖，我是一丁，这是我家刚安装的电话，正在测试。麻烦你，给我打过来，行吗？谢谢。"

过了一会儿，主卧与客厅的两部电话铃声大作。秀秀欢喜地叫道："电话来啰，铃声响了。"

从此，电话成了秀秀的玩具。她常常拿起电话筒叫着："一丁哥哥，我是秀秀……"然而对面不会有声音传出来。

可秀秀并不生气，学着婆婆的口吻："一丁在上课，哦，一丁在炒菜。"

婆婆笑弯了腰，指着秀秀说："小宝贝，你比婆婆还牛，晓得哥哥这会儿在干啥子。"

一丁每天都挤点时间给秀秀聊几句。每当与哥哥讲话时，秀秀特别高兴。简短的通话，给秀秀带来无尽的欢乐。方秋实看在眼里，喜在心头。有时，秀秀会把话筒递给妈妈："哥哥，要同你，说话。"

方秋实握着话筒，心里特别温馨，泪水模糊了眼帘。

秀秀叫着："妈妈，你哭了。"

一部普通的电话，给一个普通的家庭，带来了无尽的欢歌笑语。

有天傍晚，叶世全还没跨进家门，就嗅到一股浓烈的香味，秀秀见爸爸回家，就兴致勃勃地跑来，嘴里叫着："吃火锅啰，吃火锅啰。"

原来一丁中午就带回来一大包食材，有毛肚、鸭肠、黄喉、鱿鱼、鳝鱼片、午餐肉、火腿肠……方秋实又去买了些蔬菜。一丁自己配料，炒出火锅底料，前前后后独自忙了一下午。

秀秀得意地对叶世全说："爸爸，我今天干活儿了，不是白吃。"

一听秀秀这话，叶世全就知道是婆婆教的。叶世全问道："那你干了啥？说来我听听。"

"剥蒜，我和婆婆剥的。"秀秀说道。

一家人围着热气腾腾的火锅坐着。一丁在教婆婆如何烫毛肚："这火候很关键。时间短了，没熟；长了，煮老了，不好吃。你默数十到十五下，略略带脆，最好。"

婆婆如法炮制，烫了毛肚，又烫鸭肠，吃到嘴里，果然很爽，连声说："香，脆。我还以为丢在锅里，煮熟就可以了，原来还有这么多规矩。"

叶世全看着一家人有说有笑，吃得头冒热汗，不觉浮想联翩。从小在城里闹市长大的他，当然明白啥子叫火锅。那些散布在大街小巷的火锅店，多是狭小的店面，两三张桌子而已。有烧柴的、有烧煤油的，食客多为普通百姓。那些西装革履、所谓有身份的人，是不会光顾的。一是觉得环境简陋，有失身份；二是认为与陌生人共用一口锅，不卫生；三是觉得毛肚鸭肠之类，没有营养。

改革开放后，有志之士将火锅发扬光大，做到极致，进了宾馆、上了酒楼，这才使吃火锅成为时尚。叶世全因家庭特殊、经济拮据，从来没光顾过火锅店。去年，徐春萍召集同学聚会烫火锅，叶世全才真正品尝了火锅的美味。

从那以后，只要路过火锅店，叶世全的食欲总会被激发。叶世全多么想带上老婆孩子上火锅店美餐一顿，无奈囊中羞涩，只能作罢。现在，儿子轻而易举就做到了，还把火锅带回家，他不禁在心里夸道：还是儿子能干。

叶世全偷偷观察方秋实，见她正侧身用餐巾纸擦眼睛，他心想，此刻妻子心里定是翻江倒海，她的感受比我强烈一百倍吧。

秀秀吃得最高兴，一丁、方秋实还有婆婆都给她烫菜。她最爱吃午餐肉和火腿肠。秀秀抿嘴说："哥哥，怎么这么麻？"

"火锅就要麻、辣、烫。不麻，就不叫火锅了。"一丁夸张地说。

一家人都笑了，火锅烫出了家庭的温馨。

一个星期天的中午，一丁给家里打电话，说下午要带客人来家里。虽然一丁说得含糊，但大家都明白是怎么回事。

"我来做清洁，世全去割肉买菜，顺便买点儿水果。"婆婆又转身用商量的口吻对儿媳妇说，"秋实，你把房间收拾一下，好吗？"

方秋实含笑点点头，却坐在沙发上迟迟未动。她的心情尤为复杂，作为母亲，她是希望儿子早结良缘，安家立业。但她心中有数，以儿子现在的工作状况，女朋友的身份也可想而知。

咱这个家庭好歹也算知识分子家庭。儿女谈婚论嫁，多少也应讲究门当户对。就这样胡乱地一锤定音，她于心不甘。

对于一丁的未来，其实方秋实早就有个打算：县职高有烹饪专业，而且专业教师匮乏，她想让一丁进去当老师。遗憾的是目前一丁的资历不够。于是，她想让一丁边工作边上职大，待拿到文凭后再去应聘。或者先到学校做代课教师，拿到文凭后，再争取转正。可惜这一想法还没跟一丁商量，交女朋友的事就摆在了方秋实的面前。

方秋实拿不定主意，该怎么对待一丁的女朋友。于是她决定先做预案，然后装糊涂，见机行事。

叶世全买了蔬菜、水果回来，见方秋实还坐在沙发上发呆，就说："怎么啦，你不高兴？"

两人在桌边择菜，方秋实将自己的想法和盘托出。叶世全听后，点点头："夫人的计谋实在是高，佩服，实在佩服。"

方秋实晓得丈夫在嘲讽她，仍执着地说："这是铁饭碗。"

"主意真的不错。"叶世全收敛笑容说，"可是你想过没有，一丁会听你的吗？会按照你的设计去办吗？尽管他尊重你，也很爱你。"

"只要一丁还认我是他妈，他就会听我的。"方秋实的话透着一种自信。

叶世全说："现在不比以前，很多观念都在发生变化。特别是一丁这样的年轻人，接受新生事物比我们快。"

方秋实一时没了主意，望着叶世全问道："那怎么办？人都要进门了。"

"我们应该尊重一丁的选择。因为未来的日子，是他们自己的。"叶世全认真地说，脸上洋溢着喜悦。

方秋实抿嘴一笑："哈哈，看得出来，你是想抱孙子了。"

婆婆倒了垃圾回来，正好听到这句话，她也乐滋滋地接腔："那我就有曾孙啰。"

三人正说着话，一丁进屋了，后面还跟着一个高挑漂亮的姑娘。三人的目光聚焦到姑娘身上，姑娘敏锐地感觉到主人的异样目光，忙用胳膊碰了碰一丁。一丁会意，忙介绍："这是我的徒弟，张玉兰。"

三人嘴上热情地招呼、让座、倒茶，但叶世全和方秋实心里都有一种莫名的失望。姑娘很大方，亲切地叫道："师奶，师爷，师祖奶奶，下午好！冒昧前来，打扰了。"

婆婆喜笑颜开地说："我这辈分怎么一下蹦这么高，叫我婆婆就行了。"

"师祖奶奶，这辈分还是要讲的。我是农村人，那里是最讲辈分的。"张玉兰拉着婆婆的手亲切地说。

婆婆依然坚持道："我就喜欢听别人叫我婆婆。师祖奶奶，不知道的，还以为我老成啥样了。"

大家都笑了，小张忽然听出婆婆的弦外之音，脸蛋瞬间绯红，人也略微局促不安。

小张来自偏远山区，读完初中就到城里打工，现在在宾馆当服务员，干些洗碗扫地的杂活儿。遇上一丁以后，小张三番五次要拜一丁为师学厨艺，可一丁觉得自己太年轻，收徒弟不合适，更何况还是女徒弟。再说自己出道晚、根基浅，不宜过于张扬。

好在师傅们看出了小张的良苦用心，都鼓励一丁收小张为徒。

方秋实了解这些后，心里甚为不满，坐在那里一言不发。小张却与婆婆套近乎："恭敬不如从命，我真叫你婆婆啦？"

"要得，要得。"婆婆笑得合不拢嘴。

小张抬头四处张望，她知道家里还有位主角没出场。小张从包里取出一个小纸盒说："这是给小妹妹的礼物。"

方秋实心里更觉得不妙，这丫头鬼精得很，连家里有什么人，都打听得清清楚楚。这些甚至让她怀疑小张拜师的动机，担心一丁中了美人计。她冷眼观察叶世全，见他正跟一丁在一边小声议论什么。

方秋实突然觉得自己再不做点什么，这乡下丫头的阴谋就要得逞了。可她正想找个借口把一丁叫到身边说说县职高的事，起到敲山震虎的作用，让小丫头知难而退时，里屋的秀秀醒了，全家人的注意力都转移到她身上。

睡眼蒙眬的秀秀拿着小张送的巧克力，正吃得津津有味。婆婆在一旁教秀秀说感谢的话："谢谢你。"

婆婆指着小张说："这是谁？"

"徒弟，哥哥的徒弟。"秀秀张口答道。其实，午睡前婆婆教了她很多遍。

方秋实很惊讶，秀秀并不傻，在这样的场面，这种称谓最得体。方秋实抱着秀秀亲吻，嘴上叫着："乖乖。"心里却在说，但愿永远是一丁的徒弟。

· 04 ·

晚饭由一丁指导，小张操作。一家人围着满桌佳肴，却吃得有些别扭。

方秋实绷着脸低头吃饭，不时瞟上小张一眼；叶世全本想以主人的身份讲两句，见妻子耷拉着脸，只好闷头吃饭；一丁见气氛不够和谐，想说几句开心的话，抬头见父母一脸冰霜，只好找秀秀说话；婆婆挨着小张姑娘，不停地给她夹菜，没完没了地问个不停："小张姑娘，你是哪里人？在家里排行老几？你怎么想到要拜一丁为师呢？"

面对一连串的提问，小张姑娘始终和颜悦色地对婆婆讲述，还不时为秀秀夹菜。一老一少的愉快对话，多少为席间增添了几分喜庆。气得方秋实把碗一扔，也不言语一声，独自进卧室去了。

送走一丁和小张后，叶世全问老婆："刚刚怎么招呼也不打一声就离席了？"

方秋实没好气地说："这究竟是徒弟还是媳妇？别人问我，我怎么回答？"

"一丁没说是女朋友呀。"叶世全说道，"带徒弟回家，很正常嘛。"

方秋实从鼻孔里哼了一声："他俩这是火力侦察，是在试探我们的态度。"

"我看小张不错。"婆婆插话道，"二人有夫妻相。俗话说，早栽秧子早打谷……"

方秋实叹了口气："婆婆，你莫来添乱嘛。你那套旧观念，是过了年的皇历——翻不得了。"

婆婆来了气，扔下手上的活儿，上前嚷道："这叶家的事，我还说不上话了？"

叶世全忙打圆场："八字还没一撇，瞎议论个啥。"

"我看今天这兆头，就很好。"婆婆越说越来劲儿，"就应该趁热打铁。"

· 05 ·

小张姑娘虽说来自农村山区，书也只念到初中，但人勤奋好学，聪明伶俐，进门没多少时间，她就从方秋实的语态眼神中读懂了其内心的独白。

回去不久，小张在上班的宾馆餐厅内叫住了一丁。他俩像往常一样，聚在餐厅的角落。此时，已经没有客人了，连后厨人员也走得干干净净。

一丁像往常一样，紧挨着小张坐下，小张却一反常态生硬地说："师傅，你坐这儿，我有话说。"

一丁一愣，他见小张面有泪痕，料想大事不妙，只好拉了把椅子坐下。

小张端坐着，把心里憋了好久的话一股脑儿全说出来："我晓得，你是喜欢我的。但要想继续朋友关系，就得先做好你妈的思想工作。"

一丁沉吟了一会儿，说："你不必考虑这么多，这是我俩的事。"

"如果这样，婚后很难处。"小张苦笑道，"其实，你妈是为你好。你们是城里人，你妈是校长。她要的是门当户对。"

小张的话让一丁无言以对，他太了解自己的母亲了，但他内心并不愿失去小张。小张站起来，强笑着说："你已是我师傅，有拜师会，众人为证，有没有这层关系，你都必须好好教我哟。"

一丁上前一步，正色道："那当然，你永远是我徒弟。"

小张猛然扑上去，抱着一丁失声痛哭。一丁惊慌失色，赶紧捂住小张的嘴，小声哀求："别闹了，这里是后厨……"

哭声戛然而止，小张仍靠着一丁的肩头低声呜咽。

小张是个聪明且理性的姑娘，她早已看到这场恋爱的结局——若继续僵持下去，到头来鱼死网破，连好不容易得来的师徒情分也丢了。因此，她精心设计了这场分手对话。她想好了一切，却没想到会抱头痛哭。

一丁也紧紧抱住小张，小张狠心推开他说："你应该明白，该怎么做。"

大堂经理慌慌张张闯进餐厅，见是二人，才松了口气，阴阳怪气地说："是二位呀，有啥事，回宿舍谈不好吗？要是别人，我早叫他卷铺盖走人啦。"

二人讪笑着离开了餐厅。

一丁犯难了。他确实喜欢小张。小张心灵手巧、善解人意，自己和她在一起，有说不完的话。可自己也无法说服方秋实，毕竟从小到大都是方秋实给了自己无私的母爱。

一丁明白，父母所做的一切，都是为他好。他之前已经伤了父母的心，这一次不忍心让母亲再受到伤害。恋情与亲情交织在一起，让一丁难以取舍，几天下来，人也瘦了一圈。

最终，一丁痛苦决断，决定依从方秋实，和小张做回师徒。

一丁与小张的师徒关系非常融洽。师傅尽其所能尽心尽责，徒弟一门心思学厨艺，勤学苦练，终能独当一面。小张很快和别人坠入爱河，结婚时，特意请了叶家，还硬拉一丁做证婚人。有师傅身份，一丁也不便推辞。

后来，一丁创办了餐饮公司，下设烹饪培训部，小张兼任培训部主任。她丈夫也是酒店老板，是公司大股东之一。

每年春节，小张都要带丈夫、儿子到叶家拜年，感谢一丁收她为徒。正因为小张成为一丁的大徒弟，小张的声誉才连连攀升。小张勤快干练，炒得一手好菜。后来一丁收了十多个徒弟，个个见了小张都乖乖叫大师姐。

方秋实见小张夫妇抱着儿子、提着礼物来拜年，心里真不是个滋味儿。那时一丁还没成家，徒弟上叶家拜年，是无可挑剔的。

秀秀与小男孩玩得很开心，可惜快乐的时间总是很短暂，没多久客人就告辞了。

方秋实感觉小张是来炫耀的，心里气急了，但也只能憋着。

晚上就寝时，叶世全随口问："你今天不高兴？"

"我高兴得起来吗？"方秋实打开了抱怨的话匣子。

叶世全懊悔不已，真不该谈这个话题，触动了方秋实这根敏感且脆弱的神经。他小心翼翼地说："别以为是来看你的。要是一丁安了家，有了自己的房子。人家才不会踏进这个门槛呢。"

没想到叶世全这话，让方秋实愈加无眠。儿子的婚姻大事在她脑海里萦绕。难道是我阻挠了一丁的恋情？难道小张这丫头就是合格的儿媳吗？但她明白，一丁的决定，是屈于自己的压力。那自己怎么给一丁找一个门当户对的儿媳，表达作为母亲的歉意呢？方秋实一时半会儿，没有半点儿头绪。

后来，一丁因身在餐饮行业的原因，接触的女孩子非常有限。不过，好在那时一丁在餐饮业崭露头角、小有名气，又正在筹备公司，自知不能辜负妈妈的一片真情，所以更加注重女朋友的家庭背景，直到遇见了小王。小王是家里的老幺，上面还有个哥哥，其父母都是知识分子，一个在出版社工作，一个在杂志社工作。一丁觉得小王不错，于是安排了双方父母见面。

双方父母见面后，都比较满意。不料婚后却闹了场不大不小的风波。

那时，一丁一门心思筹办公司，没想到冷落了新婚的妻子小王。小王半夜赶到公司，见一丁还与小张姑娘在办公室里。一想起在餐饮界谁不知道小张是一丁的大徒弟，两人还谈过恋爱，就顿时醋意大发，扭住一丁开打，口里骂道："啥子工作？要半夜三更谈。"

无论一丁怎么解释，小王就是不听。小张冷静地说："师傅，今天就谈到这里，快跟师母回家吧。"

小王一番撒泼，强拽一丁回家，事情却愈演愈烈，让小两口搞起了冷战，闹得双方家长出面调解，才把风波平息下去。

此事对方秋实的刺激很大，她很长一段时间吃不好饭、睡不好觉。她不明白一丁和小王怎么会弄成这样，甚至怀疑是不是小张姑娘从中作梗，导致了这场闹剧。

直到徐春萍同方秋实进行了一次长谈，才使她的偏见有所改变。

那天下午，徐春萍专程赶到叶家，开诚布公地说："我今天来，是想与一丁的妈妈摆摆龙门阵，说点儿心里话。请其余人回避一下。"

婆婆牵着秀秀出去了。叶世全想赖在卧室里睡觉，也被徐春萍轰出去了。叶世全在大街上闲逛了小半天，到晚饭时才回家。饭菜已摆上桌，是方、徐二人共同做的。饭后，徐春萍匆匆离去。

叶世全见老婆眼圈红红的，不晓得徐春萍给她讲了些什么，不便多问，也不好打电话问徐春萍。

但从那以后，方秋实不再提职高代课教师的事，也不多过问一丁公司的事。一丁一如既往地尊重方秋实。倒是婆婆一点儿也不觉得奇怪，她说："卤水点豆腐，一物降一物。"

· 06 ·

"徐老太究竟怎样说的？"汪小芸穷追不舍。

老叶笑道："明天她要来，你当面问吧。"他打个哈欠，关了房间的灯。

汪小芸毫无睡意，她伫立在可以俯瞰大半个县城的窗前，无边的夜色连着远处的大山。此刻，大街小巷没有了白天的喧嚣，眼前是一片寂静与安详。

汪小芸转身见老叶已经入睡，并侧着身子发出轻轻的鼾声。她知道老叶心情很好，明天就能见到他原来工作过的地方，那是他人生的光荣篇章。

就像她自己回到老学校一样，为山区的教育事业奉献了自己的青春，学生的茁壮成长，就是最好的回报。她心想，只要老叶高兴，比什么都好，也不枉酷暑之行。

下午两点多钟，挤满了同学及家眷的三辆轿车陆续抵达县城旅馆前。老叶喜出望外，没想到来了这么多人，忙挥手叫大家直奔目的地。

徐老太、小皮球下车说："大伙儿还没吃中午饭呢，着哪门子急？"

老叶抱怨怎么拖延到这会儿才到。徐老太回敬他一句："你看这些拖儿带女的，等人拼车，不要时间吗？你又不早点儿通知。"

朱眼镜也过来解释："主要是等人耽误了时间，组合乘车很费脑筋，还有几个没车来不了。"

老叶抱拳道："感谢，感谢。那就先吃饭吧。"

没想到书法家也来了，汪小芸很高兴，这表明这对半路夫妻做成了。她把徐老太拉到一边，邀请她坐老叶的车。徐老太不明就里地问为啥。

汪小芸笑道："你是叶家的功臣嘛。"

徐老太嘴上没说啥，心里直叫，老叶这家伙，啥都告诉这婆娘了。

老叶就近找了家餐馆，坐了两张大圆桌。开始，同学家属还混合坐着，后来，喝着，喝着，老同学都凑到一桌了。

朱眼镜已有几分醉意，他盯住老叶说："你不在庄园修身养性，大热天的，还出来四处乱跑。"

老叶只好说出庄园改建高档农家乐的事，目前正在施工，只好出来转一转。大家一听，都很兴奋，说要来照顾生意。小皮球说："咦，叶总变叶老板了。老同学来了，手下留情哟。"

老叶笑道："专门宰熟人。"大家笑过之后，继续喝啤酒。

朱眼镜有几分得意地说："我说嘛，要老有所为，你看人家妇唱夫随，配合得多默契。老叶并不缺钱，为啥要办农家乐？这就叫体现人生价值。所以说，老叶同志是我们学习的楷模。"

有人讥讽："以后朱眼镜去山庄打八折。"

这时，大家发现徐老太与一陌生男子打得火热，纷纷窃窃私语，追根盘底。

徐老太看在眼里，觉得这帮人少见多怪。特别是朱眼镜，一副道貌岸然的模样，啥事儿都要指指点点。

徐老太向众人说道："诸位同学、朋友，我给大家介绍一位新朋友。"

徐老太向那人抛了个媚眼，那人心领神会地站起来双手抱拳："鄙人罗天成，无职无业，还望各位多多关照。"

老罗这番自我介绍，让众人大跌眼镜。一向心高气傲的徐老太怎么会瞧上他了？半头白发，胡子拉碴的，衣衫不整，穿着随意，一看就是个不修边幅的人。大家又东张西望地觅答案。

徐老太是笑而不语，稳坐钓鱼台。其实她心头也在抱怨，不说王婆卖瓜自卖自夸，也该实事求是嘛。现在这样，这帮同学又会来嘲讽我。

"知识分子说话，总是弯弯绕。"老叶端起啤酒杯子说，"来，为新朋友干一杯。老罗是市书法协会理事、著名书法家。向他索要字画的、拜他为师的大有人在。山庄定名为近月山庄，这几个字就是老罗书写的，他还为山庄写了几副楹联，到时请大家去鉴赏。"

大家兴奋起来，这年头，写写字也能挣大钱。大伙儿的目光又落到徐老太身上，她今天打扮得挺时髦，身着一袭浅色的花衫套长裙，脖子上戴着一条闪亮耀眼的项链。

小皮球调侃道："啥关系？徐大姐，你没交代清楚哟。"

徐老太笑道："啥关系，你懂的。"

众人笑过之余，得知是老叶夫妇牵线搭桥，又是一番热议。只有朱眼镜在一旁冷眼相看，嗤之以鼻。

饭后，大家都住在老叶所在的旅馆，一起游览小县城的风光。

第二天清晨，四辆轿车鱼贯而出，离开小县城。

徐老太坐到老叶车上，与汪小芸并肩坐在后排。她今天身着旗袍，脖子上是一条熠熠生辉的金项链。

汪小芸小声问道："小日子过得怎样？"

徐老太在汪小芸耳边厮磨一番，两人嘻嘻哈哈笑成一团。徐老太指着颈项上的金项链说："这是他送的。"

汪小芸心里酸溜溜的，自己与老叶红本本都领了这么久，也没收到什么较为贵重的礼物。前几天，老叶把玉石送给她，只能算物归其主，哪敢拿出来与徐老太的金项链相比，便轻描淡写地说："真的吗？别被糊弄了。"

"借他八个胆子，他也不敢。"徐老太笑道，"一同到金店，我挑选的……"

在前排驾车的老叶插话说："老罗这家伙呀，乌龟有肉——在肚子头。"

"好啊，叶总在偷听。"徐老太叫道，"不许偷听女人的私房话。"

轿车在沉默中行驶了一段里程。汪小芸拉着徐老太的手，问她当年是如何降服方秋实的。

徐老太扭头审视汪小芸的表情，见汪小芸只是好奇而已，便说道："过去这么多年了。再说方秋实也去世了，还提她干吗？"

见汪小芸沉默不语地愣在那里，徐老太握着她的手说："真的，我都不记得说了些什么。谢天谢地，总算挽救了叶家的情感危机。"

其实，那天下午的场面还历历在目，那些刺耳的话语仍在耳边回响，但徐春萍无法开口，不仅出于对逝者的尊重，也实在不方便与老叶的现任老婆议论老叶的前任妻子。

那天，徐春萍是抱着与方秋实谈不成就绝交的态度去的。方秋实见她来势汹汹，忙沏上好茶，可没客套几句，徐春萍就直奔主题："方妹，我今天来，就是想和你认真谈一谈。"

"好啊。"

"那我俩到外边去谈。"

"不必破费，就在家里吧？"

"好。客随主便。"徐春萍笑道，"我有个要求，其他人得回避一下。"

婆婆带着秀秀在一旁听得津津有味，一听要清场，有些不悦。可瞧见徐春萍偷偷朝她眨眼，便带着秀秀出门了。婆婆心想，有"恶人"来替她出气了。

叶世全见状只好站起来，拍拍屁股说："你们聊，我睡觉去了。"说罢朝卧室走去。徐春萍拦住他说："不行，到外边凉快去。"

叶世全还想要赖，方秋实朝他挥手，示意他回避。叶世全只得出去。

当客厅只剩下方、徐二人时，方秋实热情地倒茶给徐春萍，说："不急，先喝茶，慢慢聊。我正有一肚子苦水没处倒呢。老叶这人，一心扑在工作上，不大管家务事。"

徐春萍端着茶杯一怔，心想，你倒先诉起苦来了。徐春萍一边细细品茗，一边听方秋实说话。

"徐姐，这段时间，我一直在反思。一丁走到这一步，我很痛心。关键是上初三时，我没有很好地与一丁沟通，没掌握他真实的想法，真是大意失荆州。你想嘛，一丁成绩名列前茅，哪个想得到，他会报考职高。"

方秋实盯着徐春萍意味深长地说："徐姐，中考前后，一丁给你透露过什么吗？"

徐春萍不觉哑然失笑，好个精明的方校长，怎么把祸水泼向我？但她不愿在小问题上纠缠，只是淡淡地说："一丁上了电视招生广告我才知道的。"

方秋实叹了口气哭丧着脸说："上天可鉴，自我见到一丁后，就视他为亲生儿子。他那时还不到四岁，对他我是管吃、管穿、管读书。我尽心尽力，无论是升学还是恋爱婚姻，我都为一丁操碎了心，却里外不是人……"

徐春萍放下手中的茶杯说："你口口声声说，你所做的一切都是为一丁好。从表面上看，也确实如此。可为什么会出现后面的乱象呢？是因为你从没考虑过孩子的感受。他们是崭新的一代，与我们有许多不同。你只注重你的面子，是彻头彻尾的虚伪。当然，世上有许多人痛苦地活在虚伪的面子中。"

方秋实知道徐春萍此行的目的，她幻想用自己一片真情待一丁的事来感动徐春萍，让她反过来劝说一丁。可万万没料到，徐春萍语言犀利、直来直去，字字句句直捣方秋实的心窝，说得方秋实心惊肉跳，哪里还有反驳的勇气？她的心理防线彻底崩溃了。

方秋实心中仍不服，我与一丁真有代沟吗？我所做的一切都是为了自己吗？方秋实没有反驳，也没有辩解，更没有哭诉。她勉强笑道："徐姐，你的话如雷贯耳。我有则改之，无则加勉……"

徐春萍冷笑道："我说得不对吗？在我面前，你还不肯放下面子，一丁今后的日子如何是好？"

方秋实气得脸红脖子粗，却无语反诘，只是掩面伏在桌上泣不成声。徐春萍见好就收，宽慰了方秋实一番，又反客为主，主动邀方秋实一道做晚饭。从此，方秋实更加敬重徐春萍了。

第十章 ☾

· 01 ·

汪小芸斜视着沉默不语的徐老太，从她面部表情的细腻变化，从她微微蠕动的嘴唇，从她忽闪忽闪的眼神中，汪小芸清晰地判断出，她正在回味那场精彩的对话，为自己挺身而出的壮举沾沾自喜，只是不愿告诉她罢了。

两人不再言语，各想各的心事。

很快到了旅游景点，它坐落在连绵的大山脚下，一条省道沿着山脚蜿蜒前行，公路外侧有一条湍急的小河，正是涨水季节，浑浊的河水撞击着礁石，发出轰轰的声响。

老叶安排徐老太和另一个同学去购门票，然后指挥四辆车停在相对集中的地方。大家兴奋地下车，舒展胳膊伸伸腿，饱览这奇山异景。

老叶站在公路边，望着公路对面大山脚下的隧道口，里面灯火通明。门口购票的游客排起了长龙，门边小商贩推销旅游产品的叫卖声，与附近山民卖土特产的吆喝声此起彼伏，场面热闹非凡。

老叶神色凝重，内心泛出激动的意念。这里是他工作生活了三年多的难忘之地。这是他一生中挥之不去的记忆，也是他心中的丰碑与骄傲。现在他可以对任何人说，我曾是这里的建设者。我叶世全，今天回来了。

忽然，老叶觉得不对劲儿。记忆中，建设工地周边都没有小河，只有几条顺着山谷而下的浅浅溪水，且常年几乎干涸，只有山洪暴发时，才有哗哗的水声。短短几十年，地理地貌不可能发生如此巨大的变化。难道这里不是我曾经工作过的地方？

老叶确定，当年并没有这个出口。看着熙熙攘攘的人群，他恍然大悟，这个隧道口是景区打造的，与其他几个出口相比，这是最省钱的方案。

老叶曾有张通行证，用于出入工地和在县委招待所登记时。可惜他只使用过一次，因为他只有一次探亲假。在最后离开建设工地的时候，通行证被收回去了。不然的话，那将是件珍贵的历史文物。

徐老太在隧道口挥舞着门票，招呼大家过去排队。原来进了隧道还要坐几公里的观光车。

观光车在漫长而幽深的隧道前行，一车人都不说话，静静地听着车上的录音广播，讲述××工程的前世今生。大家怀着好奇与崇敬的心情，望着隧道远方那灯火阑珊处。老叶的视线模糊，泪水充盈眼眶。当年在隧洞行走，可没有代步的车，每人头上顶一盏矿灯，肩上还要扛百十来斤原材料。洞里几十米远才有一盏灯，仅能看清道路，施工操作时，全靠头上那盏矿灯。

很快，他们来到华灯璀璨处。这里是个十字路口，宛如一个圆形大厅。四面山墙皆有三层装有门窗的坑道，从外观看，像是一圈三层小楼。人们依次顺着楼梯到各个窗口探视，里面亮着灯，但空荡荡的。每个门上都有块牌子，注明是何车间、是何办公室，给游人留下无限的想象空间。

老叶清楚地记得当年他最后一次进入这里的情形。这里的所有车间已装备完毕，正进入紧张的调试阶段。在大厅中央矗立着一个庞大的设备，足有三层楼高。凭借他的学识，似乎能判断这是在干什么，但不能问，更不能说，只能烂在心里，留在记忆里。

现在一切都荡然无存，只有头顶的灯光胜过当年。老叶的脑海里都是炽热的劳动场面，满腔激情涌动。

老叶没去听解说员的介绍，也没有与游人议论。他冷静地打量这几个出口，忽然得出个结论，当年施工进入这里，绝不是今天观光车走的这条道。那又会是哪条道呢？老叶望着三个隧道口，无法确定。一是年代太久，二来没有任何标志。不过没关系，这并不影响老叶的心情。

对面山墙上有一条白底红字的标语，白底已不显白，与山墙仍有差别。红字也严重脱色，但字迹清晰可辨。老叶脱口而出："下定决心，不怕牺牲，排除万难，去争取胜利。"

看到这条标语，老叶心底升腾起当年的劳动激情，涌现出那时勤奋工作的画面……

老叶走到一处隧洞口边，用脚尖踢了踢山墙边的地面，确认是泥土，而不是岩石。他十分激动，又用脚踢了几下，他蹲下欲用手刨开泥土，这时，立刻来了两位工作人员拦住他。

"破坏展区设施，罚款五十元。"其中一人厉声喝道。

老叶站起来，对二位反问道："这儿有什么设施？我破坏了吗？"

两人看着空荡荡的地面，仍蛮横地说："这里谢绝参观！"

老叶用右脚跺了跺地面，幽幽地说："知道下面有什么设施吗？"

这话把两人问懵了，猜不透老叶啥来头，态度骤变，语气也变得温和多了，问："先生，您到底想干什么？"

老叶拍拍手上的尘土，笑着说："我想看看，我当年埋设的电线是不是还在这里。"

两个工作人员先是喜出望外，然后紧紧握住老叶的双手，紧接着是肃然起敬。两人簇拥着老叶，推开熙熙攘攘的游客，来到旅游公司的办公室。

经理是位四十出头的中年人，见到老叶先是一愣，随后热情地招呼老叶坐下，试探性地问："您是什么职位？"

"总工程师。"老叶坦然应答。

经理惊喜不已："您是建设工地的总工程师？"

"我是现在单位的总工程师。"老叶笑了起来，接着说，"当年我还是个刚毕业的大学生，主要负责修建职工宿舍。在该区域铺设过电缆，修建过排水管道，就是十字路口这一圈。"

经理"哦"了一声，似乎有些失望。心想，若是当年工程技术方面的专家，将他们的照片放进宣传专栏里，会产生多大的效益。但眼前这位，毕竟是第一个，万事开头难嘛。

经理和两个工作人员都用崇敬的目光看着老叶。原来旅游公司为扩展业务，想征集当年用过的文物，哪怕是一个杯子、一个信封，都愿出高价收购。老叶听明白经理的意图，也很激动，称赞这个想法不错。

老叶对经理说："当年，我们进出工地，县委招待所是中转站，可惜那里早被拆了。"

经理又主动加老叶微信，希望老叶提供更多信息。

· 02 ·

汪小芸像疯了一样冲进办公室，不顾劝阻地大声嚷道："老叶，啥子事？"她见老叶平稳地坐着喝茶，悬着的心才松了口气。

原来她与徐老太一行人在不远处参观，边看边聊，正聊得火热，忽见朱眼镜的孙子慌里慌张地跑来，结结巴巴地说："不好啦，叶爷爷被人抓走啦。"

汪小芸一听，撇下众人就奔了过来，见不像有啥大事，仍虚张声势："你又把哪个的秤砣踩扁了？跑到这里来喝茶。走，赶快走。大家都等得不耐烦了。"她边说边拉老叶走。

经理抱拳说："误会，误会。真是大水冲了龙王庙……"

说话间，小皮球、朱眼镜、徐老太一拨人全涌进办公室。经理见状，知道这帮人有来头，忙招呼大家坐下。

老叶指着他们说："这几位是我的大学同学，当年都被分配到'三线'建设单位。只不过，我有幸在这里干了几年，直至项目完工。"

小皮球、朱眼镜几个同学瞪大眼睛看着老叶，几乎异口同声地说："老叶，当年你被分配在这里啊？"

老叶点点头，似乎想说什么，却什么也没说出口。在老同学面前，没什么值得炫耀的。徐老太说："我在很多年前就知道叶总曾在此工作过。但我从来没来过这里，今天真是开了眼界。"

这时，一个工作人员举着相机过来，要为老叶拍照。经理解释说，展出实物太少，要丰富展出内容，为"三线"建设者立碑树传。

荧光灯一闪，老叶在他曾经工作之地留下了永恒的记忆。老叶对经理说："给大家照几张吧。我们的青春，都奉献给了'三线'建设。"

工作人员对着这帮人又拍了十几张照片，大家热情高涨，退出了办公室。

小皮球说："今天，大家是癞子跟着月亮走——沾光。"

老叶埋头走在前面，猛然想到一件事，他一拍后脑勺儿叫道："哎哟，差点把这事儿忘了。"

老叶叫大伙儿等一下，自己转身回到景区办公室，对还处于兴奋状态的经理说："我有一个建议……"

经理站起来，双手握住老叶的手激动地说："感谢老同志献计献策，我们共同办好这个弘扬'三线'精神的景区。"

工作人员给老叶递上一瓶饮料，示意他坐下慢慢说。

老叶坐下，顾不上喝饮料就急切地说："当年工地牺牲的同志，都葬在一处向阳的坡上，不晓得还在不在？"

经理点点头，确认有此事。他记得很清楚，他率领景区开发团队进入工地遗址进行综合考察时，在荒草丛中发现了那一排排坟墓。大家都认为打造烈士陵园的意义重大。他当场安排人员立项做规划，却被叫停。

"应该修个烈士陵园，供游客瞻仰……"

"说得对极了！老爷子，我当初也是这样想的。"经理走到老叶面前，缓缓说道，"不瞒你说，墓地离景区主体太远，经营成本太高……"

老叶一听就来了气："进行传统教育，还讲啥子成本？全国都是免费的。"

经理赔着笑脸，他可不愿招惹有功之臣，于是来了个缓兵之计："陵园是一定要建的，您老人家放心。"

"什么时候？"

"大概在四五期工程吧。"

老叶几乎在咆哮，他有一种被愚弄的感觉。于是，他指着经理厉声道："小子，你这样做，对得起他们吗？"

经理无可奈何地摊开双手："我没说不建呀，老人家，主要是经费不足。"

"我看你是钻到钱眼儿里去了！"老叶一拍桌子，"你的主管单位是哪一个？太不像话了。"

几个身强力壮的工作人员涌上前，乱七八糟地吼道："再闹，就把人抓起来。"

争吵的声音惊动了外边等候的人们，大家又一窝蜂地涌进办公室。弄清楚是怎么回事以后，大家都觉得老叶太执着了。

徐老太给经理赔不是，小皮球和老罗笑着把老叶拉走了。

汪小芸见到怒气冲天的老叶时也吓了一跳。这结婚大半年来，从没见老叶发这么大的火。待弄明白原因，汪小芸差点儿掉眼泪。

参观完后，一行人来到镇上吃午饭。大家围着大圆桌，纷纷向老叶表示敬意。小皮球惋惜地说："可惜中午不能喝酒，不然，一定要敬你三大碗。"

"不虚此行。"朱眼镜说，"老叶圆了梦。以茶代酒，也要喝三杯。"

老叶谦逊地说："彼此彼此，我们都是'三线'建设者。为我们的青春干杯！"

所有高举的碗碰得叮当响，大家脸上洋溢着兴奋的神色，又相互敬茶，回忆当年"三线"建设的趣事。

老叶骤然想起与方秋实热恋时那一个个感人肺腑的场景。

正值暑假，方秋实待暑期学习一结束，顾不上回家探望父母，就急匆匆到厂里来看老叶和一丁。她口头上说陪陪一丁，心里却是想速战速决，给恋情做一个完美的收尾。

中午，叶世全回到家里，方秋实已做好饭菜。三菜一汤，满屋飘香。一丁在方秋实身前身后活蹦乱跳。

媳妇上门的事，轰动了技术处。大家都为老叶高兴，连处长都叫住他说："这几天你不用加班，也不会派你出差。"

那是盛夏的一个夜晚，老叶推窗仰望满天繁星，疲惫的身体得以舒缓，遥望那飞逝的流星,会有无数的遐想。叶世全摇着蒲扇,让凉风向方秋实飘去。

开始两人中间还有个一丁,缠着方秋实讲故事。方秋实摇着小蒲扇,讲那些老掉牙的童话。一丁在她怀里,听着听着渐渐入睡。方秋实见一丁嘴边有些流涎,便用手轻轻拭去。这看似漫不经心的举动,却让叶世全心中窃喜,对方已进入角色,够得上称职的母亲,儿子再不会过没有妈妈的日子了。

两人一同将一丁送到屋里后,重新站在窗台前。此刻,月亮已升上天空,皎洁的月光泻满山谷,寂静的厂区显得宁静祥和。叶世全看着辛苦操劳了一天的方秋实,由衷地说:"真不好意思,真是太难为你了。"

方秋实明眸一闪,瞬间读懂这话的深度内涵。她鼻子一酸,热泪噙满眼眶,极力抑制内心的复杂情感,用平淡的口吻说:"我明天就回县城去……"

叶世全闻言大惊失色,不知道哪里又搞砸了。冷冷的月光照在他脸上,显得愈加惨白。他几乎变了腔调:"我,我又做错了啥子?"

望着满脸痛苦的叶世全,方秋实扑哧一声笑出口,用手指按住他的鼻子说:"傻瓜,明天,我俩去县城领结婚证。"方秋实把"结婚证"三字说得铿锵有力,像下的命令一样,不容更改。

叶世全一把抱住方秋实,两人能听到对方强烈的心跳声。无声的月光静静地照着这对幸福的恋人。两人都没有说一个爱字,却心心相印。

当叶世全还沉浸在无声的喜悦中时,方秋实却说:"你不是还有一段神秘的经历吗?能告诉我吗?"

方秋实盯着叶世全,眼神中充满好奇。

叶世全严肃地说:"我遵守保密规则,不能说。"

叶世全见方秋实脸色阴沉,便俯身耳语:"将来若有可能的话,我会带你故地重游的。"

"真的吗?不许反悔。"方秋实欢叫着,像个天真无邪的小姑娘。

今天,机会终于来了,可人已不再。

想到这里,老叶的眼眶湿润了,嘴唇微微蠕动,似乎在自言自语。

· 03 ·

坐在圆桌对面的汪小芸与徐老太聊得正起劲儿,抬头见老叶神色异样,就晓得他又在回想那些陈年旧事。她心生怨气,拉着徐老太说:"你看嘛,我对他巴心巴肠的。他却像只活在与前妻的回忆中。"

徐老太笑盈盈地拍着汪小芸的手背说:"正常,正常。慢慢来。"

这时,贝贝跑到老叶跟前,仰脸问:"叶爷爷,你是这里的总工程师吗?"

老叶微笑着摇头："我只是一个普通建设者。"

贝贝伸出小手，竖起大拇指，大声说："你真棒！"

稚嫩的童音引得大伙儿不断赞赏。老叶抱着贝贝亲切地说："这些爷爷奶奶，还有你爷爷，当年都战斗在'三线'建设中。你说棒不棒？"

贝贝举起双手大叫道："爷爷奶奶，真棒！"

朱眼镜以茶代酒，又敬了老叶一杯，问道："老叶，当年你在建设工地，具体干什么？"

老叶不假思索地回答："老本行，修职工宿舍。"

这时，平时沉默寡言的老罗仗着酒劲儿开口问道："老叶，你一向淡泊名利，少与人计较。今天为何跟经理大动肝火？"

老罗话音未落，就被徐老太呵斥道："老罗，你少啰唆。你没在'三线'待过，无法理解我们的情怀。"

老罗见势不对，忙抱拳："恕我愚钝，冒犯各位，罚酒三杯。"说着自个儿斟茶水。

老叶自嘲道："老罗呀，还是你说得对，我都这把岁数了，遇事还这么不稳重。"

朱眼镜打了个饱嗝儿拿腔拿调地说："老叶，我支持你。对这些经营者，就是要大声疾呼，不能只看经济效益，而忽视了社会效益。"

"具体问题要具体分析，不能一概而论。"小皮球放下筷子缓缓说道，"老叶提建议没有错。对人家的回复不满意，发了脾气，这个可以理解。修建烈士陵园，因为各自的角度不同，有差异，这也要理解。老朱的说法欠妥。"

朱眼镜气得哇哇大叫，老罗忙打圆场，朝二人摆手说："别吵啦，都是我惹的祸。我自罚三杯。"说罢自己又去倒茶水。

徐老太骂道："吃饱了撑的，有精力，商量下个旅游景区，不好吗？"

众人一下又来了精神，七爷子八条心提了好几个方案。最后，一行人由老叶领头，率车队游了边城、张家界等地后，回到汪小芸的故乡小镇，在镇上最大的酒楼办了五桌。

二叔拉着汪小芸的手亲切地说："该二叔请你，倒让大侄女破费了。"

汪小芸正欲作答，二叔又低声说道："你家先生，我好像见过，那天晚上，没认出来。"

"是吗？"汪小芸不露声色。

"肯定来过我药房，说不定我还号过他的脉。"二叔得意地说。

汪小芸微笑着点头，她也不愿说出事情的真相。

宴席很热闹，三叔也来了。他今天穿了件新 T 恤，人显得挺精神。他举杯对汪小芸夫妇说："无功受禄，谢谢二位啦！"

汪小芸不明究竟，愣住了。幺叔过来解释："你托我转交的五百块钱，老三一搬进屋，我就给他啦。"

幺婶在一旁听见，脸色骤变，一声不吭地到另一桌去了。原来幺叔劝幺婶不成，自己掏腰包给了老三。

汪小芸见长辈和好，心里很感慨，她举起手中的酒杯大声说："祝我们家族兴旺发达！"

酒宴结束后，汪小芸谢绝了幺叔的再三挽留，便风尘仆仆地返回云转山。

庄园装修已经基本完成，大有改头换面之气势。首先，庄园大门那别具一格的风雅对联，吸引着路人驻足品赏；其次，花园内增添了不少名贵花卉及几十盆桩头，且靠近岩边处新修了观景台，观景台地面与台阶都铺上了不同颜色的防滑瓷砖；然后，台阶扶手与观景台栏杆用的是不锈钢，既美观又大方，颇具现代化风格；最后，葡萄架下的砖柱，也贴上了瓷砖，并在甬道两边新建了水泥长凳，贴上了浅绿色的瓷砖，给整座花园增添了韵味。整栋大楼都粉刷了，焕然一新，与花园融为一体，成为云转山又一景。

老叶和汪小芸到各处走了走，很满意。他对汪小芸说："你们汪家不简单啊，个个都是人才。今后有什么修缮，还有花园的管理，都交给你兄弟好了。"

"哟，真把自己当老板了。"汪小芸嘲讽道。

老叶反唇相讥："你才是老板。我只是个不拿工资，只管吃管住的丘二。"

"那你能干什么？红案还是白案，煎、炸、炒、溜、蒸、煮、炖、烫……"

"我会……"老叶一时怔住了。

"叫你端茶送水或是打扫房间……这不委屈了你这个总工程师吗？"

"我这人没有面子思想，干啥都行。"

"你不要？我可要这面子。"汪小芸一个巴掌拍在老叶肩上，爱怜地说，"别耍嘴皮子啦，我不会叫你干这些的。"

"谢谢老板。"

两人哈哈大笑，爽朗的笑声洋溢着生活的甜蜜。

汪小芸见天色不早了，就回去做饭。老叶仍在观景台凭栏眺望。

这趟外出旅游有很多收获，这让老叶的心情变得很好。特别是了解了汪小芸与方秋实是好姐妹，并且自己佩戴多年的玉石，居然是汪小芸送给方秋实的。是巧合，还是天意，老叶百思不得其解。

　　老叶从观景台回到花园，漫步在花丛中。夕阳余晖照着翻新的花园，青藤绿树，红花茂叶，显得生机勃勃。老叶会心地微笑，笑得那么开心。老叶对庄园的情感在滋长，那是对庄园的一种归属感。他低头审视眼前的月季，月季正含苞待放，他用手轻轻捋去一片败叶，转身又拿起扫帚。

　　汪小芸站在大厅门口，将老叶的一举一动尽收眼里，也由衷地笑起来，也想起自己在旅途中与徐老太多次谈到老叶不忘旧情的事。

　　徐老太总是笑着说："弟妹，你傻呀，这正是你的福气。"

　　汪小芸更是一头雾水。徐老太老练地说："你只能一步步地慢慢进入他的内心世界。目前，你只是获得了婚姻的成功，等你占据了他的内心世界，才是爱情的顶峰。"

　　"多交流，多沟通，是打开叶总心结的钥匙。"徐老太继续说道，"你我都是过来人，这道理还不懂吗？"

　　汪小芸将去小镇到山村学校的情况统统告诉了徐老太。徐老太惊喜地叫道："哎呀，你与方秋实是闺密。这事儿也太巧了吧！"

　　徐老太遥望着远处的青山、天上的浮云，许久没有说话。她想起方秋实临终的嘱托以及事后自己的举措，不觉长叹："真是谋事在人，成事在天。"

　　见汪小芸一脸茫然地看着自己，徐老太掩饰住自己复杂的心态，亲切柔和地说："你只管好好过。苍天若是有灵，九泉之下的方秋实会祝福你的。"

　　汪小芸有些纳闷儿，徐老太怎么冒出句前言不搭后语的话来。

　　徐老太忽然说："不是有块玉吗？拿来我看看。"

　　汪小芸解下玉石，递到徐老太手上。徐老太朝着阳光举起玉石，眯着眼睛瞧了又瞧："值多少钱？"

　　"不晓得。"汪小芸随口应道。

　　徐老太转身，爱不释手地把玩玉石，一会儿用手心体验它的柔性，一会儿又用手估算它的重量，不相信地问："真是你捡来的？"

　　徐老太低头鉴赏玉石。她也有几件玉石饰物，全是在云南高价买的。她试图估量这玉石的价值，却无法做到，因为她并非专业人士。

　　徐老太将玉石还给汪小芸，并稍稍用力拍了拍她的手背，由衷地赞叹："看得出来，你们几位并不在乎这玉石的经济价值，只是把它当作一种信物，友谊的，爱情的，我说得对吗？"

　　"难道不行吗？"汪小芸反诘，语气中透着自信。

　　徐老太簇拥着汪小芸说："知足吧，弟妹。你俩有这么坚实的基础，日子会好起来的。"

徐老太放开汪小芸，又摆出老大姐的派头："要想日子好过，关键是伺候好老公，你懂吗？"

两人手拉着手，笑语连连。

· 04 ·

吃饭时，汪老二拿来一瓶酒，自斟自酌。一边喝酒，一边向二位大讲特讲装修的艰辛，自己如何与供货商讨价还价，争得面红耳赤，又如何与承包工匠为质量问题，吵得天昏地暗。

汪小芸热情地斟满酒，举杯对汪老二说："老二，辛苦了，姐敬你一杯。"

几杯热酒下肚，汪老二拿出一沓发票，慢吞吞地说："这些是发票，九万七千多，以复核为准嘛。"

听到数目，老叶心里一怔，不由得抬头看了汪老二一眼。汪老二低垂着头，显得有些不自然。老叶觉得太离谱，但碍着汪小芸的面子，不宜直接质问小舅子，他只是意味深长地瞥了汪小芸一眼。

汪小芸也觉得费用太高，接过发票浏览了几张，看不出啥毛病，就放到老叶面前，说："叶大哥，你以前也搞过建筑，这审核就交给你了。"

老叶老成地说："建筑与预决算是两码事。就三个人，还是老二自己打个决算清单，好不好？"

汪老二连连应允，便低头吃饭。他感觉姐姐和姐夫对他不信任，特别是姐夫那眼神令人生畏。汪老二又掏出一沓发票说："这是购置盆景花木的发票，四万多。与装修总共九万七千多。"

老叶不觉"哦"了一声。装修五万左右，倒也说得过去，不过花木盆栽就不好说了。汪老二为啥要把这两笔账搅一块儿呢？

随后三人做了分工。老叶总负责，汪小芸负责前台和财务，汪老二管后勤与维修。在什么时候挂牌营业的问题上，三人争论了许久。汪老二主张尽快开业，可以边营业边整改。汪小芸则说，修缮完工再开业，要给游客一个完美的形象。

老叶见姐弟俩各执一词、互不相让，沉思良久，稳重地说："二位的意见都有道理，但再拖下去，这个夏季就完了。要是小的整改，可以边营业边整改嘛。"

姐弟二人都说听老叶的。于是，就定在周五中午开业，计划宴请六桌人。

其实，汪老二是有意跟姐姐抬杠，其目的是试探老叶处事的态度。见老叶对事不对人，且言之有理，从此刻起，汪老二再也不敢浑水摸鱼了。

晚上休息时，两人回到调整后的房间。老叶很满意，室内一切布置如初。老叶准备躺下休息，见汪小芸正横眉竖眼地瞪着他，心知不妙，佯装假寐。

汪小芸走到床头坐下，拍拍老叶的肩膀："起来，装疯卖傻干啥子？"

老叶只好坐起来，做出无辜的样子："我可没说你兄弟坏话。"

"我兄弟咋啦？"

"你没看出来吗？他企图混淆账目，想浑水摸鱼……"

"这事儿以后再说。"汪小芸一挥手，两手抄在胸前，冷冷地笑着，"这趟旅游，玩得不开心吧？"

老叶有点儿莫名其妙，小心翼翼地说："这一路上承蒙夫人关照，我很开心啊。"

"开心？我看未必吧。"汪小芸提高了嗓门儿，"就说从景区出来，中午吃饭时，你黑着一张脸，眼泪哗哗的，又是为啥子？"

老叶骤然肃穆，沉吟一会儿坦诚地说："那时，我想起了方秋实母女俩。因为，我曾许诺，有机会一定带她们母女俩来看看我工作过的地方。"

老叶的真诚，让汪小芸感动，她叹口气说："你怎么不早说呢？我又不是小肚鸡肠的女人。再说嘛，这都是过去的事了。对不对嘛？我就喜欢有情有义的男人。"

老叶有些不好意思。汪小芸侧身对老叶温柔地说："你对大姐真好。"

"应该的，应该的。"老叶心里还有句话，我也会对你好的。可到了嘴边，却没说出口。

汪小芸兴致不减，问道："你和我姐吵过架吗？"

老叶摇头，若有所思地说："争执是有的，但绝没有吵架。宽容与理解，是婚姻的调合剂。我俩都做到了这一点。"

"我姐与婆子妈呢？这层关系最难处了。"汪小芸穷追不舍。见老叶低头不语，她自言自语道，"我姐这人，极有个性。又在你家这个复杂环境下当后妈，又养个智障女儿，这日子也够苦的。"

汪小芸喝了口水，继续胡诌："天长日久，哪有不跟婆子妈顶撞几句的？换了是我，早崩溃了……"

"方秋实是一个称职的儿媳妇，婆媳间一向相安无事，邻里口碑很好。"老叶严肃认真地说到这儿，停顿一下，换了娓娓的口气缓缓说道，"那年，又是为了秀秀，婆媳俩彻底闹僵了。"

汪小芸睁大眼睛，嘴唇半张地望着老叶，听着老叶回忆。

秀秀渐渐长大，已是十八九岁的大姑娘了，从外表看，怎么也不像有智力障碍的姑娘，但一说话便露出破绽。邻里都知道叶家养了个智障女儿，婆婆和方秋实不在她身边时，邻居总爱逗秀秀，问："秀秀，再过几年嫁不嫁人？"

秀秀歪着头，红着脸说："我不嫁，我听妈妈的。"

有人再问，秀秀却说："我听婆婆的，找个好婆家。"秀秀说这类话时，婆婆总在附近。婆婆会对那些冷嘲热讽的人大声说："我家秀秀除了脑筋呆板点儿，其余没有哪点儿不像女人。秀秀还会唱歌，唱得可好听了。嫁人嘛，那是理所当然的事。你几个说话，要积点儿德，免得让人戳脊梁骨……"

那些说风凉话的，自知没趣，灰溜溜地走了。

这事真不是件小事，在叶世全看来，现在女儿长大了，生活也能自理，能识一些字，能做简单的加减法，还会唱歌，若能把秀秀嫁出去，他们身故后也有人照顾她。可能够接受秀秀的家庭会是什么样？老叶越想越后怕，不敢与方秋实探讨。她的态度十分明确，宁愿养秀秀一辈子。

倒是婆婆跟儿子提过几次，叶世全总是推脱。

"还小吗？我在这个年龄，都有你大哥了。"婆婆见儿子吞吞吐吐的，就责无旁贷地说，"这事你莫管了，我去找她说。你们两个都是知书达理的，这点小事反倒糊涂了。"

此后婆婆加强了对秀秀的培训，教秀秀做针线活儿，教秀秀做饭炒菜，可惜收效甚微。

一天下午，方秋实下班回家，刚到楼前见几个邻居又在逗秀秀。秀秀看着不远处的婆婆正欲作答，忽然看见妈妈走来，便说："我听妈妈的。不嫁，就是不嫁。"

方秋实快步上前，一把拉住秀秀就往楼里走，随口说了句："无耻之徒。"

邻居讨个没趣，各自散去。

一边的婆婆却来了气："骂谁呀？"

方秋实一再解释自己没有骂她，还继续说些宽慰婆婆的话，夸她带秀秀有方，是个打着灯笼都难找的好婆婆。

婆婆是个精明人，当然明白媳妇不会骂她，她只是趁此机会把憋了许久的话说出来："秀秀也不小了，找个合适的人家嫁了，邻居自然就没闲话说了。"

方秋实一听，肺都气炸了。但她深知婆婆的脾气，只好绕圈子，用商量的口吻说："这不太好吧。万一人家待秀秀不好，怎么办？"

这是方秋实最大的顾虑，能接受秀秀的家庭，本身多少有缺陷。万一家庭环境很糟糕，这不是把秀秀推进了火坑里吗？

"哪来这么多万一？你不会选户平常人家，势单力薄的吗……"

方秋实都快气晕了，咬牙切齿地说："我不会同意的，秀秀是我女儿。"

"我就晓得你不会同意。"婆婆冷笑一声继续说道，"早些年，就劝你再生一个，把我的话当耳边风。要是听我的话，小孙孙都能打酱油了。"

这又戳到方秋实的痛处，她一时无语，拉着秀秀进了卧室。婆婆仍在客厅里大声说："这些事，我见多了。只要有人要，用滑竿抬去的都有……"

方秋实见婆婆越说越不像话，便回敬了一句："这事我做主……"

婆媳俩就这样僵持着，直到叶世全推门进来。叶世全问清原委后，皱着眉头对老太太说："妈，这事得慢慢来，再说……"

"我就晓得，你俩是一个鼻孔出气。"婆婆打断儿子的话，厉声说道，"我也不伺候了，明天就回去，管你们啷个搞。"

一直在里屋偷听的秀秀，忙跑出来叫道："婆婆，我跟你走。"

婆婆眼一瞪："你有妈有爸，跟我走啥子？"说罢转身进屋收拾行李。

第二天早上，叶世全早晨起来一看，人真走了，给了他个措手不及。他最近被提为总工程师，工作繁忙，没办法照顾家里，方秋实就把秀秀带到了学校。没多久，方秋实办了提前退休手续，专职在家陪伴秀秀。她没事爱往妇联、残联跑。妇联也好，残联也罢，人家除了同情，也是爱莫能助。爱心慰问，特困补助，那是有回数的。

老叶说到这里，长长地舒了口气，再也没话了，房间里一片沉寂，明晃晃的灯光照着两个沉默的人。还是汪小芸开口打破沉闷的氛围："我大姐在那段时间，过的是最艰难的日子，主要是精神压力太大。"

老叶默默地点头。汪小芸幽幽地说："秀秀有这么好的妈妈，也是她的福气。"

第十一章

· 01 ·

这天刚吃完早饭，就有人敲庄园的大门。汪小芸开门一看，是村主任。村主任见面就大声说："恭喜，恭喜，汪老板。"

汪小芸心头一紧，村主任大清早上门，绝不会是好事情，便笑道："翻修了一下房子，没想到惊动了村主任，罪过，罪过。"

村主任微微一笑，点上烟振振有词："你家兴师动众大兴土木，云转山都传遍了，说要办高档农家乐，有这回事吧？"

汪小芸不置可否地说："我这样做，没有违规吧？"

村主任扔掉烟头，装模作样地咳嗽两声："那倒没有。不过你由居住改为经营，按规定，要向村委会交管理费。"

"凭什么？我又不是你的村民。"汪小芸反驳道。

村主任冷笑一声："凭什么？麻烦你搞清楚，这是谁的地盘。"

汪小芸来到云转山也有好些年头了，知道眼前这位村主任。对方看上去其貌不扬，甚至有些粗俗鲁莽，但在村里是个响当当的角色。汪小芸争辩道："我是到工商税务局登记注册的，有营业证。与你有何相干？"

村主任皮笑肉不笑地说："你开什么店，确实与我无关。不过嘛，假如有什么治安事件、食物中毒、交通事故，莫来找我啊。"

村主任说完，恶狠狠地吐出一口黑痰，转身就走。

"村主任，请留步。"老叶从葡萄架下快步过来，抱拳道，"昨晚刚回来，还没来得及向你汇报开店的事，望村主任多多包涵。"

村主任转过身来，点头说："叶老板，有你这态度，好说，好说。"

老叶灵机一动，上前拉着村主任的手说："晚上到家里来，喝两杯，慢慢聊。"

"叶老板是个痛快人。"村主任哈哈大笑，"常言道，无功不受禄。我哪好意思上你家，对不对？"

老叶故作万分感慨地说："我在这个地盘开店，麻烦村主任的事就少不了。"

"你是明白人。"村主任拍拍老叶的肩头，同时瞥了汪小芸一眼。

村主任抖抖衣衫离去了。汪小芸望着远去的村主任，心里觉得憋气。

老叶宽慰道："要想在这里办点事，这是个绕不开的人物。"

这件事也暂时不了了之，直到近月山庄正式营业。

那天，山庄邀请了六桌宾客，主要是汪家的亲戚与朋友、老叶的那帮同学与朋友、一丁的一大帮餐饮界的老板、汪小芸儿子的几个朋友。

汪小芸核实名单时，发现陈新梅的名字被划掉了。她自语道："这个老叶，不商量一下，就自作主张。"

正好老叶过来，看了名单说不是他划掉的。看到老伴一脸的不高兴，老叶解释道："这是你的朋友，我要想划掉她，肯定会同你沟通的。"

那会是谁呢？只剩下汪老二了。汪老二经常回小镇做业务，比较了解陈新梅，划掉她，也在情理之中。汪小芸打消了再添上的念头，心里说，对不住了，新梅。以后，一定补上。

十点刚过，嘉宾陆续到场。他们首先参观花园，然后巡视各层客房及健身房、棋牌室、歌厅、餐厅、厨房等。客人们很满意，纷纷打探经营模式及收费标准。老叶拿出事先备好的宣传单，人手一册，一边不厌其烦地重复："请记住，本店要先预约……"

徐老太、小皮球、朱眼镜一行人有十多个，一进庄园大门就惊叹声不断，感觉小院真是脱胎换骨，上了档次。小皮球眼尖，发现了高高的观景台，一声吆喝，大家蜂拥而上。

观景台上，老叶匆忙地递给大伙儿几张传单，说声"失陪了"，又向另一拨客人走去。

朱眼镜笑道："老同学，当了老板，就要怠慢我们了。"

小皮球感慨地说："老板不好当呀，投入这么多资金，还有人力、物力，万一打了水漂，向谁哭去？"

这话引起大伙儿热议，你一言，我一句，热闹地讨论起来。

一向闹嚷嚷的徐老太却没有说话，独自凭栏眺望山下浑浊的长江和江边日益扩建的新城。徐老太心里莫名地激动：老叶虽然一生坎坷，晚年能遇见汪小芸，真是前世修来的福气。方秋实若地下有灵，也会感到欣慰的。

面对庄园的巨大变化，徐老太内心似乎受到震撼，过去，太小瞧汪小芸了，想起上次率众多同学上山，还带上大米、豆油，其实对女方是一种伤害。汪小芸不计前嫌，还主动给自己介绍老罗。徐老太脸皮火辣辣的，不觉自语道："不仅人善良，能力也不错。"

· 02 ·

今天主厨的是一丁的大徒弟小张。大清早，她带来四人，两人上灶，两人端菜。一切井然有序。

汪小芸站在台阶上，望着花园、菜地里参观的人群，再瞧瞧忙碌的厨房，心里感慨不已。多年想做的生意，今天终于开张了。更可喜的是她已接了三张预定单。一张是小皮球签的，老叶那帮同学要住两天；一张是书法家老罗签的，他要叫上十多个书法好友及弟子上山聚一聚；一张是汪老二的朋友签的单。

汪小芸手里攥着单子，感觉有分量，这里面包含了朋友的友谊与支持。

汪小芸走进厨房，见小张正操刀上阵，制作凉菜。她一边娴熟地切着卤鸡，一边指点其余人的工作。她身材中等，说话调门儿高，叫到谁，谁就乖乖地听着。吩咐干什么，那人忙应答一声，立马就去做，无人敢还嘴。

汪小芸跟她打了个招呼，小张热情地叫了声："阿姨好。"她一边向汪小芸汇报工作进度，一边刀工不停，只见一片片卤肉从刀下飞出，大小匀称，厚薄如一。汪小芸看得目瞪口呆，不敢再言语，生怕小张伤了手指。

汪小芸远远地欣赏着小张飘逸的刀工，不仅两手在动，身体也在微微颤动。汪小芸知道她已是两个孩子的妈，干活儿还这么卖力，就向她招手。

小张擦着手过来："阿姨有什么吩咐？"

汪小芸一把拉住她："快坐下，歇一歇。让年轻人多干一点。"

小张道了谢，坐下端起茶杯大口喝水，然后说："师傅说了，这里的活儿交给我了，阿姨有什么事，只管来找我。"

两人谈得正开心时，过来几个散客，要吃饭。汪小芸心想宴席还没开始，怎么好接待散客呢？面有难言之苦，正欲婉拒这几位散客，小张说："欢迎来就餐。是点菜，还是包席？"

小张递上菜谱，热情地介绍各种特色菜，边说边观察几位散客的表情，用试探的口气说："各位运气好，赶上老板开业，肯定会打折。你们人多，正好一桌。来得早，不如来得巧。"

这番话说得几个散客眉飞色舞。见有两人还在犹豫，想换个地方，小张趁势说道："不如包一桌。这边八百一桌，你们八人，少三个主菜，收五百。再打折，只收四百，再送每人一瓶啤酒。如何？"

几个年轻人爽快地答应了。于是，小张立刻招呼两个服务员安桌子，上凉菜、啤酒。自己进厨房上灶了。

汪小芸更加佩服小张的本事，深感自己在这一行还得好好学。汪小芸心里纳闷儿，这么好的媳妇，大姐怎么会拒之门外？汪小芸摇摇头，走了。

中午，宴会准时开席，一切都按部就班，宾客踊跃预订房间，热闹非凡。汪小芸心里美滋滋的，猛抬头，见村主任大摇大摆地闯进宴会厅，汪小芸只好站起来迎接村主任。

村主任笑道："例行公事，随便看看。"

老叶见状，赶紧过来，把村主任拉到汪老二那桌，热情地说："怎么不早来？快坐下，罚酒三杯。"

村主任半推半就地趁势坐下。汪老二半开玩笑地说："老板有令，罚酒三杯。"

村主任豪气十足："喝就喝！"一连喝了三大杯。

汪老二拍手叫好，朝兄弟伙儿使眼色。大伙儿心领神会，轮番向村主任敬酒。一个个主任前主任后的，喊得村主任飘飘然，十来杯冷酒下肚，就有些头重脚轻。

汪老二叫道："村主任，好酒量！我俩干一杯。"

村主任吞吞吐吐地说："汪老二，我们两个，就不喝了。"

汪老二板着脸说："你不喝酒，跑来干啥子？"

村主任无奈，只好端起酒杯，忽然又砰的一声放下酒杯，粗声粗气道："慢点儿，让我吃口菜呗。"

在众人的哄笑声中，村主任抓起一个鸡腿吃起来。

汪老二宣布划拳开始，兄弟们相互开战。几圈下来，村主任就趴在了桌上。

饭后，小皮球一帮人照例在葡萄架下聊天，却没了往日的风采，一个个低头喝茶或是东张西望，像掉了魂一样。

小皮球没话找话打趣道："眼镜，好久没听你做报告了，来一段？"

朱眼镜正为女儿离婚的事犯愁，哪有心思在这儿高谈阔论。他淡淡一笑："留着点精神，保养好自己……"

"娃儿的事，少管些。"有人说。

"你莫以为是我爱管这些闲事。"朱眼镜有苦说不出。女儿离了婚，将九岁的外孙交给朱眼镜夫妇，就溜之大吉，十天半月难见到一面。

又有人说："八九岁了，好带。"

朱眼镜气得哭笑不得："好带？你来试一试。早晚接送不说，晚上辅导作业，少说也要两个钟头。"

众人哈哈大笑，七嘴八舌道："儿孙自有儿孙福，莫为儿孙做马牛。"

倒是徐老太超凡脱俗、兴趣盎然，逢人便说："近月山庄里的字，是老罗写的，怎么样？"

"写得不错。"小皮球称赞道，又笑嘻嘻地说，"徐大姐，哪天送老同学一副？还不是你老人家一句话。"

徐老太心里好笑，把脸一沉："你三张纸画个人脑壳——好大的脸面。想要字画，自己找他去。老罗的字，千元一尺……"

"不贵，一点都不贵。"小皮球半眯着眼说："等我把车卖了，弄十几幅字画存起。三十年后，哈哈……"

"哪里用得着卖车。"朱眼镜忘记了自己的忧愁，嘲讽道，"只要你手中的股票涨几天，还有什么搞不到手。"

"对头，只要房价不跌，你腰包总是胀鼓鼓的。"有人附和起哄。

大家就这样，东拉西扯、无拘无束地快活着。

· 03 ·

朱眼镜出去转了一圈，回来对小皮球说："那边有七八个人，没订上今晚的房间，正在怨天尤人。把我们的房间让出来，怎么样？"

大家看过去，果然有群客人正围着汪小芸闹嚷嚷的。朱眼镜去退了房，那伙人兴高采烈地去看房间。这让汪小芸很感动。老叶这帮铁哥们儿，关键时刻太讲兄弟情分了。

这帮人闲来无事常聚会，斗嘴打趣寻开心，到了该出手时就出手，没一个含糊的。小皮球对老叶说："谁跟谁呀，需要时一个电话，我第一个上山。"

大家二话没说，收拾行装开车走了。只有徐老太与老罗，磨磨蹭蹭的，吃了晚饭才离开。

这是开业的第一天，一丁一大早就上山了，本欲独自前来，不料老婆得知此次主厨的是丈夫的大徒弟，便执意同行。

一家小小的农家乐开业，是请不动他这位餐饮界的后起之秀的。但店老板是他老爸，一丁就不得不全力以赴。大量的前期工作，一丁必是亲力亲为，还把后厨托付给了他信任的大弟子，可见一丁对父亲的农家乐何等重视。

一丁对父亲有着深厚的感情。特殊的家庭经历，让他早熟，让他早入社会历经磨难。他爱这个家，爱家庭的每一个成员。继母、妹妹都是他的亲人，可他们不在了，只剩下父亲孑然一身。

父亲的这桩婚事，起初一丁并不看好，是有所顾虑的。没想到几次上山来，见父亲脸色红润了，精气神也好多了，他也就放心了，也愈加尊重汪小芸。当他得知汪小芸之所以办农家乐，是为了帮助父亲早日走出过去生活的阴影，一丁更是对汪小芸敬佩有加，觉得老父亲的余生有靠了。

汪小芸在大楼前为客人答疑解惑，瞅着老叶父子在庄园大门边叙谈。心想，父子俩多交流沟通一下也好。老叶儿子有一肚子的生意经，可以多讨教点。

一会儿老叶过来了，汪小芸见老叶沉着脸，默不作声，以为他与一丁言辞不合、不欢而散了。不料老叶说道："过几天就是秀秀的忌日。"

汪小芸不知该说什么，见老叶神情沮丧，只好说："你到屋里休息一会儿吧。"

老叶也不搭话，转身朝房间里走去，在沙发上坐下，喝了口冷茶，长长叹息一声。他有些自责，心爱的女儿才走了几年，竟然忘了她的忌日，还要一丁来提醒。

当时，儿子儿媳正看着他，他窘态十足，用话搪塞道："我记着呢，今天开张，先不说这个。"

儿子又说了些什么，他一句也没听清，匆匆作别，退了回来。

最后和她们度过的那些凄惨的日子，怎么能忘记？

秀秀再一次住进了医院，让老叶有一种不祥的预感。这次是因肺部感染，引发并发症，造成肾衰竭。医生都成老朋友了，她非常熟知秀秀的病情，也了解其父母的状况。她放下听诊器，用探问的目光注视着老叶夫妇。

不待医生开口，方秋实坚定地说："医生，请全力抢救。"

医生不再说什么，低头开了几张化验单，让秀秀住进了重症观察室。

夜深人静，重症观察室内，中间的大灯已关，只有壁灯还亮着。秀秀的床头摆有各种仪器，床两侧也有输液的架子，上面挂着大瓶小瓶的药水，正悄无声息地进入秀秀体内。秀秀却睡着了。

方秋实趴在床沿上迷糊了一会儿，抬头见叶世全还坐在椅子上打瞌睡，就说："你还没走？明天还要上班呢。"

叶世全站起来，来回走了两步低声说："再等会儿，一丁说晚上一定来。"

方秋实看了看手表，十点多钟了，想了想说："恐怕来不了了，快回去吧。"

正说着，一丁推门进来。他朝父母微微一笑："来晚了。今天事多，又让几个老板逮住，陪了几杯酒。"

方秋实爱怜地说："喝酒别开车。"

一丁朝她点点头，从挎包中取出几沓钞票说："这是三万，不够再说。"

方秋实慌忙站起来，默默地接过钱，装进自己的手提包里，刹那间，方秋实掉下了滚烫的泪花。

叶世全默然地盯住那几叠钞票，银行的封条赫然入目，他推测应是下午就准备好了，于是关切地问道："小王知道吗？"

一丁点点头，说这钱是小王取来送到自己单位的。

秀秀醒了，惊喜地叫着哥哥。一丁在床头坐下，从挎包里拿出一盒巧克力，在秀秀面前晃了几下。秀秀双手不能动弹，一丁就俯身将巧克力喂到她嘴里。秀秀幸福地咀嚼着。

一丁近距离地看着妹妹，发觉妹妹胖了，也许是营养好、运动少的缘故吧。一丁哪里知道，这是过多服用激素药品的后遗症，对内脏器官的伤害更大。

秀秀吃完巧克力，笑着对一丁说："哥哥，我给你唱支歌，好吗？"

秀秀有唱歌的天赋，她从收音机或电视中听几遍歌曲，就能准确地唱出来。加之音色还不错，常让叶世全兴奋不已。

轻柔委婉的歌声在房间里飘荡，三人默默地听着。一丁鼻子一酸，他转过身去，不忍再看妹妹一眼。叶世全也感觉女儿唱得太悲切。秀秀前几天唱这首歌时，还有几分喜悦之情。他明白了，这是秀秀对一丁的深厚情感。

方秋实什么也没说，当她得知儿子是司机开车送来的，司机还在楼下等，便催促儿子快走，顺便把叶世全捎回家。

· 04 ·

父子俩走后，方秋实打了个呵欠。她早有几分倦意，就打开从家里带来的沙滩椅准备休息。当真躺在沙滩椅上时，方秋实反倒没了睡意，满脑子全是家里的事情。秀秀这次生病有些反常？老叶明早是在家里吃早饭还是去食店里吃豆浆油条？一丁送来这么多钱，他老婆真乐意吗？秀秀这次住院，告诉婆婆吗？

忽然，方秋实看到秀秀蹦蹦跳跳地走到自己面前，满脸喜悦地对她说："妈妈，医生说我全好了，我再也不用打针吃药了。妈妈，你也不用受这洋罪了。"

方秋实又惊又喜，这可是她心中积压的一块心病。一朝甩掉，她顿觉浑身轻松、扬眉吐气。秀秀今天打扮得真漂亮，秀丽的长发披肩，红扑扑的脸蛋儿，两只大眼扑闪扑闪的，透着灵气，身着一套浅绿色的连衣裙，显得落落大方。她抱着秀秀，在她红润的脸蛋上亲吻。这时她才意识到，秀秀身旁还有位英俊青年，西装革履打领带。啊，咱们秀秀名花有主了。方秋实振臂欲呼，秀秀出嫁了！要在最豪华的宾馆，宴请所有的亲戚朋友……

查房的小护士走进重症观察室，脚步声惊醒了方秋实。她猛然醒悟，刚才是做了个梦。待护士查询一番走后，方秋实愈加后怕，这梦预示着什么？常有人说，梦是反的。这怎么办？她来到床头，见熟睡的秀秀并无异样。她反倒忐忑不安，整夜没有睡好。

到了第三天，秀秀的病情急转直下，一直处于昏迷状态，后来还被送到急救室抢救。方秋实站着，身体在微微颤抖，一种不祥之感在心里蔓延。

叶世全抱住她，低声说道："坐下吧，不会有事的。"

长长的走道上空寂无人，愁闷的空气令人窒息，漫长的等待是无形的折磨。方秋实把头靠在叶世全的胸膛上，喃喃地说："那天晚上，我做了一个梦……"

叶世全用手指轻轻压住她的嘴唇，示意方秋实别说了。此时叶世全已心乱如麻。不知过了多久，那扇沉重的门终于开启，主治医生缓步走出，垂着头说："对不起，我们已经尽力了。"

方秋实只觉得天旋地转，一下倒在叶世全怀里。叶世全两手紧紧抱住她，他现在是方秋实唯一的依靠。

秀秀的丧事极其简单，叶家没有告知任何人，但一丁带来了小张。事情就有这么凑巧，叶世全打电话告诉一丁时，小张刚好在旁边。小张非要来送秀秀一程，一丁拗不过只好依允。

两人来时，正遇上给秀秀装殓。叶世全抱来一大堆秀秀的衣裳，方秋实全都看不上眼。她打电话给朋友，委托她速去服装城买一条浅绿色的连衣裙，不论价格。

忙完这些，方秋实才发现小张。她面有愧色，想到自己当初百般为难对方，可对方不仅能和一丁维持良好的师徒情谊，今天还主动前来，可见为人善良、待人真诚。

方秋实想着，脸皮发烫，对小张说："想不到你会来，太感谢了。"

小张走到方秋实面前，诚恳地说："阿姨，秀秀妹妹的这套衣服，就算我送给她的吧。"说罢从包里掏出一沓钞票，硬塞到方秋实手里。

方秋实的第一反应是不能收。丧事没有通知任何外人，怎么好收人家的钱？她极力推过去，但被小张有力的双手按住，小张的眼神充满善意，她轻声说道："阿姨，别这样，小王马上就到了。"

方秋实愣住了，抬眼四处看了一下，默默地收下。

秀秀的丧事办完后，叶世全才通知叶、方两家的亲戚。大家都说了些宽心话，唯独婆婆大为不满："为什么不告诉我？我带了秀秀二十年，看着她一点一点长大。没有功劳，也有苦劳。"

她在小儿子的陪伴下，怒气冲冲地来到叶世全家，大有兴师问罪的架势。

可当她第一眼看到方秋实的那一瞬间，她的心就软了。方秋实眼圈黑黑的，眼神也显得有些呆滞，头上已见几绺白发。她心里叹息，毕竟是叶家的儿媳妇，也就作罢了。

方秋实坐在沙发一隅，低首垂眉，静候婆婆训斥。

"小方，别难过了。秀秀走了，那是她的命。"婆婆看了儿子一眼继续说道，"你们两口子对得起她，秀秀是来收账的。这下好了，还清了……"

叶世全大为惊诧，没想到老妈会说出这番话来。他紧锁的眉头缓缓舒展。

方秋实更没料到婆婆如此宽宏大量，悬着的心终于放下了。想想以前婆婆百般呵护秀秀，还把家务承担了，让自己轻松不少，可自己从没对婆婆说过一句感谢的话，还气走了婆婆。方秋实心里有些内疚，还未开口泪水已夺眶而出："妈，对不起。是我叫他不通知你的，都是我办事欠考虑。"

叶世全见状忙说："妈，你年龄大了，不敢惊动你老人家。孙子辈的事，你不必操心。"

叶世全又责备叶老五不该带老妈出门。叶老五苦笑道："你以为我愿意吗？你还不了解咱妈的脾气。"

叶老五点上一支烟，又说道："说来也怪，妈在家里，甩锅砸盆，非要来教训你们。这进屋了，反倒没脾气了，说话也轻言细语的。"

"你晓得个屁？"婆婆骂道。

·05·

外面划拳的喧嚣声打断了老叶的回忆，他看看窗外的天色，知道不早了，忙洗洗脸，稳定情绪。老叶走出房间时，已是黄昏。客人们正在饭厅里用餐，

划拳行令，十分热闹。

汪小芸见老叶来了，招呼他去吃饭。

老叶摇头说不饿，径直朝花园深处走去。

汪老二陪着他那帮朋友，喝得兴起，划拳声一浪高过一浪，已经影响邻桌就餐。汪小芸一看，好几个都是社会上的混混，只能摇了摇头。

汪小芸过去提醒汪老二小声点儿，别影响邻桌的食客，却又被几人缠着，非要喝一杯酒。汪小芸左推右挡难以脱身，汪老二站起来，替姐姐喝了好几杯。

汪小芸刚走，那几人又嚷着要去唱歌，待他们到歌厅时，里面已经有人了。两帮人一句话不对头，又吵了起来。

汪小芸听到吵闹声，急忙赶到歌厅，一看又是汪老二这伙人在惹事，气得汪小芸把汪老二拉到一边骂道："你这个方脑壳，歌厅里有人了，不晓得去打麻将吗？你也是半个老板。"

"哎呀，喝麻了。"汪老二转身朝兄弟伙儿大吼一声，"走，打麻将去。"

一伙人又涌向娱乐室，那里又闹成一团，气得汪小芸哭笑不得。

小张是最后离开的。她留下两名厨师，半个月轮换一次。汪小芸送她到了大门口，说了不少的感谢话。

小张说："阿姨别客气，这是师傅吩咐的事，我当然要尽力。再说，你这儿为烹饪培训中心提供了实习场地，我还要谢谢你呢。"

两人相视一笑，小张继续说："每周我会来一次，检查学员的实际操作。"

汪小芸很感动，拉着小张的手说："家里还好吧？"

小张侧身过去拉开了车门，避开汪小芸灼热的目光。她意识到汪小芸已知道自己与一丁过去的感情纠葛，反倒坦然地说："家庭生活很正常，老公很支持我的工作。两个宝贝很可爱，都在上小学。"

小张上了车，摇下玻璃窗挥挥手，走了。

汪小芸伫立在大门边，望着轿车的灯光消失在山梁拐弯处。她心里产生了一些稀奇古怪的念头，觉得方姐放走了这么好的儿媳妇，对叶家来说，是不可估量的损失。她弄不明白，方姐怎么就是不喜欢这个小张呢？

近月山庄开业后，生意特别火，平时每天二十多位游客，因此，游客周末必须预约前来，或者玩耍一番，享用一顿美餐后，在黄昏时分离去。

汪小芸心情舒畅，每晚负责清点账目。她看着那一沓沓钞票，瞧一瞧那一长串预约名单，不免想起几年前筹划农家乐的事。要是那年搞成了，哪里还会遇见老叶，真是人算不如天算。

面对大好形势，老叶的想法却不同。他想的是如何持续发展，坚持餐饮特色重卫生，搞好客房服务，还可增加夜宵服务。他甚至觉得不该养蜜蜂，至少少养几桶，免得蜜蜂蜇了游客，造成负面影响。

在这些光鲜表面之下，常有暗流涌动，它们看似细枝末节，不值一提，其实是牵一发而动全身。比如：开业那天汪家三亲六戚坐了两桌多，只有二叔和三叔第二天中午才离开。离谱的是，两人隔三岔五会结伴而来，一住就是两三天。汪小芸看在长辈的份上，笑脸相迎，笑脸相送，从不提一个钱字。

这天是周末，来往客人甚多，快吃晚饭时，只见二人大摇大摆地走进山庄，径直朝前台走来："大侄女，我俩又来扎场子了。"

汪小芸叫汪老二去安排房间。三叔却指着烟柜说："大侄女，拿盒软天。"

汪小芸一愣，她晓得三叔平时抽的是朝天门，但也不好说什么。

汪老二带两人上楼后不久，楼上就吵起来了，且愈吵愈烈。汪小芸连忙丢下手中的活儿，慌里慌张赶上楼。

只见三叔站在走廊中间，指着汪老二厉声呵斥道："汪老二，你不得了了。有了几个臭钱，连长辈也不认了。"

汪老二理直气壮地说："莫说你是亲戚长辈，就是尊贵的嘉宾来了，我也没得办法。再说，叫你二人住一间，哪点不妥嘛？"

"你二叔不讲卫生，一双臭脚，臭得熏人。他鼾声如雷，我根本睡不着。"

汪老二会意地笑了，说："三叔，真的没有房间了，你就将就一晚上嘛。"

三叔拍拍胸脯说："老子有钱。今天就要住单间。"

汪老二冷笑道："有钱就是大哥。把钱拿出来，保证有单间。"

三叔愈加愤懑地骂道："你娃儿掉到钱眼儿里去了，六亲不认！汪老二，你小时候，一天到晚跟着我屁股后头转，吵着要棉花糖。你摸着胸口说，你那两把狗刨水，是不是三叔教的？说呀！"

汪老二气得脸红筋胀，狠狠地说："一码归一码。人亲财不亲，买卖要认真。"

二叔在一旁吸烟，一直没有参言，他正幸灾乐祸呢。等看见汪小芸走来，他才赶忙大声吼道："都是一家人，吵来吵去，成何体统！"

汪小芸已明白争吵的缘由，也目睹了二叔的装腔作势。她亲热地叫住二叔、三叔："该吃饭了，下去吧。有话下去说。"

"还是大侄女懂事。"三叔冲着汪小芸笑道，转身招呼老二下楼去。围观的游客议论纷纷。

"两个混吃混喝的。"

"几乎每周都来……"

"还要大爷派头。"

餐厅里，游客大多数已吃完饭，服务员正在收拾桌子。汪小芸吩咐厨房再炒两个菜。老叶则从家里拿来一瓶好酒。

汪小芸朝汪老二使个眼色，汪老二不情愿地站起来，为二叔、三叔斟酒。

酒过三巡，二叔郑重其事地说："大侄女，侄女婿，我和老三，一直关心你们的生意，生怕你们半路出家，不精此道，所以我们来了多次。今天看来宾客盈门，大有客满为患之忧。我们当长辈的就放心了。来，干一杯，祝近月山庄发大财。"

大家站起来碰杯后，汪小芸招呼大家坐下，和颜悦色地说："感谢两位长辈的关心。欢迎二位随时来指导……"

汪老二忍不住插话："还有，带客人来，要说清楚价位，免得来了扯皮。"

汪小芸示意他别说了，又给二叔、三叔斟酒，说道："带不带客不重要。重要的是，一要先打电话，我好做安排；二是周末莫要来。你看今天嘛，房间都不好安排。"

三叔放下酒杯，又夹了块烧白塞进嘴里，嘟囔着说："大侄女，懂得起，我下次一定带客人来。今天我克服一下，跟二哥住一屋，让他折磨我一晚上。"

"那不行。"汪小芸对三叔说，"你跟汪老二将就一晚吧。"

"我也打呼噜。"汪老二冒出一句，明显不欢迎。

"你那点鼾声不算啥。"三叔自我解嘲道，"有些人，没有鼾声还睡不着。"

汪小芸见老叶闷头喝酒，却一言不发，就用脚踢了他一下。老叶无奈，只好起身给二叔、三叔敬酒，又把喝酒推向高潮。

此后，二叔、三叔就没来近月山庄了。

有时汪小芸闲得发慌，就会念叨："二叔、三叔咋不来呢？"

· 06 ·

一天上午，来了一群老头儿老太太。汪小芸到花园去迎接，人群里突然有人叫道："汪老师！"

汪小芸定神一瞧，竟然是多年不见的龙主任。龙主任大步上前，紧紧握住她的手，感慨地说："早就听说你在云转山，想不到你居然是近月山庄的老板娘。"

"是老板。"汪小芸挣脱龙主任的手，不冷不热地纠正。

"佩服，佩服！当年我就看出来，你是个不寻常的女人。"

汪小芸淡淡一笑，便转身去招呼其他客人。

原来这是一群退休教师集体外出活动。以前他们的学校都属于小镇区，但撤乡并镇后，就独立出去了。汪小芸所在的中小学随之消失了。

汪小芸一连问了好几位当年熟识的朋友，不是已去世多年，就是卧病在家，让人惋叹不已。

龙主任又凑上前来："汪老师，你有方校长的消息吗？"

汪小芸一怔，疑惑地盯了对方一眼，摇了摇头。她想起这人在学校的种种劣迹，就不愿把方姐的遭遇告诉对方，更不想把自己的再婚牵扯进去。

龙主任嘿嘿一笑："我听别人说，方秋实后来嫁给一个工程师，去给人当后妈。生了个女儿，是个傻子，前几年，都死了……"

汪小芸恨不得冲上去抽龙主任两巴掌，厉声斥责道："以前方校长待你不薄，只不过没推荐你当校长，你就记恨人家一辈子，真是缺德！"

周围几十位老师停止了交谈，目光齐刷刷地盯住二人。有好几个教师悄悄向汪小芸伸出大拇指。

龙主任毕竟是老江湖，立即变了口气："哎呀，汪老师，你误会了。我今天讲的，全是听别人说的。比这还要难听的话多的是。要是我讲的不是事实，汪老师可以纠正。你与方校长的关系最好，不可能不晓得。"

汪小芸不想与他纠缠，狠狠地瞪了龙主任一眼，径直走了。

中午就餐时，汪小芸照例到游客中间嘘寒问暖一番。龙主任趁机来敬酒，说代表全体教职工，原来龙主任还是退休协会的领导。

汪小芸接过酒杯嘲讽道："当了几十年主任，官瘾还没过够，退了休继续过官瘾。"

龙主任仍是嘿嘿一笑："哪里，哪里，为教职工服务，纯属跑龙套。"

龙主任凑近汪小芸点头哈腰地低声说道："汪老师，我私人有点事，要向你请教。饭后换个地方讨教。"

汪小芸更加疑惑不解，心想，这家伙又在打啥子歪主意？

原来龙主任早就听说云转山旅游火爆，今天自己不仅是带教职工一日游，也是私下来考察的。他在山上转了一圈，觉得旅游资源丰富，客源充足，再加上意外遇到汪小芸，提升了他的信心。他决心向汪小芸请教经营的秘诀。

其实，龙主任丰衣足食，有两儿一女，两个儿子已各自成家立业，不用牵挂，只不过现在是为宝贝女儿小龙女操心。

小龙女中专没考上，就进了小镇的织布厂。改革浪潮一来，织布厂就破产了。小龙女经历了两次失败的婚姻，还把儿女都判给了男方，如今五十出头了，还单身一人，没有工作，没有住房，三天两头往娘家跑。

小龙女来家一次,龙主任骂一次,但总归是自家女儿,掏钱给物是赖不掉的。长此以往,老两口苦不堪言。后来,龙主任经高人指点,决心为女儿置一份产业,让她有个安稳的后半辈子,为再婚创造物质基础。

饭后,龙主任安排教师们就近游览,自己则迫不及待地来找汪小芸,把自己的想法和盘托出。

汪小芸大吃一惊,问道:"小龙女要在我旁边搞农家乐?"

龙主任点点头,恳切地说:"希望汪老师能拉学生一把,给她一条生路。"

"场地选好了吗?"

龙主任哭丧着脸说:"请你支个招。"

"这个好办。"汪小芸说罢拿起手机拨通电话说,"有人找你谈业务。"

龙主任半信半疑地看着汪小芸,心里忐忑不安,想想自己以前处处为难汪老师,生怕人家不帮忙,越想心里越没底,几次欲拂袖而去。

汪小芸坦荡地说:"你放心,我是看在小龙女的面子上才这样做的。"

羞愧的龙主任满面通红地连声说:"感谢!感谢!"

正说着话,村主任骑着摩托车来到餐厅前,车还未停稳,就大声问道:"汪老板,啥子业务?"

汪小芸给二位做了介绍,说清原委,村主任大喜,握住龙主任的手,热忱地说:"欢迎,欢迎。欢迎投资。"

没聊上几句,村主任就拉着龙主任去考察现场。

汪小芸站起来,看着摩托车上的二人谈得兴致勃勃。她正要离去,厨师小孙过来说:"老板,你真愿意对面有家农家乐?"

"有两家农家乐不好吗?"汪小芸反问道。

小孙喃喃自语:"俗话说,一山不容二虎……"

汪小芸没有心思与他理论,正想上楼去休息,怒气冲冲的汪老二就闯了进来,大声说:"大姐,你这是拿兄弟姐妹的利益做人情。我不答应。"

汪小芸冷冷地看了汪老二一眼,心平气和地说:"人家要来云转山投资,要来开农家乐。你能阻挡吗?你阻拦得住吗?"

汪老二仍不服气,点上烟坐下说:"你不应该替他牵线搭桥。"

汪小芸重新坐下,倒了两杯水,自己端起一杯说:"人家求到面前,我能不搭把手吗?再说人家是我以前的同事,女儿是我学生。我好意思袖手旁观吗?"

汪老二顾虑重重地说:"万一搞成了,岂不是又多了个竞争对手?"

"一屋两头住,生意各做各。我巴不得这里发展成餐饮一条街。"

小孙喜形于色地大声说："那生意就更好做了。"

无处撒气的汪老二把眼一瞪，大声道："快去把厨房收拾了。"

小孙憋屈地转身走了，小声嘀咕道："鼠目寸光，一点格局也没有。"

汪老二听见，气得干瞪眼。大道理哪个不晓得，轮到自己头上，总有些心不甘气不顺。啥子叫格局？每天有钞票进账，那才是硬道理。

老叶匆匆走进前台，揉着睡眼说："怎么刚才还闹哄哄的，这会儿又风平浪静了？"当他看清楚厅内只有汪家姐弟二人，才略略宽心。他刚才听到吵闹声，还以为老伴与那个龙主任在干仗。见没事，老叶示意汪小芸去休息。

汪小芸走后，汪老二仍在那儿吸烟，地上已有四五个烟头。老叶不想问是怎么回事，也叫汪老二去休息。汪老二却把心中的憋屈向姐夫倾诉。

老叶一听，心里也不痛快。这么大的事，汪小芸也不和他商量一下，太鲁莽。

第二天上午，龙主任带着小龙女来到近月山庄，手里还拎着两个礼品盒。汪小芸招呼其坐下后，又叫来了老叶。

汪老二也不请自来，大大咧咧地坐在龙主任对面。

当年眉清目秀的小龙女，如今已是人老珠黄的臃肿体态，她着一身昂贵的品牌，一张修饰得粉嫩的脸，却掩饰不了岁月留下的痕迹。一头刚染的黄发，与年龄极不相称。

汪小芸看在眼里，心里不觉有些犯难。她抬头寻觅老叶，见他正与龙主任聊得火热。这时，小龙女过来，亲切地叫道："汪老师，给你添麻烦了。"

汪小芸拉着小龙女的手，试探道："干餐饮这一行，得早起晚睡。你干得了吗？"

"行。"小龙女大言不惭地说，"大不了请几个伙计。"

汪小芸无语，转身看老叶，老叶会意地朝她一笑，转身与汪老二聊起来。汪小芸皱着眉头，考虑如何将不看好小龙女的意思告诉龙主任。

村主任风风火火地闯了进来，挨近龙主任坐下。他满怀信心地对大伙儿说："昨天晚上，村委会专门开了个会，专门研究龙老板投资的事情，决定给予龙老板最优惠的政策……"

村主任摆出村民大会的派头，拿腔拿调地讲了一通。共同富裕、打造餐饮一条街、增加景点、开设娱乐场所……吹得几人坠入云里雾里。

汪老二忍不住问道："喂，把优惠政策讲具体点儿，其他都是空了吹。"

村主任搔了搔头皮，正襟危坐，咳了一声："本村靠公路的土地，千元一亩，公路外的土地，八百元一亩，一年一签。怎么样？够意思吧。"

村主任话音刚落，小龙女不觉惊讶地叫了一声，自觉不妥，忙低眉瞅着龙主任。龙主任内心也是一阵窃喜，昨天他就在近月山庄四周打听过行情，觉得这价格可以接受，但转瞬一想，市场交易，哪有不讨价还价的，趁机再压压价格。他便跷着二郎腿，老到地说："这价格嘛，还应该少点儿。"

龙主任说完，转脸看着汪小芸，那眼神似乎在说，做生意，我也在行。见大家不说话，他愈发自信。

村主任做出无可奈何的模样："我看在汪老板的面子上，给的白菜价，你还嫌高了。汪老板，你评评理。"

"价格嘛，你们自己定，我只管牵线搭桥。不过……不过嘛……"

不过什么，汪小芸也没想明白，但她总觉得蹊跷，村主任是个老滑头，一天到晚都在算计近月山庄。今天这价格太离谱，肯定有鬼。再加上龙主任鬼迷心窍，吃亏上当是早晚的事。

她又把疑惑的目光投向老叶，老叶正低头喝茶，似乎这一切与他无关。汪小芸用脚踢了他一下，他才如梦初醒。在汪小芸严厉的目光下，老叶才缓缓开口："价格好商量，关键是一年一签，啥意思？人家投资几十上百万，合同才一年，合适吗？"

此言一出，全场一片哗然，村主任脸色骤变，极力辩解。龙主任父女俩猛然醒悟，原来狡诈的村主任给他们挖了个坑。小龙女大声指责村主任太阴险。汪小芸一拍大腿，脸上露出笑容。她情不自禁地瞥了老叶一眼，心想，还是老叶考虑得周全。

最后，只有汪老二空欢喜一场。村主任话音未落，他就明白了村主任的套路。但他关心的不是这些，而是盘算怎样把龙老板的基建工程搞到手。

可眼见鸡飞蛋打一场空，他只好皮笑肉不笑地安抚双方："各位，消消气。买卖要做，生意要谈。把话说到桌面上，能让则让，能退则退。如今讲双赢，懂吗？就是大家都发财。"

大家都笑了，村主任也嘿嘿跟着笑，但脸色极为难看。他为难地说："这方案是会上定的，我个人说了不算。这样吧，下次开了会，我再通知你们。"

这事就这样不了了之。

第十二章

· 01 ·

其实近月山庄最难缠的还是那些刁蛮的食客。

某天，临近中午时刻，十来个青年男女来到近月山庄。他们在花园里打闹了一番，然后蜂拥而至餐厅。

一下来了这么多客人，汪小芸心里是高兴的，她热情地对夹着黑色公文包的男子说："欢迎各位光临近月山庄。这里的收费标准是，包吃包住，一天一百八。保证价有所值，除了花园可供观赏，还有娱乐厅、音乐厅、健身房。你们也可以点菜……"

这帮年轻人一听有健身房、音乐厅，纷纷叫嚷："住一晚，住一晚。"

同行的几个女孩儿面有难色，嘀咕道："不是说就白天吗？"

夹黑色公文包的青年把眼一瞪，霸气地说："不想陪我玩的，趁早滚蛋。"

"听大哥的。"

"大哥说了算。"

七八个人大声附和。性急的已经上了二楼，似乎想抢占好房间。

汪小芸大惊，这帮人肯定是社会上的混混，她把桌子一拍："本店有规定，先付款，后入住。"

那人把公文包往前台一掷，轻蔑地一笑："老板娘，好大的脾气。你就不怕得罪我们这帮可爱的上帝？"

汪小芸一瞅，见这人五大三粗，脖子上硕大一条项链，说话盛气凌人、目空一切，估计对方是个富二代，而且仗着家里有钱，一大群狐朋狗友惯着，就不知道自己几斤几两了。

"那好啊，有多少人？把款交了。"

那小子骂骂咧咧地从公文包里取出一张银行卡，递给了汪小芸。旁边有个三十出头的瘦高个儿，轻轻拍拍那小子的肩膀，在他耳边小声说了两句。那小子像开了窍似的，连连点头："还是军师高明。"

军师转身对众人说："先吃饭。"

军师说罢，径直朝大圆桌走去。这帮人挤满了大圆桌，七嘴八舌叫来两三箱啤酒又吵着要冰镇的。

汪小芸看在眼里，喜在心头。她吩咐服务员将自助餐的菜热一下端上桌来。有两个小青年说这是剩菜，必须重新做。这下汪小芸生气了，她一手叉腰，一手指指点点："各位帅哥美女，仔细看清楚，这些都是中午刚做的。"

汪小芸指着邻桌的客人说："你们看，邻桌还有客人，人家吃得津津有味。你们比人家稍微晚到一步，怎么能说是剩菜呢？"

汪小芸一席话，说得众人面面相觑。连那小子与军师也低头喝闷酒。

汪小芸上前一步，抓起啤酒杯子，倒上一杯："我来敬大家一杯，祝帅哥靓妹旅游愉快。我们虽说是自助餐，但有炖的、煮的、炒的、烩的、蒸的，还有卤的和凉拌的。可谓酸、甜、麻、辣、鲜、色、香、味，样样俱全。并且给你们上的都是双份，不够还可以添，如果要加菜，我给你们打八折。"

众人都笑了，席面的气氛顿时活跃起来，划拳声此起彼伏。

有个姑娘称赞道："老板娘真会说话。"

"错。大错特错！"汪小芸指着墙上的营业执照说，"我是法人。我就是老板。"她说完，迈着自信的步子回到前台。

这帮人胡吃海喝，叫了几箱啤酒，又添了好几道大菜，让小胡师傅忙得满头大汗。那划拳喝令的声音一浪高过一浪，惹得午休的客人不断投诉。

汪小芸赶紧上前，赔着笑脸说："其他客人正在休息。大家理解一下……"

"睡不着，下来喝酒呀。"几个家伙嬉皮笑脸地说。

冷不防闯进两条汉子，其中一个胖子说道："哥们儿，高声喧哗就是请我俩下来喝两杯吗？"说罢拉来两把椅子自个儿坐下。另一人坐下环视一周，调侃道："常言道，人生有三大喜事可开怀畅饮。金榜题名时，洞房花烛夜，他乡遇故知。你们唱的是哪一出呀？"

军师抱拳站立道："来者是客，干一杯。"

胖子瞥了军师一眼，皮笑肉不笑地说："我不喝这个，要白的。"

军师皱起眉头，仍笑着说："朋友，相逢是缘分。不过，凡事有个先来后到。先到为主，后到为客。客随主便，千年不变。"

胖子哈哈大笑："我们先到庄园，应为主。"

"山庄你先到，喝酒我为先。"军师再次抱拳，口中却寸步不让。

双方你一言我一语打起嘴仗来，互不相让，桌上的气氛骤然紧张。

汪小芸见状，冲出前台，和颜悦色地说："来到近月山庄，都是我的客人。这酒，能喝就喝，不能喝就散。出了庄园大门，那就是大路朝天，各奔东西。"

胖子晃晃脑袋说："老板下逐客令了，我酒还一口没喝呢。兄弟你说呢？"

军师有些不耐烦，阴阳怪气地说："那你要喝啥子酒？"

胖子半眯着眼，慢条斯理地说："我这个人嘛，平时喝五粮液。要是没有，茅舍也行。"

汪小芸在一旁觉得胖子出言不逊，哪有这样讨酒喝的。

哪知一直没有说话的老大，兴奋地说："好。上两瓶五粮液。"

汪小芸灵机一动，把手一伸："小本经营，一手交钱，一手交货。"其实，她心里想的是万一双方闹僵了，没有付钱就亏大了。

老大终于逮到表现富家子弟的机会，他若无其事地从公文包里掏出大把钞票："交个朋友嘛。"

香醇的美酒一倒，满桌兄弟齐声叫好，个个称赞老大重情重义。众人的奉承，让他有些飘飘然。他打着酒嗝说："那，那是，必须的。"

酒过三巡，胖子又来事儿了。他举杯对老大说："感谢老大盛情。虽有美酒，还缺佳肴。"他认准了这所谓的老大，就是一个不谙世事的钱袋子。

"兄弟，尽管点。"老大拍了拍鼓鼓囊囊的公文包。

汪小芸叫来小胡师傅点菜。小胡师傅忙了一中午，早已汗流浃背，但因为这类加菜，厨房师傅是有提成的，所以他恭敬地问："各位，还想吃点什么？"

胖子打量着年轻的小胡师傅，意味深长地问道："我点的菜，你都会做吗？"语气中明显含有轻蔑的意味。

小胡师傅不气不恼，擦擦额头上的汗水说："只要店里有食材，我就能做出让您满意的菜品。"

待大伙儿点了三四个菜后，胖子忽然叫住小胡师傅："我再点两个菜，一个嘛，热凉粉，再来个，红烧冰糕。"

此言一出，满桌哗然。大家交头接耳，议论纷纷。军师左手托着腮帮子，揣度这胖子又在玩什么鬼把戏。只有老大快活地叫道："要得，我还没吃过。"

小胡师傅听到那两道菜名，顿时懵了，脑子里一片空白。他抓起桌上的香烟，低头点火，慢慢吸上一口，极力使自己镇静下来，随后悠然地吐出一缕青烟："这两道菜，价格不菲哟。你确定要做吗？"

胖子站起来，打量了小胡师傅一下，双手抱在胸前虚张声势地说："吓唬谁呢？做不出来吧？你乱报价格，小心我投诉你。"

"我只问你，下单吗？"

胖子断定年纪轻轻的小师傅绝没有这样的本事，便豪爽地说："这两道菜钱，我来付。要双份。"

一桌人拍手叫好，连军师也向胖子伸出了大拇指。只有同来的老兄满脸疑惑地看着胖子。

"好的。"小胡师傅快活地叫道，转身对汪小芸说，"老板，你准备收钱吧。最后两道菜，双份，四千多，收个整数得了。"

望着小胡师傅的背影，汪小芸心里没底，偷偷找机会拨打了村主任的电话。

·02·

大家都朝厨房瞅着，盼着早点见到四千元的佳肴。汪小芸朝厨房走去，却被服务员拦在门外，说："小胡师傅有吩咐，任何人不得入内。"

这一举动，让大伙儿更觉神奇，有几个急性子离开了座位，见老板也被拦在门外，自然不敢造次。只有胖子的脸色越来越难看，但他心里犹存一丝幻想，冰糕绝对入不了热菜，况且小师傅这么年轻。

很快，小胡师傅就端上了两盘热气腾腾的凉粉，大家一扫而光，个个赞不绝口。这貌似凉粉的东西吃到口里，麻辣鲜香，回味甜中带酸，细细咀嚼，感觉它不是凉粉，却比凉粉更有嚼头。纷纷发问："这么好吃，是什么做的？"

小胡师傅故作神秘地笑着说："暂时保密。"

胖子阴沉着脸，吞吞吐吐地说："这不算本事，关键是看下一道菜。"

片刻工夫，小胡师傅引领服务员端着两大盘菜走来。小胡师傅吆喝道："红烧冰糕来了……"

众人探头盯着香味四溢的红烧冰糕。小胡师傅引导道："大家先用勺子尝尝汤汁，有没有红烧肉的味道？就着冰糕喝啤酒，这可是天下第一绝配。"

众人试吃这道菜，感觉像喝冰镇啤酒，大家高兴得交杯换盏，划拳喝令，把酒局推向高潮。

小胡师傅踱步到胖子面前，把手一伸，做出收钱的姿态："还有什么话说？"

胖子红着脸说："这，这就叫红烧冰糕？"边说边用眼神暗示同行的老兄，希望他能拔刀相助，给自己助威。

"不这么做？"小胡师傅冷笑一声："那你说怎么做。"

"师傅，辛苦了。"同行的老兄站起来，热情地递给小胡师傅一支烟，借着点火的机会低声对小胡师傅说，"师傅厨艺精湛，我俩佩服，佩服！只是这价格，请师傅高抬贵手，给个优惠价。"

善良的小胡师傅犹豫片刻，正欲开口，冷不防汪小芸在桌子对面大声说道："不行。已经优惠过了，不能再优惠。做人要厚道，为人讲诚信。"

汪小芸说完头也不回地走进前台。整个席面瞬间安静下来，大家不约而同地看着狼狈的胖子。

老大欲打开公文包，被军师按住了手。胖子只得自认倒霉，在众目睽睽之下掏出信用卡，叫同行的老兄代为交付。

不知谁带头鼓掌，一阵欢呼雀跃之后，大家又开始交杯。

事后，汪小芸才知道，这一切全凭一丁的锦囊妙计。当时，小胡师傅也是不知所措，退回厨房后，立即给一丁打了电话。

汪小芸听闻，对一丁赞不绝口。

很快，这件事让近月山庄名声大噪，闻名而来的客人数不胜数，同时，一个阴谋正在酝酿，一张无形的大网正向近月山庄撒来。简单地说，近月山庄动了某些人的蛋糕，而这些人就是云转山镇上的几家酒楼。

近月山庄的高价位，并未对普通农家乐造成什么影响，但让同价位的几家酒楼生意锐减。几个店主扬言要搞垮近月山庄，于是某个下午，几个老板聚集在茶馆包房，一边打麻将，一边交换各方面的经济信息。

位于镇中心的得胜楼，号称百年老店。在风云变幻的岁月中，得胜楼成为乡供销社旗下的"人民饭店"，但十里八乡的群众仍然叫它得胜楼。改革浪潮中，现任老板停薪留职去了广东，待旅游业兴起之际，他突然荣归故里，重建得胜楼，当上了名副其实的赵老板。赵老板与镇上方方面面处得融洽，可谓八面玲珑，生意盖过了长风、仁义两家酒店。

赵老板已五十开外，生得肥头大耳。他晃着头叹息："这一个多月来，生意直线下滑，可游客不见少啊。"

"你我几家差不多。"长风大酒店的钱老板沮丧地放下茶杯，"就新开的那家近月山庄生意还不错。"

仁义酒店瘦小的冯老板补充道："对，听说收费比那些农家乐贵两三倍，人还打拥堂，节假日还要预约。真是邪门了。"

赵老板一听，这还了得？在自己的地盘冒出这么一家，岂不是断了自

己的财路？他环视一周，才发觉少了一位，正要发问，一个瘦高个儿匆匆进来，抱拳道："不好意思，有几个朋友来云转山，陪他们游山玩水一天一宿，回家睡了个回笼觉。紧赶慢赶，还是迟到了。"

此人叫孙长青，外号猴三，是云转山镇上出了名的地痞，无恶不作。三位老板是既厌恶他，又离不开他，因为当他们与食客有纠纷，甚至拳打脚踢的事情出现时，只要猴三一出面，就摆平了。所以猴三在云转山这地面上混得风生水起。

猴三一坐下，抓起桌上的香烟就点火吸上一口，又察觉三人神色不对，问："今天怎么啦？一个个哭丧着脸。哪个借了你家谷子，还的是糠壳吗？"

冯老板皱皱眉头："猴三，你晓得近月山庄吗？"

"哦，晓得呀。"猴三随口应答。他瞟了一眼三人的狼狈样儿，顿时明白了眼前的一切。近月山庄他不仅晓得，还和兄弟伙儿去光顾过，品尝了那里的美味佳肴，那味道是云转山这几家号称百年老店的餐馆做不出来的。猴三听出了冯老板的弦外之音，知道这几个老板有求于他了，心里窃喜，表面上却无动于衷，敲着桌面说："打麻将，老规矩。"

往常是猴三陪三位老板打牌聊天，今天成了三个老板没精打采地陪猴三打麻将。赵老板几次提到生意下滑，猴三佯装不懂，大谈牌经。过了一会儿，钱老板咬牙切齿地说，近月山庄抢了他们的生意。

猴三却说他要去泰国旅游，他煞有介事地说："泰国的……知道吧？"

冯老板急了，打出一张牌，成全了猴三的清一色，他冷冷地说道："猴三，别装疯卖傻啦。赵老板有话要说。"

猴三赶紧站起来，恭敬地对赵老板说："赵老板，有啥子吩咐，尽管开口。在云转山这地面，没有我猴三办不成的事。"

赵老板笑道："不是我一个人的事，事关赵、钱、冯三家的生意大事。"

"哪个崽儿吃了豹子胆？敢惹三位老板不高兴。"猴三继续装糊涂。

"就是近月山庄。灭了他。"

"怎么个灭法？我去把店砸了。人家有监控，警察一来，分分钟抓人。"猴三慢悠悠地坐下喝茶，稳重地说，"现在做生意，讲啥子公平竞争。各位老板，还要我给你们上课吗？"

三个老板哈哈大笑，晓得这是猴三抬价的惯用手法。

"猴三，不会亏待你的，老规矩。"

猴三摆手："这次风险太大，不同以往在镇上扎场子、吃讲茶那么轻松。"

钱老板看看赵老板，转身对猴三道："一千，可以吧？"

"一人一千吗？"这价钱，比以往多出了许多，但猴三还是反问道。

赵老板强压心中的怒火，冷冷地说："一人五百。猴三，这个价不低了。"

猴三心里有数，自然见好就收，问道："怎么个灭法？"

"不管你用什么法子，搞垮近月山庄就行。"

猴三又站起来拍着胸脯说："小菜一碟，包在我身上。十天之内，我让近月山庄歇业整顿，如何？"

钱老板拍手叫好："不愧是云转山第一条好汉！"

猴三笑着给三位老板斟满茶，然后坐下，摆出一副诚恳又无奈的态度说："这事嘛，虽然不大，但我那帮兄弟用不上，得找外面的朋友。外面的人也好找，就是要先谈这个……"猴三做了个数钞票的动作。

三位老板面面相觑，内心如火上浇油，钱老板愤怒地吼道："又要加钱？"

"各是各的账。不干算了。我还不愿冒这个险。"

钱老板觉得猴三说得在理，看了二位老板一眼，咬咬牙："这个好说，懂得起，懂得起。"

赵老板放心不下，低声问道："那你如何下手？"

猴三奸笑着俯身在麻将桌上，三个脑袋迅速靠拢。猴三将自己的计谋细说一遍，三位老板开怀大笑，以为猴三这招可以扭转乾坤。

赵老板放下心来："打牌，打牌，继续打牌。"

· 03 ·

某天，老罗带了书法圈子十多个朋友上山，徐老太也在其中，还带了个闺密。这群人中很多是老罗的学生，付款时自然抢着买单。老罗推辞一番，汪小芸还是收了学生的钱。

这些人觉得山庄环境不错，就不停打电话，邀约书法朋友，果然后面又来了几位，汪小芸笑得合不拢嘴。这帮人在老罗的率领下，上午爬山逛岭，下午研讨书法字画，晚上喝酒、唱歌、玩牌，简直过的神仙日子。

徐老太带来的那位女伴，姓胡，大伙儿都叫她胡老师。看上去五十出头，瘦瘦的，但挺有精神，每天早晚都在大楼前打一套太极拳。她不仅是书法爱好者，而且是文物收藏家，主要收藏字画。她丈夫开了家公司，钱不是问题。

胡老师的经营理念是兼收并蓄待机而动。她收购一些她认为有潜力的字画，待其人成名或去世后，其作品价格飙升之际，就是胡老师抛售之时，如此几进几出，捞得腰缠万贯，在收藏界名声大噪。这次就是胡老师看中了老罗一幅字，吩咐老罗裱糊好后五百元成交。

　　下午，胡老师自然与这帮书法达人打得火热。剩下徐老太独自一人无所事事，只好来找汪小芸聊天。正好汪小芸无事，便陪徐老太在花园里走动。

　　两个女人在葡萄架下坐下，先是天南地北扯一阵，话题就转到方秋实身上去了。徐老太煞有介事地说："方秋实临终住院期间，我曾单独去看望过她，方秋实告诉了我一个秘密。我至今都没告诉老叶。"

　　汪小芸惊诧地看着徐老太，她居然晓得连老叶都不知道的秘密。这更激发了汪小芸的好奇心，她朝徐老太讨好地微笑着。

　　徐老太慢悠悠地呷了口茶，放下茶杯后又理理衣衫说："这说来话长。"

　　那时候，徐春萍的丈夫刚去世，她不跟儿子，也不跟女儿，一个人独居，但心里空虚得很。一天，她忽然接到方秋实的电话，约她次日下午到医院去，说有要事向她交代，并嘱咐千万不能告诉老叶。

　　徐春萍在医院门口买了花篮，进入病房时，方秋实正在看书。徐春萍放下花篮，见床头柜有一大堆药，随口问道："还没吃药？我替你倒水。"

　　方秋实有些窘态，仍说："谢谢，不用麻烦，已经吃过了。这些是晚上的。"

　　徐春萍拉了把椅子面朝方秋实坐下，收腿，挺直腰，等对方开口。

　　她发现方秋实今天化了妆，眉毛黑亮，嘴唇鲜红，脸也是红扑扑的，似乎想给人一种良好的印象，但说话明显中气不足。

　　方秋实欲开口却连续咳嗽，咳出带血的痰来。

　　徐春萍赶紧给她递纸巾，又轻轻地为她抚背安慰说："别急，慢慢说。"

　　方秋实靠在床头，歇息了一会儿才缓缓地说："你都看到了，我是肺癌晚期。"

　　"别瞎说，要有战胜疾病的勇气。"徐春萍打断她的话，真诚地说，"等你出院了，我陪你去旅游，张家界、长白山……随你挑。"

　　方秋实正琢磨着如何向徐春萍开口。其实事前她已做了充分准备，想好了开场白，还特地化了妆，不料一声咳嗽，在客人面前咳出血来，顿时乱了方寸，不知如何开口，好在徐春萍把话送到了嘴边。

　　方秋实缓口气，鼓足勇气道："我是没这个福气了，谢谢你，徐大姐。今后，你多陪陪老叶吧。拜托了。"

　　方秋实说出这番话，是经过慎重考虑的。自己走后，剩老叶一人，儿子也成家离去，他怎么过啊？她思来想去，觉得徐春萍最适合。

　　徐春萍万万没料到会是这样，忙说："你别胡思乱想。你还年轻，这病能治好，哪里是癌症……"

　　方秋实坐起身来，拉着徐春萍的手说："我的病，在心头，无药可治的。"她将自己心灵深处的痛苦向徐春萍和盘托出。

原来，还在秀秀住院前，方秋实就在一次体检中查出有肺癌。医生嘱咐，抓紧治疗，但方秋实隐瞒了这一切，连叶世全也只字不提。为了秀秀，她也吃着药，但秀秀走了，她就拒绝治疗，才使病情迅速恶化到这一步。

徐春萍看着憔悴的方秋实，从她渴望的眼神中读懂了她的内心世界。也许，这是她最后的心愿，至死仍牵挂着心爱的人。徐春萍激动不已，方秋实的一片真情感染着她、鼓舞着她。徐春萍应声道："你放心，我会照顾好他的。"

方秋实笑了，紧紧地握住徐春萍的手，两人像亲姐妹一样谈笑风生。

"一丁，他来过吗？"

方秋实点点头："每天晚上都来，十二点才离开。"她说到这儿心里很得意。这是她引以为傲的儿子，是对她饱受煎熬的内心的一种补偿。

方秋实住院，一丁第一时间赶到。母子相望泪涟涟，各自心里都别有一番滋味。方秋实摸着一丁的头，眼前浮现出三岁时的一丁亲切地叫妈妈的情景。她问："一丁，你是我儿子吗？"

"妈，我永远是你的儿子。"一丁含泪答道。

"妈对不起你。"方秋实内疚地说："秀秀耽误了你的前程。我和秀秀，给你赔礼了。"

一丁心里一震，擦泪颤声道："我是自愿的，为了妹妹，我可以放弃一切。再说，我现在不是很好吗？妈，你说过，是金子，到哪里都会发光。"

方秋实会心一笑，心里微微舒坦。儿子有车有房，有自己的公司，有自己的事业，但作为母亲，始终有一点放心不下，她只能从侧面旁敲侧击。方秋实小声问道："家里呢，还好吧？"

"好着呢。小王怀孕了。"

"你这个孩子，怎么不早说呢？"方秋实嘴上责怪，心里却暖洋洋的。

"当初，我之所以……"方秋实吞吞吐吐地说。

一丁接过话诚恳地说："妈，我明白你的良苦用心。请妈妈原谅我当初年幼不谙世事，伤了你的心。"

方秋实满脸洋溢着幸福的光彩，没有什么比母子情更宝贵的了。可以说她死而无憾了。

徐春萍听着方秋实洋洋洒洒的述说，感慨地说："一丁真是个懂事的孩子。"据她所知，小王已流产了。

两人越聊越起劲儿，不知不觉天色暗淡下来。徐春萍正欲告辞，叶世全赶到了。夫妻二人留她吃晚饭，徐春萍婉拒。

一个星期后，方秋实在家中病逝。

· 04 ·

秋后的阳光仍旧火辣，孕育出近月山庄的瓜熟果香，茂密的葡萄叶丛中，一串串葡萄令人手痒嘴馋。菜地边肥胖的冬瓜，磨盘大的南瓜，修长的丝瓜比比皆是。阳光下，叶绿花黄，蝶舞蜂飞。庄园尽头种植的几排向日葵叶茂盘大，花盘整齐划一地朝着同一方向，此景成为游人打卡点。

两人坐在葡萄架下，久久没有话语。徐老太讲的事，汪小芸自然是闻所未闻，她产生了极大的疑惑。她偷偷观察徐老太，见徐老太悠闲地喝着茶，似乎刚才讲的事儿，跟她丝毫没关系。汪小芸心里纳闷儿。

徐春萍笑道："我晓得你在想什么。你我是过来人，知道夫妻间性格不合是硬伤。我是急性子，叶总是慢性子。要是在一起……"

徐老太说得煞有介事，笑得意味深长。汪小芸半信半疑，思前想后觉得有点道理。她哪里晓得方秋实托夫未遂的根本原因，竟然是徐春萍内心深处认为，老叶命硬、克妻，自己倘若一根筋，怕重蹈覆辙，故托词性格不合。

这曾经让小皮球、朱眼镜等同学很失望，纷纷责怪徐春萍。朱眼镜更是愤愤不平地说："我还不了解她吗？一个典型的利己主义者。"

汪小芸忽然想到自己与徐老太初次见面的情形，那挑剔的目光，那疑惑的神情，宛若阎王殿的判官，原来她有这么多捷足先登的机会。

汪小芸想想自己跟叶大哥相处快一年了，没啥性格不合的呀，倒是叶大哥处处让着我、护着我。她不好意思地低下头，沉默良久，才提出新问题："我大姐拒不服药，叶大哥知道吗？"

"据我观察……"徐老太字斟句酌，慢吞吞地说："叶总还蒙在鼓里呢。"

"需要告诉他吗？"

"我今天告诉你了。跟不跟他讲，那是你的事了。"

汪小芸点点头，心想还是不告诉为好。叶大哥是个多愁善感的人，他要得知真相，不晓得要难过多久。

这时，汪小芸的手机响了。她一看号码，有些陌生，以为是预订的客户，便热情地说："这里是近月山庄，欢迎你光临……"

"大嫂，我是新梅。"电话那头传来焦急的声音，"你周围有人吗？"

汪小芸顿时警觉起来，朝徐老太做了个手势，就退到花园小道上，轻声问："新梅，啥事？这么神秘。"

"有人要陷害你，想搞垮近月山庄。"新梅急促地说道。

汪小芸大吃一惊，反问道："是哪个？你怎么晓得的？"

"你别问这么多。是哪个，为什么，我也不晓得。只知道这伙人已预订了后天的房间，登记的人姓冉。至于用什么手段，我也不知道。"

新梅匆匆挂断了电话，让汪小芸愣在原地。徐老太见她面有难色，就走过来，汪小芸将此事告诉了她。

徐老太说："你到前台一查，不就清楚了吗？"

汪小芸到前台翻开预订记录一查，后天果然有位姓冉的订了三个房间。徐老太见势不妙，叫来了老叶。

老叶午睡刚醒，弄清来龙去脉后，脑海里顿时浮现出一个酗酒、好赌、仗义又有些无赖的新梅。这种人极易打探到这种消息。

老叶若有所思地点点头："新梅是报恩而来，这消息应该相信。"

可怎么防范呢，老叶瞧着预订者的名单一筹莫展，在前台踱来踱去，猛然一拍脑袋："哎呀，怎么忘了他？"

老叶吩咐厨房准备几个下酒菜，随即拨打了电话。不大会儿工夫，村主任骑着摩托车来了。

几杯冷酒下肚，村主任打开了话匣子："找我，你算找对人啦。我是哪个？这十里八乡，你称二两棉花访（纺）一访（纺），哪个不晓得我康大炮？"

老叶夫妇、徐老太三人一个劲儿地点头、敬酒。

"叶老板，你还说没得罪人。你得罪的人多啦。"村主任端起酒杯一饮而尽，慢悠悠地说，"自你近月山庄开业，镇上那几家酒楼，还有那些农家乐就断了游客。你说，他们能不恨你？"

老叶夫妇如梦方醒。老叶颇不服气地说："我是公平竞争，讲市场规则，啷个尽搞阴谋诡计。"

村主任叫了声"打住"，他把眼一瞪，头一昂："说你初出茅庐，又这么大岁数了。打开窗子说亮话，你讲的这一套，叫理论，应该在课堂上讲。这里叫啥子？叫江湖。为啥说江湖险恶？"

三人面面相觑，却又不好意思向村主任讨教。村主任看出几人的心思，脸上泛着红光，打个饱嗝儿说："包在我身上，小菜一碟。"

村主任指着名单又说："就是这个姓冉的吗？分分钟搞定。"

汪小芸追问道："到时，你怎么收拾这几个家伙？"

村主任狡黠地一笑，露出满口黄牙："天机不可泄露。你们等着看热闹吧。"

又喝了两三杯，村主任一拍桌子："对了，你家老二也是江湖中人，很可能得罪了那位大爷，他还蒙在鼓里头。"

老叶想起开业那天汪老二带来的那帮兄弟伙儿，不觉皱起眉头："极有可能是他惹的祸。"这一下说得汪小芸六神无主。

徐老太提醒道："给汪老二打个电话吧。"

趁打电话之际，村主任招呼一声，说罢一摇一晃地骑着摩托走了。

汪小芸心急火燎地拨通汪老二的电话，汪老二大呼冤枉。原来，汪老二在开业不久，就带着兄弟伙儿到外地打工去了，没得罪谁。

三人听后略为放心，但心里是悬着的，他们都没见过村主任办事，不晓得村主任是否真的能震慑住那个姓冉的游客。

徐老太眉头一皱说道："这事告诉一丁吧，他在市里，又是餐饮协会的。"

老叶不以为然地摇摇头，慢吞吞地说："村主任不是说，包在他身上吗？告诉一丁，我怕他鞭长莫及，干着急。"老子求儿子，他面子上多少有些挂不住。

汪小芸叫道："都啥时候了，死爱面子活受罪。"

在二人的催促声中，老叶仍不肯打电话。徐老太威胁道："你不愿打，我打。我不怕丢面子。"

老叶被迫无奈地拨通了一丁的电话，将事情告诉了一丁。一丁听后用笃定的口吻说："你们只管放心营业，到时候姓冉的来了，照常接待。若没来，千万别去催。有啥情况，随时告诉我。"

一丁说得玄乎，三人更不踏实了。

徐老太说："我们是双保险了，还怕啥？"其实，她心里也是七上八下的。

· 05 ·

姓冉的游客一行六人，乘两辆出租车，准时出现在近月山庄。冉某是个魁梧的中年汉子，板着脸，站在前台，两眼冷冷地巡视四周。其余的人也不说话，站其身后。

汪小芸壮着胆子，核对身份证后说："请交款。"

有人说，农家乐都是先吃先住后交钱。冉某回头瞪眼，那人立马闭嘴。冉某一歪头，旁边一人立刻付钱。

徐老太出来，朝二楼的老叶挥挥手，老叶立刻拨通了村主任的电话。

村主任到来时，冉某一伙正在花园里游荡打闹。村主任大喝一声："冉光辉，谁叫冉光辉，过来一下。"

冉光辉一愣，谁这么大的胆子，敢直呼本大爷的名字？但一想今天的特殊情况，冉光辉按捺住心中的怒火，朝村主任走去，拱手道："我就是冉光辉，请教大哥，何处发财？"

村主任嘿嘿一笑，指了指旁边的椅子，示意他坐下，清清嗓子说："此次到这里，有何贵干？"

其实，前几天有人出大价钱，请冉光辉他们今天到近月山庄闹事，但不料昨天上家取消了这次活动。按道上规矩，这出场费还得付。冉光辉拿着这笔钱，好奇近月山庄是啥模样，如此遭人忌恨，于是他就想来看个究竟。万万没料到屁股还没坐热，就有人叫嚣，要给他一个下马威。

这冉光辉也不是吓大的，他头一歪，瞪圆双眼盯着村主任，掏出烟来自个儿点上："你是谁呀？敢扫哥们儿的兴。"

那几个兄弟伙儿一下子围过来，一个个贼眉鼠眼地盯着村主任。

"我是本村村主任，兼管治安。"村主任亮明身份，想震慑对方。他早已到派出所去弄清了冉光辉的来头——此人二进宫，才放出来不久。

"我们来游山玩水，不违法吧？"冉光辉硬气回答，心里已怵了三分。

"那当然欢迎。"村主任底气十足，话头一转："只怕吃饭时，吃出苍蝇、蟑螂来，或者打麻将时，派出所接到举报，执法的人来了。"

冉光辉嬉皮笑脸地拍着村主任的肩膀说："村主任，我们是好人。"

他终于明白为什么上家会取消行动，原来是走漏了风声。这近月山庄果然气度不凡，看来这老板是黑白两道通吃啊。

村主任一想，人家确实没违规，便大声说道："懂事，日子好过。"

事情办完，村主任来到前台，对老叶夫妇说："我已经警告过他们了，不会有事的。"

徐老太眼瞅着门外，小声说："简直就是黑帮打手，撵走吧。"

"人家交钱吃饭，又没犯法。怎么撵？"村主任反问。

村主任自己心里没底，却在老叶夫妇面前装出稳操胜券的模样，瞒不过老叶的眼光，他估计村主任黔驴技穷，只好吩咐厨房打扫卫生，晚餐把好质量关。

到了晚餐时刻，客人陆续步入餐厅，冉光辉六人特别显眼，围坐一桌，一人一瓶啤酒，既不高声喧哗，也不划拳行令，只是低头饮酒吃菜，小声交谈。

越是平静，越让人惶恐。村主任站在厅外，目光却在冉光辉身上，一点不敢怠慢。在前台的几人也是忐忑不安，仿佛餐厅里藏有定时炸弹，不晓得哪分哪秒爆炸。

冉光辉微笑着向老叶招手。老叶缓步过去，心已提到嗓子尖上，不知冉光辉怎样发难。柜台边徐老太、汪小芸、老罗，三人不停地交换眼神，生怕冉光辉摔杯为号，众喽啰掀翻桌子，大打出手。

冉光辉用餐巾纸擦擦嘴，和颜悦色地对老叶说："老板，你这里的菜，味道不错。巴适！"说着伸出了大拇指。

老叶松了口气，点点头说："不必客气，祝各位晚上玩得开心。"

冉光辉站起来说："老板，我敬你一杯。"

老叶挡住酒杯，客气地说："谢谢，我不会。"

冉光辉脸色骤变，但看到站在餐厅门口的村主任正虎视眈眈地盯着他，就立马换了副笑脸："你随便，我干啦。"他一伸脖子，一杯啤酒下肚了。

老叶回到前台，四人心里更紧张。这一关算过了，谁知后面还有多少关，谁知道这伙人啥时亮出撒手锏，真是防不胜防。

徐老太哀求说："再给一丁打个电话吧。"

老叶斟酌再三，还是拨通了一丁的电话。

一般游客晚饭后，都会到公路上散步，或在庄园的观景台，欣赏最后一幕晚霞，或者会去花园、健身房、歌厅、娱乐室逛一圈，显一显身手，亮一亮歌喉。而冉光辉等人饭后都待在房间里，不知又在密谋什么。半小时后，又各自回到房间，熄灯睡觉了。

出奇的平静，让人感到窒息。一直在暗处窥探的村主任束手无策，他原想只要这伙人坐上麻将桌，他就打举报电话。可人家不上钩。

村主任来到前台，愤慨地说："他几爷子，胆敢出来乱动，立马拿下。"

众人轮番夸村主任尽职尽责，村主任脸上泛起红光。他得意地叫道："拿酒来，我陪这几爷子到天亮。"

汪小芸说："村主任，不能喝，万一你喝醉了怎么办？"

几人争执一番，最后还是抬来一箱啤酒，由老罗陪村主任慢慢喝。

夜幕降临，游客都在娱乐室、歌厅、健身房里活动。下午来了群音乐爱好者，带着小提琴、手风琴、二胡等乐器，这会儿正在折腾。歌声、器乐声夹杂着女人的尖叫声，不时从歌厅里传出，划破庄园的寂静。这断断续续的歌声，给前台这几人壮了胆，提了神，不至于在心理上被无声无息的冉光辉打败。

晚上十二点，歌厅人散灯熄，近月山庄静得可怕。只有前台仍有灯光，灯下五人忧心忡忡。老叶叫上村主任，二人蹑手蹑脚地走上二楼，在冉光辉的窗前仔细打探一番。

二人回来时，村主任骂道："都×××睡得像死猪。"

徐老太一听，心里更加着慌，这伙人究竟安的什么心？她甚至有点儿后悔，不该逞能留下来。徐老太想叫老罗回房间，却见老罗与村主任又喝上了。

夜风骤起，飘来阵阵凉意。汪小芸不觉打了个寒战。老叶见状，招呼二位女士去休息。汪小芸不肯，徐老太也不好离开。

大楼后面的树林发出沙沙的声响，寒风袭来，近月山庄死一般的寂静。

凌晨两点钟，庄园外传来几声喇叭声，冉光辉等人悄无声息地下楼。前台四人立马紧张起来，汪小芸紧紧拉着徐老太的手，老叶掏出电话准备报警，老罗抄起酒瓶，紧紧攥在手里。村主任两腿打战，两眼乱盯，寻思一会儿打起来，哪儿才安全。

冉光辉说："城里有急事。"

望着一行人出了庄园大门，大伙儿终于松了口气。

徐老太兴奋地抓起一瓶啤酒："大家来，干一杯。"

村主任已经喝了几瓶啤酒，正琢磨着一旦有事儿立马装醉。冷不丁瞅见冉光辉一行人灰溜溜地走了，他顿时来了精神，举起酒杯大声喝道："干杯。"

待大家坐下，村主任抹抹嘴巴说："你们知道这伙人为啥深更半夜走了？"

众人摇头。村主任嘿嘿一笑："因为我在此坐镇，这帮家伙才无计可施。"

徐老太不服气，站起来说："听你吹，尿罐也会飞。"

众人大笑，老叶忙说："喝酒，喝酒。"

汪小芸拉着徐老太向二楼奔去，她要查看冉光辉住过的房间，财物有没有丢失损坏。

第十三章 ☾

· 01 ·

汪小芸美美地睡了一觉，直到日上三竿才睁开了眼。她坐起来舒展了一下胳膊，发觉老叶早就起床了。昨夜虽是有惊无险，但留下了无数的疑团。

汪小芸生怕冉光辉杀个回马枪，因为今天中午还有他们的订餐。

阳光透过薄薄的窗帘，照在汪小芸身上，她做了深呼吸。听到花园传来悦耳的歌声，她才记起昨天下午还来了几位音乐爱好者。晚饭后，在歌厅里折腾到深夜。汪小芸、徐老太胆战心惊时，全仗着他们的歌声壮胆。现在想起来，觉得可笑。

汪小芸推开窗，深吸了口早晨的空气，凉爽的山风吹拂着她散乱的头发，她不觉脱口而出："又是一个艳阳天。"

汪小芸来到前台，见老叶戴着老花镜边忙碌边与客人交谈。从服务员口中得知徐老太和老罗吃了早饭就走了。

汪小芸见老叶闲下来，便问道："昨晚真是村主任的功劳吗？"

老叶摘下老花镜，沉思了一会儿说："有一定威慑作用，但肯定不是村主任。"

"那又会是谁呢？不会是一丁吧。"

老叶若有所思："那也难说。"

中午刚过，村主任又来了，进门就趾高气扬地说："昨晚这一仗，怎么样？干得漂亮吧？"

汪小芸迎上前去奉承道："昨天的事，全仗村主任鼎力相助，你真是浑身是胆雄赳赳……"

村主任笑得更灿烂了，露出两排苞谷牙："不是吹，那几个敢乱动一下，我立马灭了他们。"

老叶有午睡的习惯，见村主任来了，不好离开，只好陪村主任聊天。

没聊多久，村主任抽着一支烟，半开玩笑地说："叶老板，你干脆把保安业务外包给我，保证你高枕无忧，天天数钞票。"

汪小芸冷笑道："村主任真会说笑话，哪有农家乐请保安的？"

"你家，可不是农家乐，是宾馆。"村主任一口咬定。

汪小芸说："反正这是你的地盘，出了啥事，你吃不了兜着走。"

村主任不与汪小芸纠缠，对老叶说："叶老板，你说怎么样？"

老叶站起来，不卑不亢地说："我这农家乐，请不起保安，还望村主任海涵。"

村主任沉着脸说："这是规定，上头怪罪下来，我可管不了，嘿嘿。"

"你不是说，这是你的一亩三分地。"汪小芸反唇相讥："你还当不了家吗？"

村主任做出万般无奈的表情："我也不可能天天守在这里，万一有人来捣乱，敲诈勒索……"

老叶鼻孔一哼："我不会打'110'呀？"

村主任心里很不是滋味儿，在这七沟八梁还没人敢这么对他讲话。他走了两步，又回来对老叶说："路边财，一人捡一点，你莫占完了。"

老叶有些烦喋喋不休的村主任，就戴上老花镜佯装算账，不搭理村主任。

村主任浑身不自在。他把烟蒂扔在地上，狠狠地踩上一脚，琢磨着怎么收拾这两个不开窍的老家伙。

这时，一辆黑色轿车驶进庄园，从车里走下来几个西装革履的人。

汪小芸惊喜地叫道："一丁！一丁来了。"

一丁与两位长者并排走着，他后面跟着小张和一个年轻小伙儿，两人两手拎着几个胀鼓鼓的塑料袋。汪小芸接过一看，全是海鲜与卤菜。一丁给双方做了介绍，原来其中两位长者是市餐饮协会的会长与顾问。

会长六十出头，红光满面，对老叶道："老爷子，让你受惊了。"

汪小芸像见了救星，向会长大倒苦水。顾问瘦瘦的，精神尚可，但耳朵有些背，听不清女主人说些什么，他干脆背着手到花园里走动。顾问是一丁特意请来的。想当年，顾问在市餐饮界也是响当当的人物。

村主任见来了市里的大人物，莫名拘谨，不晓得会长是多大的官，就想开溜。一丁抓住他说："村主任，你不能走。"说罢塞给他一包红塔山。

村主任受宠若惊，一连说了好多个谢谢。随后小张带着青年小伙儿到

厨房布置，一丁带着会长与顾问在花园里散步。前台仍是这三人，但气氛迥然变幻。

村主任悄悄问汪小芸："这是老叶的儿子？干啥的？"

汪小芸一脸的喜气："在城里当大老板。"

村主任笑嘻嘻地说："叶老板，你硬是乌龟有肉——在肚子头。有一个这么优秀的儿子。佩服，佩服。"

汪小芸冷笑一声："你这才晓得，锅儿是铁铸的啊。村主任，你还不去开会，待会儿要扣工分了。"

村主任干笑两声："今天不开会，你儿子说了，叫我陪各位领导喝两杯。"

老叶觉得好笑，说："晚上喝酒时，你给我儿子说派保安的事，如何？"

"哎呀，叶老板，刚才的话，你千万别当真，只是开玩笑。"见二人不理睬，他又拍着胸脯说："今后有啥事，一个电话，我立马赶到。我的地盘，没有摆不平的事。"

"昨天晚上，是你摆平的吗？"汪小芸咄咄逼人，一点也不给村主任留面子。

"嘣个不是我的功劳。"村主任气得脸红脖子粗，极力辩解："有我坐镇，那几个毛贼才不敢动手。若我不在，恐怕房顶的瓦片都飞上天啦。"

老叶少有言语，他反复揣度儿子留下村主任的用意。此人虽不讨人喜欢，还是有可用之处。老叶深深体会到儿子在社会历练中，已经超越了父辈。老叶转过身来，端起刚泡的茶，笑呵呵地说："莫生气，喝茶，喝茶。"

五点钟左右，又来了两辆车，下来六七个人，村主任惊讶地发现，镇上得胜楼酒楼的赵老板、长风大酒店的钱老板、仁义酒店的冯老板也在其中。几个老板板着脸，不苟言笑，赵老板手中的扇子也没打开，平时在镇上的威风全没了。

村主任恍然大悟，昨天那伙人就是听他们三个使唤的，几爷子歹毒哟。为啥又没动手呢？肯定是因为我在此镇守，他们才不敢轻举妄动。不然，为啥留我吃席。想到这里，村主任又有些飘飘然。

村主任回过神来，心里七上八下的。双方人都到场了，这不是吃讲茶吗？今晚这酒不好喝呀。不久后，开席了。

在入席礼让之际，三位老板板着脸，几位市、区主席的脸色，个个神色凝重。见此，一丁深感肩上的责任重大，一定要为父亲的农家乐保驾护航。

一丁沉稳地站起来，用友善的目光环视全场。大家立刻安静，都想知道这位近月山庄的幕后人物会说些什么。

一丁以东道主的身份首先敬酒："各位前辈，各位老板，今天光临寒舍，叶家蓬荜生辉。家父开此小店，虽然手续齐全，却忽略了行规，烦扰了诸位乡邻。一丁在此给各位赔罪了。"说完将杯中酒一饮而尽。

一丁的态度与讲话，大大出乎三个老板的意料。赵老板舒了口气，摇晃着扇子，偷窥钱、冯二人，见二人也是一脸的惊愕。

当时事情一经败露，赵老板将几人叫来，把猴三臭骂了一顿。猴三说，骂完了，钱还得出。三个老板只好给了钱，准备咬死不认账。受邀之后，迫于会长的压力，三人极不情愿地来到近月山庄。

· 02 ·

赵老板不愧是商场老手，他迅速调整心态，放弃原本死不认账的策略，赶紧抱拳道："得罪，得罪。不知哪里来的地痞流氓，害得商家不和。真是大水冲了龙王庙，一家人不认一家人。我自罚三杯。"说完自饮三杯。钱老板和冯老板见赵老板要滑头，也见风使舵，如法炮制，自罚自饮。

县餐饮会长是个胖子，人称唐胖子，整天扇子不离手。此前，他也是忧心忡忡，类似的调解会，他参加了不知多少场，哪场不是在吵闹声中收场的？今天这场面，让他喜出望外。他摇着扇子兴奋地说道："梁山好汉，不打不相识。今后多交流，多沟通，就是好朋友了。"

大家对唐胖子和稀泥的话纷纷喝彩、举杯，仿佛一切恩怨都烟消云散了。一丁兴致勃勃地说："请各位前辈品尝这道菜，富贵四季，是我徒弟做的，请多提意见。"

村主任见到满桌佳肴，恨不得立马动筷子。他原以为这顿饭要大吵大闹一场，正低头盘算自己如何在这场是非中明哲保身时，忽见众人举杯相庆、握手言和了。村主任心里大为不满，昨天晚上，我提心吊胆熬更守夜，阻止冉光辉动手，肯定得罪了赵、钱、冯三个老板。你们倒是化干戈为玉帛了，我呢！我怎么办？村主任狠狠地夹了一大块鸡腿。

汪小芸看到村主任狼吞虎咽的模样，便用胳膊肘暗示老叶瞧瞧村主任的窘态。老叶一看，气不打一处来，低声骂了一句。

一丁也看到了村主任的狼狈样儿，觉得有些冷淡了村主任，便举起酒杯说："来，为村主任干一杯。村主任为小店顺利开张、正常营业，做了大量的工作，辛苦了。"

大家这才注意到大吃大喝者是村主任，看在东道主的面子上，都举起了杯。村主任来了劲头，非要敬每人一杯。他嗓门大，酒量大，把气氛推向高潮。赵、钱、冯三个老板趁势邀请老叶夫妇明天中午去得胜楼小聚。

老叶犹豫着想推辞，却被村主任一口答应下来："好，到时我带叶老板准时出场。"仿佛赵、钱、冯三个老板宴请的是他一样。

唐胖子看到叶家父子与赵、钱、冯三位老板交杯换盏，脸上露出了得意的笑容。前天他接到市餐饮协会会长的电话，立马就给三个老板去了电话，责令三人赶快收手。三人回应得倒也干脆，绝不乱来，但唐胖子心里悬吊吊的，餐饮协会一个空架子，管得了下边的老板吗？果不其然，昨天晚上市里的电话又来了，气得唐胖子把三人骂了一顿，叫三人马上去近月山庄把人接出来。幸好没有扩大事态，不然今天就没面子了。

一丁指着双椒兔丁对赵、钱、冯三位老板说："请几位品尝，多多指教。"

其实几位老板早已把桌上的菜尝了个遍。三人虽未言语，但从相互表情与眼神来看，三人对各种菜品的色、香、味、形均赞赏有加。三人心中嘀咕，饭菜质量如此完美，不管是凉菜，还是炒菜，都完胜我们，更不要说这几样海鲜了。长此以往，非关门不可。赵老板心中懊悔，真不该听信猴三的馊主意，好在叶老板父子宽宏大量，不然的话，这老脸丢大了。

见一丁问话，三人心服口服地赞扬一通。唐胖子摇着扇子评论道："不错，不错。色、香、味、形，皆妙不可言。小叶，你真是长江后浪推前浪。"

一丁微微一笑："这些菜是我徒弟做的。"

唐胖子惊呆了："你年纪轻轻的，就有厨艺这么高超的徒弟？"

一丁叫出大徒弟小张，与众人一一施礼。唐胖子见小张年轻漂亮，竟然是同样年轻的一丁的女徒弟，便摇着扇子笑道："叶老板不介绍，我还以为开的是夫妻店，哈哈……"

类似的话小张听得多了，她脸不红心不跳地说："让前辈见笑了，这几道菜，也不是我做的，是我徒弟做的。请各位前辈多提意见。"说罢叫出两位二十出头的厨师。

众人很是惊讶，徒孙三辈年龄相差如此之小。市餐饮协会会长说："各位有所不知，小张是一丁的大徒弟，有十多年了吧。如今师徒二人合资办了个餐饮培训中心，弟子遍布川渝。"

一丁邀请诸位到培训中心参观指导，并对赵、钱、冯三位老板说："你们的员工，我免费培训。"

三位老板抱拳致谢，赵老板感慨地说："叶老板大仁大义，我们自愧不如。我叫两个儿子前去拜师学艺，望叶老板多多指点。"

钱、冯二人也说，一定尽快派人去学习，并再次邀请叶家父子明日赴宴。一丁说自己明天有事，来不了，让家父前来。村主任赶紧推了老叶一把，老叶也就壮着胆子答应了。

三位会长走到一块儿，举杯相庆。三位都是老江湖，对同行拆台、暗中使坏的把戏是见怪不怪，但对一丁别具一格的处理方式一致叫好。唐胖子将折扇收拢，指着顾问说："老爷子，你吃过多少讲茶，见过今天这场面？"

顾问摇摇头，笑着说："后生可畏，后生可畏。"

市餐饮协会会长向唐胖子敬酒，说："还是你工作做得扎实，避免了悲剧的发生。"

"在这一带，有威望。"顾问补充了一句。

唐胖子赶紧放下扇子，抱拳道："两位老领导，你们这是在嘲讽我。关键是市里掌握情况及时。我只是打打电话，跑跑腿。"

三人再次举杯，庆贺这个圆满的场面。三人心里都有个疑问，叶家是怎么得到消息的？此时此刻却不能打听。

散席后，客人们离去，一丁也要走了。老叶夫妇送到大门口，一丁说："最该感谢的，是打电话报信的。这人是谁？"

"是我中学的一个同学。"汪小芸说，"这人你爸也见过。"

一丁点点头："好好谢谢她，不然的话，后果不堪设想。"

汪小芸问："明天宴请，去不去？"

一丁正色道："为什么不去？借此机会搞好关系嘛。"

一丁上车，驶出大门外，他停下车，探出头来："老爸，什么时候，我们去看看妈妈和秀秀。"

老叶挥着手，快步走到庄园大门外。轿车已消失在茫茫夜色中，只有那时隐时现的车灯，与天上的星星融为一幅动态的画。山谷中仿佛仍在回响着一丁的呼唤："看妈妈去，看秀秀去。"

· 03 ·

老叶眼前又浮现出妻子方秋实临终时的画面。那是徐春萍来慰问后的第五天，正在上班的叶世全接到医院的电话，方秋实病危。厂里派了辆吉普车送叶世全到县医院。

叶世全慌里慌张地赶到病房，紧紧握着方秋实冰凉的手，急切地说："对不起，我来晚了。"这段时间，他每晚都在医院陪护妻子，白天在厂里上班。他完全可以请假的，但考虑到厂里技术改造到了关键时刻，自己身为总工程师，不能临阵脱逃。万万没料到妻子的病情会急剧恶化。

方秋实微微睁开眼，看着疲惫的丈夫，心里难过。她有气无力地说："你来了，是我，对不起你⋯⋯"

叶世全与方秋实聊了几句，小声询问："给大哥、二姐打个电话？"妻子的父母早在几年前先后去世，大哥、二姐是她仅存的娘家人。

方秋实痛苦地摇头，什么也没说。叶世全默默地看着妻子，知道她心里是怎样想的。秀秀病危时，叶世全也想给大哥、二姐去个电话，被方秋实拒绝了，说别麻烦他们。直到秀秀安葬后，她才告诉了大哥、二姐。此刻，叶世全内心很矛盾，医院已下了病危通知书，再不告知大哥、二姐，于情于理都说不过去，但他深知妻子的秉性与做派。

方秋实挣扎着想坐起来，叶世全赶忙按住她，不让她坐起来。方秋实只好乖乖地躺下。全身剧烈的疼痛，像无数钢针扎在身上。她猛烈地咳嗽几声，面颊发烫，泛起红晕。方秋实明白，自己已走到生命的尽头，她紧紧抓住丈夫的手，断断续续地说："有些事，我要托付于你。"

叶世全噙着泪点头。

"我要去陪秀秀了，你答应吗？"方秋实两眼盯着叶世全，她尽量做出轻松坦然的样子，内心却如刀绞。她多么想在丈夫身边，叙叙家常，为他洗衣做饭，但一切都晚了。她侧过身去，流下两行热泪。

叶世全俯身在她耳边亲切地说："你说啥，我都照办。你放心治病吧。"在给秀秀购置墓地的时候，方秋实坚持要买两代墓。叶世全的心里就有预感，没想到会这么快就变成残酷的现实。叶世全的内心五味俱全，深感人生无常，乃至抱怨老天不公，自己是天底下最可怜的倒霉蛋，但他随时提醒自己，在老婆面前，一定要坚强乐观，一定要鼓励老婆战胜病魔。

方秋实笑得灿烂，她举起颤抖的手抚摸丈夫的脸庞："该刮胡子了。"

叶世全拿出随身携带的刮胡刀，正欲动手。方秋实伸出手来说："来，我为你刮。"

叶世全顺从地俯下身，享受妻子的关怀。恋爱与新婚之时，叶世全常享有此等殊遇，但秀秀出生之后，叶世全与这待遇是渐行渐远。今天重温，叶世全的心里是百感交集。

方秋实用尽力气，在丈夫的脸上推动剃刀，已剃不了这些浅浅的胡须。她用真挚与毅力持续着，直到叶世全豆大的泪水洒到她苍白的脸上。

叶世全默默接过剃须刀，此刻，他无法用语言来表达自己复杂的心情，只能暗暗期盼，苍天有情，奇迹出现。他用手轻轻抹去妻子脸上的泪痕。

方秋实躺着歇息了一会儿，又鼓起劲，拉着丈夫的手说："对不起，我不能陪你了⋯⋯"

叶世全用手捂住她的嘴："别瞎说，明年我俩去峨眉山，你不是一直想去吗？"

方秋实摇摇头，叹了口气，忽然说道："让徐姐陪你去吧。"说完此话，她像完成了重大使命，脸上露出久违的笑容。

叶世全惊讶地看着憔悴的妻子，果断地摇头，他拉着妻子的手一遍又一遍地亲吻。

方秋实坦然地说："我是为你好。你俩是同学，彼此知根知底。她又是一丁的干妈……"

叶世全握着妻子的手，放到自己胸前，再次坚定地摇头。

方秋实生气地收回手，大叫道："叶世全，你气死我啦。"

方秋实一阵咳嗽，猛地吐出一口鲜血，一下子昏厥过去。

叶世全叫来医生，方秋实被送进了急救室。

叶世全跟着医生来到急救室门口。主治医生叫住他，严肃地说："她这次是激动引发的脑溢血。加之她身体已经非常虚弱，随时可能停止呼吸。即使抢救过来，也有成为植物人的风险。"

叶世全毫不犹豫地说："抢救，全力抢救。"

叶世全木然地坐在走廊的椅子上，两眼盯着急救室的大门，两扇绿色的门紧闭着，听不到丁点儿声响。但谁都明白，里面正进行着一场生与死的较量。叶世全的头脑一片空白，他什么也没想，其实什么也来不及想。他心里只有一个念头，亲爱的，你一定要活着出来。我什么都依你的。

不知过了多久，叶世全才给一丁打电话。一个多小时后，一丁才匆匆赶到。父子俩简单交谈几句，一同守候在绿色大门旁，焦虑地等待大门开启。

大门缓缓开启，主治医生率先出现，二人奔向他身后的手术床。主治医生拦住叶世全，把他拉到一边说："人是抢救过来了，但随时都有生命危险。有啥事，抓紧办。"

这无疑是最后通牒，叶世全反倒清醒了许多。回到病房，父子俩各在病榻的一侧，守护着方秋实。方秋实苏醒过来，看到丈夫与儿子，心潮澎湃，她已没有说话的力气，只能伸出两只枯瘦的手，让父子俩攥住，流下两行无声的眼泪，一双眼睛死死地盯住丈夫。

叶世全明白老婆的心思，急促而诚挚地说："你放心，一切照你说的办。"

方秋实点点头，目光又停留在一丁脸上。一丁俯身叫着妈妈，方秋实只能紧紧握住他的手。医生将二人请出了病房。

三天后，方秋实去世。叶世全将妻子与女儿葬在一起。

父子俩怀着沉重的心情走出陵园，一丁问道："老爸，妈妈还有哪些遗愿？"

叶世全抬头瞥了一丁一眼，淡淡地说："这不都照她的意思办了吗？"

一丁转身回望绿树簇拥的陵园，他捉摸不透妈妈如此选择的深意，老爸怎么又答应了呢？一丁忍不住再问："老爸，还有呢？"

叶世全犹豫一下，含糊其词地说："还有嘛，顺其自然吧。"

聪慧的一丁意识到母亲对老爸的后半生有安排。作为子女，不便直接询问。妈妈的人格魅力与挚爱真情深深打动了一丁的心，多少往事涌上心头。他不由得再次回首肃穆的陵园，双眼噙着泪水。

汪小芸忙完前台的活儿，见老叶还没回来，就去庄园大门外寻觅，见老叶仍在公路边徘徊，就笑道："我以为，你跟儿子进城了。"

"我还真想去，但明天有事，没办法。"老叶耸耸肩头往回走。

"就这么轻易放过他们？"汪小芸感觉憋屈。

老叶停住脚步，回头看看仍在疑惑的老婆。老叶在席桌上听到一丁的表态，也是很惊诧的。但看到事态戏剧性转变，各方皆大欢喜，他察觉到一丁的高明之处，心中升腾起强烈的自豪感。他对汪小芸说："一丁这样做，是为我们好。你想想，赵老板是坐地虎，是地头蛇。我们是啥？是外来户，怎么跟他们斗？一个村主任就够我们受了，何况，他们是一群人。"

老叶推了汪小芸一把："走吧，这叫作以和为贵。"

夫妻俩并肩穿过葡萄架，老叶长叹一声，将儿子约他一道前去为方秋实母女扫墓，以及他刚才那点点滴滴的回忆，一股脑儿全说了出来。

汪小芸流着泪，听老叶讲方秋实临终的事儿。她心中不断为昔日的方姐惋惜。汪小芸幽幽地说："你和徐老太不是板上钉钉吗，怎么又黄了？"

夜幕遮掩了老叶脸上的尴尬，他闪烁其词："这个嘛，天有不测风云，啥事，顺其自然，上天自有安排……"老叶说完，意味深长地看着汪小芸。

当时，托付之事一漏风，同学中立马人声鼎沸，极力撮合。老叶谨记老婆的遗言，也欲顺水推舟，了却妻子的遗愿。不料徐老太遮遮掩掩，一拖再拖，最后说命相不合，弄得老叶十分被动，差点儿与徐老太翻了脸。后来有人说，徐老太请大师算过，说老叶命硬，已克死了两个妻子……

汪小芸笑道："鸭子死了，嘴壳子硬。"

"塞翁失马，焉知非福。"老叶得意地说。

二人闲话几句，就扯到明天赴宴的事。汪小芸说事多去不了，老叶摇头："为啥不去？一丁交代了，必须去。"

"叫不叫上村主任？"

老叶鄙夷地一笑："不用请，他一大早就会不请自来的。"

· 04 ·

第二天早晨，老叶夫妇才吃完早饭，村主任就兴冲冲地跨进了近月山庄。今天他换了件干净衣服，特地把平时乱蓬蓬的头发梳理了下，顺带把胡子也刮了。汪小芸一见忍俊不禁，指着村主任说："穿得这么周正，去相亲吗？"

村主任自昨天了解叶家底细后，态度明显转变，对汪小芸的嘲讽不气不恼，反而笑嘻嘻地说："我是陪客，打扮得漂亮，是给近月山庄争面子。"

汪小芸强忍住笑说："你这么早跑来干吗？吃中午饭还早得很。"

村主任显得极不自在，狡辩说："我来这看山庄有没有需要我的地方。"

"有，有，有。去帮我挖点儿红苔。"

村主任眉头一皱："现在挖，早了点儿。"

"没关系，快点去。"汪小芸解释道，"客人喜欢吃红苔稀饭。"

村主任无奈，扛着锄头去了。一直没说话的老叶觉得玩笑开大了，想把村主任叫回来。还未开口，汪小芸一脚踩在他脚背上，把眼一瞪："他吃了我家这么多，不该干点活儿吗？"

老叶还在犹豫，汪小芸又说："快去换套西装，精神些。人家村主任都晓得打扮。"老叶只好回屋换衣服。

没过多久，村主任提了半筐洗干净的红苔来交差。汪小芸一看，直夸村主任能干。她见村主任高挽裤腿，鞋上沾满了泥，就叫他把鞋上的泥土洗掉，把裤腿放下来。回来时，汪小芸又嫌他头发乱蓬蓬的，就拿出自己用的发胶，叫村主任往头上喷。村主任受宠若惊，把头梳得油光光的。

这时，老叶换上西装下来了，三人刚走到庄园门口，一大群少男少女涌进庄园，窜进菜园，跃入花园，闹嚷嚷响成一片。

汪小芸喝道："今天不上课？"

"星期六，秋游。"有同学回应。

有两个领头的学生过来接洽。汪小芸只好让老叶、村主任二人先走一步，自己把这些学生打发走了就去。

她对领头的学生说："看你们是学生，允许玩半个小时。"

"阿姨，我们要住一晚的。"

汪小芸摇头："我这里收费贵，还是到别处去吧。"

"是我妈妈推荐的，她来住过。"一个姑娘过来说，"这里卫生、安全。"

汪小芸心头一热："好啊，既然你们慕名而来，我就接单了。走，阿姨请你们吃葡萄。"

同学们聚集在葡萄架下，汪小芸一边摘葡萄一边说："同学们，放心吃。我的葡萄是新疆吐鲁番的良种葡萄嫁接的，颗粒大、皮薄、无核。关键是没打农药，没打激素，绝对是天然环保的绿色食品。"说着汪小芸当众吃了一颗。

孩子们围着汪小芸问长问短，她置身于学生之中，仿佛又回到了手执教鞭站在五尺讲台上的岁月。汪小芸得知这是群初三年级的孩子，不经意地说道："初三了，怎么不在校用功学习？"

"阿姨，你说话怎么像我们班主任？"

汪小芸会心地微笑，站起来爱怜地问："孩子们，中午想吃什么？"

同学们七嘴八舌地报了好些菜名，汪小芸一一答应，叫来厨师做了安排。

汪小芸忽然想到，这么多学生出来秋游，没有老师带队，也不见家长的身影。小姑娘告诉她，同学们是自发的。学校只管放假，不管去何处游。

汪小芸内心顿觉沉重，这一大帮小孩，没个成年人，万一发生什么意外，怎么办？这些都是父母的宝贝、家庭的希望。她毅然决定，不去镇上吃饭了，要留下来陪护这群无人看管的学生。她带着这群活泼的少年去参观了附近一处生态植物园。午饭后，要求大家午睡。

这帮孩子跟汪小芸混熟了，觉得她是一个可爱的阿姨。汪小芸一提出要求，大家就乖乖去自己的房间，连平时没午睡习惯的几个男生也是如此。直到太阳偏西，同学们陆续起床了。

这时，老叶在村主任的搀扶下回来了。汪小芸一见，又把村主任骂了一顿。村主任见势不妙，赶紧溜了。

汪小芸把老叶扶回房间，数落几句后，又照料学生去了。

老叶躺在床上，感觉头晕，但并没有汪小芸想象得那么严重。他是有酒量的，只是好久没这样豪饮了，幸亏村主任替他喝了不少。

今天的酒席，只有赵老板三人，加上老叶与村主任，才五人。三个老板的态度较昨天更为真诚。

赵老板晃动着脑袋说："叶大哥，你的儿子真优秀，小小年纪就在市里打出一片天地。你以前也干这一行？"

当众人得知老叶退休前是国企的总工程师，连同村主任在内，一个个惊叹不已。钱老板端起酒杯说："哥子，为总工程师干杯！"

村主任也跟着起哄："哟，叶老板，你是真人不露相。你我交往了这么久，你硬是滴水不漏。喝酒，喝酒。"村主任摆出一副老朋友的架势，老叶脸上泛着红光，推辞道："不行了，不行了。"

"脸红正吃得，干，干一杯。"冯老板在一旁推波助澜，拍着桌子叫喊。

听着旁人赞扬自己的儿子，瞧着别人羡慕自己的头衔，老叶很高兴，心头一热，接过酒杯一口干了，博得满桌喝彩。

赵老板亲热地拍着老叶的手背："叶大哥，你可得拉小弟们一把……"

老叶一怔，正琢磨如何回应，冯老板跟着叫苦："哎，我们的厨师，没法跟城里的厨师相比。简直是，一个在天上，一个在地下。"

老叶笑了，他从主人的言谈举止中看到了自己的优势。这满桌的鸡呀鸭呀鱼呀，与昨天相比，味道真的差许多。老叶想想说："一家派一人，到烹饪培训中心去学习，暂定一个月吧。培训免费，吃住自理，可以吧？"

二位老板点头称是，说不尽的感激话，但面带难色，似有难言之隐。老叶心里明白，选人培训，对老板来说是件大事，稍有不慎就会鸡飞蛋打。老叶索性说道："派不出合适的人，没关系。哪天我们去烹饪培训中心参观，只要看中了，挑选几个都行。"

此话正合钱、冯二位老板的心意，两人千恩万谢，少不了又向老叶轮番敬酒。老叶推辞不过，左一杯，右一盏，喝得晕乎乎的，由村主任搀扶着回家。

在回山庄的路上，村主任心中不平，怎么就这样饶了那几个黑心老板？村主任忍不住问道："叶老板，你为啥要帮这几个黑心老板？你忘了那天晚上……"

老叶抬起头，仰望蓝天，拍拍村主任的肩膀，打着酒嗝意味深长地说："予人方便，予己方便。"

老叶觉得自己这大半辈子，命运多舛，特别是婚姻，虽然梅开二度，竟不能白头偕老，在他心里是个无法弥补的遗憾。但在小镇见到汪小芸的启蒙老师后，他受到了很大的触动。黄老师比起自己不知惨痛多少倍，可人家耄耋之年，精神矍铄。他明白了，人的一生，面对逆境，唯有向前者，才有明天。

在过去工作过的地方，老叶受到了展览馆工作人员和游客的尊重，从大家崇敬的目光和热情的掌声中，老叶体会到了人生的价值——只要你为国家做过有益的工作，人民群众会永远感谢你。虽然记不住你的名字，但已把你的奉献精神融入伟大的民族精神之中。

老叶想到这些，对新的生活，也就有了信心。他渐渐进入了梦乡，待他醒来，天已黑了。他站在过道上，歌厅里传来学生们欢快的歌声。老叶听出歌声中夹杂着汪小芸厚重深沉的女中音，自言自语道："当老师的，就喜欢跟学生打堆。忙了一天，也不晓得累。"

老叶来到厨房，厨师早已收拾完毕走人了。见锅里还留有饭菜，老叶这会儿才感觉饿了，正吃着，汪小芸走了进来。

汪小芸在桌子对面坐下，瞧老叶吃得津津有味，便嘲讽道："晓得的，说你酒席上讲礼；不晓得的，还以为是才放出来的饿牢犯。"

老叶无语，埋头吃饭。

"明天还要去钱家？"汪小芸关切地问道。

老叶缓缓说道："人在江湖，身不由己啊。以前只知道办好手续，开门营业，忽略了这些沟沟坎坎。一丁说了，这叫交学费，补课。"

"明天一道去？"老叶望着老伴补了一句。

汪小芸已答应学生明天上午带他们去登云转山主峰，这可不能食言。她想了想说："你先去，我中饭后把学生送到车站，就来找你。"

老叶迟疑一下，点了点头。

· 05 ·

第二天午饭后，汪小芸正跟学生道别，汪小芸鼓励地说："明年暑假，凡持有重点高中录取通知书的同学，我一律免费招待一宿三餐。"

同学们乐得手舞足蹈："阿姨，他们是学霸。"

"阿姨，你亏大了。"

汪小芸把胸脯一拍："阿姨一言九鼎。"

正说着，老叶回来了。汪小芸只好将学生们送出庄园，再三叮嘱一番。待她回到大厅时，老叶已跷起二郎腿在喝茶了。汪小芸问道："今天咋个这么早就散了？"

老叶说："他们几个要打麻将，本想陪他们玩玩，但打得大，我就说家中有急事，开溜了。"

"见势不对，立马撤退。"汪小芸夸奖后说："别和这伙人走得太近……"

老叶放下茶杯，点点头："夫人，高明。"见老伴满面春风，又打趣道："这两天，过足了教师瘾吧。"

汪小芸叫起苦："你在外边吃香的、喝辣的。我在屋里累死累活、腰酸背疼的，来给我揉揉。"

老叶一边揉捏她的肩膀，一边说："莫逞强，你还跑得过那帮学生？"

汪小芸微闭着眼睛，幸福地享受着，忽然她娇嗔道："哎哟，轻点儿。

你打阶级敌人吗？"脸上却笑得更灿烂了。

这天，老叶刚做完近月山庄的月报表，又抢起锄头到菜地翻土。以前菜种得不多，几人够吃即可，现在开了农家乐，得扩大菜园、增加品种。老叶正干到额头冒汗的时候，汪小芸匆匆赶来，嚷道："别逞强了，小心把腰闪了。"

"得抓紧季节，把小白菜籽撒下去。"老叶放下锄头说道。

"我刚才看了报表，你怎么少算了一项支出？"汪小芸问道。

老叶一怔，不会吧？每次进货的票据，他都编了序号，怎么会有错呢？他疑惑地望着老婆，汪小芸说："你种菜苦不苦、累不累？"

老叶一下明白了老婆的意思，说道："你真会小题大做，不就这点儿蔬菜，值不了几个钱。再说，都是自家兄弟……"

"亲兄弟，明算账。"汪小芸得理不饶人，继续说："这账本不单是给股东看的，万一有关部门来查账，这就是本夸大利润的假账。"

老叶走过来戏谑道："别说啦，我这人胆小，再上纲上线，我怕该进去了。"

汪小芸骂道："油腔滑调的，给你说正事呢。"

"我洗耳恭听。"老叶站立说道。

"我想喝咖啡了。"汪小芸笑着说。

"那我去冲咖啡。"老叶说着欲走，家里还有几袋咖啡，还是春节时一丁送的。

汪小芸任性地说："我要到县城咖啡屋去喝咖啡。"

老叶恍然大悟，他俩相识纪念日快到了，那县城里的咖啡屋便是初次见面之地。前不久，两人路过咖啡屋，便进去坐了坐，受到老板的热情款待。没想到，光阴荏苒，迎来了又一个纪念日。

"去，当然得去！"老叶大声说。

这时又有一群游客进入庄园，汪小芸顾不上与老叶斗嘴，匆匆向前台走去。老叶站在树荫下，望着汪小芸的背影，脸上露出甜蜜的微笑。

往事就像发生在昨天，依然历历在目。

那年，老叶处理完妻子的丧事后，分别给大哥、二姐去了电话。大哥震惊之余，很生气，责备叶世全为什么不早说，无论如何兄妹也该见上最后一面。老叶再三解释，这是方秋实的安排。气得大哥在电话那端吼道："她这么做，固然有她的道理，你也这样不近人情吗？书呆子……"

二姐并没有怎么抱怨老叶，哀叹之余，委婉地探询老叶对今后的生活有什么打算。老叶鼻子一酸，说得凄凉、含糊："还能怎么过？得过且过吧。"

二姐只好宽慰老叶一番，随后寄来三千元。

从这以后，老叶很少给大哥、二姐打电话，生怕给他们添麻烦。再后来，一丁给他换了手机，竟与大哥、二姐失去了联系。

自从遭徐老太婉拒之后，老叶的情绪一落千丈。没心思做饭，也不愿待在家里，睹物思人，他干脆搬到厂宿舍，泡在工作中，心里反而轻松许多。

一丁打电话找人，发觉老爸总在厂里加班，感觉不对劲儿，就告诉了婆婆及干妈。徐老太心中有愧，回答得含糊其词。

这边，在婆婆的唠叨声中，亲朋好友纷纷上阵，轮番为他介绍老伴。但老叶自己定了底线，只找丧偶的，不找离异的。理由嘛，丧偶者，再无联系，可避免许多烦人的矛盾；离异者，就不好说了，或财产，或子女，与对方有扯不清的纠葛。

就这样，老叶退休好几年还是孑然一身，虽说相亲无数次，总是阴差阳错，差一把火，找不到感觉。

这天，叶家的一位长辈给他介绍了一位退休教师，老叶一听介绍人说对方是离异，不觉皱起了眉头，热情锐减。这位长辈年龄与他相仿，但在家族中威望甚高。老叶不敢驳长辈的面子，只好记下女方的电话号码。

一连三天，老叶却是按兵不动，那位好心的长辈又来电话询问。老叶推诿说对方没来电话，想不了了之。那位长辈在电话中呵斥道："这事哪有女方先开口的，你的绅士风度到哪儿去了？"

老叶无奈，只好拨通了对方的电话，话筒里传来一个中年女性的声音，听声音感觉人还挺年轻，至少说保养得挺好，关键是那声音富有磁性。

两人简单地自我介绍之后，老叶情不自禁地说："我们见面谈好吗？"

"好啊。"对方一口应允。

"那你说时间、地点吧。"老叶脱口而出。

对方几乎没有考虑："那就明天下午三点吧，在东大街咖啡屋。"

老叶关掉手机，心里却纳闷儿，本想打个电话敷衍几句，也好向长辈交差。怎么就答应了呢？老叶没去过这家咖啡屋，但知道这个地方好像是球迷的聚集之处，老叶心里多了几分好奇。

· 06 ·

第二天，老叶如约到达东大街的咖啡屋，咖啡屋门前人头攒动，摆放了一台大电视机，正在实况转播中超联赛。老叶心想，估计以后麻烦多得是，皱了皱眉头。任何事情，女人一旦痴迷起来，比男人更疯狂。

正当他心里七上八下时，电话响了。

老叶掏出手机正欲接听，却见咖啡屋门口有位戴红帽子的女士向他招手。老叶不敢贸然行事，转过身去接电话。电话里传来女人的笑声后，便是彬彬有礼的声音："请叶先生转过身来。"

老叶蓦然一惊，缓缓回过头来，见那位戴红帽子的女士举起手中的手机向他示意。

二人步入大堂，大堂内墙上有一面很大的荧屏，正在播放足球赛的现场盛况，球迷们几乎占满了所有的桌子，桌上摆满了茶杯、啤酒等物。整个大堂人声鼎沸。

老叶指着过道边的一张小桌说："就这儿吧。"

汪小芸回眸一笑："上面有包房。"不由老叶分说，她转身上楼。老叶只好跟着。

二人进入一间安静的包间，服务员立即送上一壶咖啡、糕点及一个果盘。原来汪小芸早就预定了。

两人坐下，彼此自我介绍一番。老叶喝着浓浓的咖啡，心里涌起一股暖流。老叶抬头看着对面端庄稳坐的汪小芸，对方除了脸上有淡淡的浅妆外，没染发、没穿耳孔，也没有染指甲，更没有穿金戴银。他暗想，这跟秋实倒是一脉相承，是一个有内涵的女人，于是问道："你是球迷？"

"我不是。"

"那你怎么会选择这里？"老叶不解地问道。

汪小芸笑着回答："那天你打电话时，问定在哪里。我刚好走到这里，抬头一望，就看见了这家咖啡屋。我就脱口而出。"

老叶不觉哑然失笑，觉得对方很坦诚。

汪小芸反问道："你不喜欢这里的氛围？"

老叶连忙摆手说："不，我喜欢。好久没有领略到这么热血沸腾的场面了。"

"哦，你是个球迷。"汪小芸心里乐了。她一直顾虑，怕选错了地方，昨天订包房时，这儿冷冷清清的，心想是相亲的好去处，哪想到这会儿人声鼎沸。

"球迷说不上，没有小青年疯狂。读高中的时候，我是校队的前锋。"

汪小芸叫服务员把电视打开。这时比赛已经开始，红、蓝两队正奋力厮杀。两队的外援特别显眼，不时有特写镜头出现。

"中国人的联赛，为啥请些老外来踢？"汪小芸说道，"不晓得要花多少外汇。"

老叶找到话题，兴趣陡增。他十分内行地说："好处多得很，简单地说，有利于提高各队的技战术水平。各队的水平提高了，国家队的水平也就提高了。还有，比赛场面精彩激烈了，可以拉动票房收入，还可以拉动相关产业。"

汪小芸夸奖道："哟，不愧是总工，有经济头脑，完全可以去经商。"

两人谈得兴致勃勃，这时红队进球，蓝队队员不认可，两队的个别队员发生了肢体冲突，裁判有些失控，画面内外叫好声、谩骂声此起彼伏，乱作一团。

楼下的喧嚣声传进了包房，汪小芸关了电视，心有余悸地说："看足球比赛，真是心惊肉跳……"

老叶叫服务员拿来啤酒，重新开了电视。他给汪小芸倒了一杯，汪小芸接过来，与老叶碰杯。谈到足球，老叶仿佛年轻了许多。他快活地说："看足球比赛，是一种享受。"

汪小芸不以为然地耸耸肩："这也算享受？我可不需要这种享受。"

老叶知道眼前这位女士，平静而舒坦地生活了几十年，婚姻的挫折，是她人生的最大打击。老叶开诚布公地说："人是有感情的动物，足球能带给我们喜怒哀乐，这就足够了。"

"我怎么找不到感觉？"汪小芸调侃道。

老叶大手一挥，提高了嗓门："那是你还没有进入角色，体会不到足球的乐趣。假如你是某支球队的球迷，球队的失败与成功，就与你休戚与共了，你会为它欢呼，会为它流泪，甚至拼命……"

汪小芸看着手舞足蹈的老叶，咯咯地笑出声来，心想真是一个老顽童。

这时，球场风云突变。蓝队丢球后绝地反击，竟然连进两球。第二个进球是罚点球，因蓝队队员在禁区摔倒，但全场的红队球迷齐声呐喊："假摔，假摔！"双方队员也群情激愤，场面再度失控。

老叶气急败坏地敲着桌面："球迷太不成熟，俱乐部要吃不了兜着走。"

忽然楼下传来摔椅子的声音，愤怒的叫骂声不绝于耳。原来现场的气氛误导了咖啡屋里的球迷。老板见势不妙，立即报警。不一会儿，警车骤至，从车里跳下来大批民警，那些球迷顿时作鸟兽散。

包房里进来一个年轻民警，见二人都年过花甲，于是转身叫道："所长。"

所长闻讯而至，进门愣住了："这不是叶世全吗？"

原来这位所长，是老叶辖区的派出所所长，因为老叶家情况特殊，常有事麻烦所里，所长记住了他，并对他家了如指掌。

所长见还有位陌生女人，年龄与老叶相仿，瞬间明白是怎么回事，笑道：

"老叶，你真会挑地方。好，你们继续。"说罢，二人退出了包房。

老叶没了兴致，站起来说："我们也走吧。"说罢递给服务员一张大钞。服务员说："已经结账了。"老叶心头一热，他相过好多次亲，都是他买单。

两人走出咖啡屋，警察还没撤离，警戒线外聚集着许多看热闹的市民。两人低着头，一前一后地走出警戒线。

汪小芸忽然被熟人叫住，拉着手问长问短。老叶趁机一声不吭地溜走了。

回到家里，老叶觉得不对劲儿，明明是去相亲的，怎么大谈足球经呢？该问的一句也没问。汪小芸清秀的面庞，柔和且富有磁性的声音，衣着朴实，处事大度诸方面都给老叶留下深刻印象。

老叶摇摇头，更觉得初次见面，不打招呼就走了，有失体面。于是老叶拿起电话，号码按了一半又停住了。算了吧，这电话一通，就没完没了了。他放下电话，开始做晚饭。

可是，无论老叶做什么事情，哪怕是打开电视听音乐，他的脑海里都不时闪现出汪小芸的身影，耳畔不时响起汪小芸欢快的笑声。饭后，老叶在客厅里走来走去，嘴里念着："汪…小…芸，汪…小…芸。"

老叶就这样不停地走来走去，直到夜深人静，老叶才重新拿起电话。心里说，仅表示不辞而别的歉意，其他一概不谈。

后来，他们开始交往后，老叶就领着汪小芸到自己的兄弟姐妹家及叶家长辈家。汪小芸知其用意，也不揭穿，每次出门，都穿戴得体，并且无论去谁家，她都谈吐有礼，处事大度，这赢得了叶家的一致好评，也坚定了老叶的信心。

其中最重要的一关，就是一丁这一关。俗话说：年轻人结婚，要过父母关；再婚，得过双方儿女关。好在汪小芸这边，儿子也不是完全反对，只是极力主张其与老爸复婚。老叶这边，儿子的态度是积极的，而且亲切地对汪小芸说："阿姨，只要老爸满意，我就高兴。只要老爸幸福，我就放心。"

老叶的回忆被葡萄架下的争吵声打断，他侧耳一听，是一对夫妇在争执，老婆抱怨这里费用太高，明天就要打道回府。丈夫则说，钱已交了，不好退。这里风景不错，服务也周到。

老叶本不想听人家的私房话，但谈话的内容涉及近月山庄的经营模式，老叶还是走了过去。走近一瞧，原来躲在这儿争吵的夫妇，竟是客人们公认的模范夫妻。

来近月山庄的客人，可以自由拼桌进餐，庄园对拼桌的，还要加菜。这一招非常有效，促进了客人之间的相互了解，几天下来，一桌人游兴未尽，自然会再住几天，或者分手之际，相约何日再来此相聚。

这对夫妻里，丈夫姓何，年龄六十出头，长年在深山中"三线"建设的工厂里工作，老婆留在老家。老婆生了两个孩子，一儿一女，每次坐月子，他都不在身边。等老何每三年一次的探亲假回来时，小宝贝都会叫爸爸了。

老何不想两地分居，就去申请调动，可是单位有规定，准进不许出，而且老婆也不肯去山里。她认为山里道路崎岖遥远，厂里生活单调清苦，两个孩子在这种环境下长大，岂不误了前途？于是，她带着两个孩子在城里苦撑着。

老何等到退休才回到老婆身边，儿女早已长大成人，各自成家立业。老何觉得很对不起老婆，于是承担了所有家务。可两口之家，三居室，哪有多少家务，于是老何又包揽了一日三餐，可是这个长年吃惯了食堂的老何，怎么能烧出一手好菜呢？他常遭到儿子、女儿善意的嘲讽，以至于儿女归来，或有亲戚朋友来访，仍是老婆掌勺，老何打下手。

后来，老何又带着妻子四处旅游，但妻子长年劳累，落下一身病根，不宜旅游。老何就在朋友处打听到云转山的近月山庄是个好去处。于是，老何带着妻子慕名而来，预订住一个星期。哪知妻子柳惠是个节俭人，住了两天，便嚷着要回家。老何劝阻无效，两人就在葡萄架下争吵起来。

见老叶走近，老何站起身来说："老板，不好意思，惊扰你了。"

"别客气，顾客至上嘛。"老叶平和地说："我也在'三线'建设单位里工作过，不过没有你的时间长，我只有几年。"

老何惊讶不已，老叶介绍了自己的情况。老何由衷地说："你原来是搞这个的哇，佩服，佩服！"

老叶正想夸老何夫妇几句，柳惠问道："老板，我们明天回家，可以吗？"

"可以呀。"老叶随口答道，转念一想，老何夫妇交了一个星期的费用，就说："来近月山庄，就图一个静，静则心闲。既来之，则安之，还操那些闲心干吗？"

"我是山猪儿吃不惯细糠。"柳惠自嘲道，"你这里，又好吃，又好玩，就是这个贵了点儿。"她做了个数钞票的动作。

老叶对柳惠的抱怨避而不答，对老何说："云转山还有许多景点，你们还没去，后天镇上赶场，可以买点儿土特产。"

老何犹豫不决地看着老婆，柳惠说："听人劝，得一半。再耍两天嘛！那剩下的钱，能退吗？"

老叶摇摇头，让柳惠又失望又不甘："老板，你太黑啦。"

老叶随即将右手搭在老何肩上，笑着说："不过，看在我俩都曾在'三线'建设单位待过的份上，退，该退的全退。"

柳惠这才放下心来，一个劲儿地夸老叶："懂得起，懂得起。"

老何夫妇果然又玩了一天，临走那天，老叶开车送他俩去赶场。午饭时两人还喝了两杯，谈起青春年华，两人越谈越投机，老何真想再聊几天，不是柳惠再三催促，这顿酒恐怕要喝到太阳落山。临别之时，夫妇俩再三表示，今后一定要带朋友来。

晚上睡觉时，汪小芸质问道："你怎么擅自做主，就退钱了呢？"

"灵机一动嘛。"老叶想了想说，"诚信为本嘛。"

汪小芸轻蔑地一笑："中午喝酒那场面，真像一对难兄难弟。"

"你莫说，我俩很投缘。"老叶来了劲头，"我俩都为'三线'建设出过力，只不过，不在一个单位里罢了。"

"这就是你退钱的理由。"汪小芸板着脸喝道。

老叶只是嘿嘿地微笑。

"他们会带客人来吗？"

老叶仍嘿嘿地笑。

第十四章 ☾

· 01 ·

临近过年，一丁忽然领了五六个人上山。汪小芸通知伙房备菜。这会儿虽是淡季，且附近那几家农家乐早就停业了，但山庄里还是有十多个顾客。

一丁带着几人在花园、菜地里转了一圈，在观景台逗留了一会儿，又到大楼各个房间转悠了一趟，娱乐室、健身房、歌厅也没放过，连厨房也巡视了一遍。

汪小芸瞅见一丁领着人窜来窜去，觉得不大对劲儿。以前一丁也领朋友来过，但都是事先打招呼，还自带食材。这次来得突然，彼此都没有准备。汪小芸心里隐隐约约有一种不祥的感觉，便问老叶。

老叶耸耸肩："臭显摆呗。"

中午吃饭的时候，老叶夫妇俩向客人敬了一杯酒，便回自个儿房里歇息了，待午睡起来，见一丁一人独坐在前台，一问，才知客人已走了。

汪小芸见状，晓得一丁有事，便说："你两爷子慢慢聊。"说完欲转身离去。

"阿姨，你别走，找你呢。"一丁说道。

"找我？"汪小芸转过身来看了一丁一眼，再瞧老叶，见他也是一头雾水。她坦然地坐下，拍拍衣衫："有啥事？说吧。"

一丁看了看二人，字斟句酌地说："上午来的这几个人，都是餐饮界的大老板，其中有人看上了近月山庄，想出资收购。"

汪小芸乜着老叶，见他满脸惊愕，便晓得两爷子未通气，稍稍宽了心，脸上堆着笑，说："有这种好事，我还没有朝这方面考虑过。一丁，你说呢？"

一丁大喜过望，眉头一皱，说话很有分寸："这主意，还得你自己拿。

你若有这个意思，我可以牵线搭桥。"

汪小芸做出考虑的样子，问老叶咋想的，老叶也没闹明白一丁葫芦里卖的什么药，但看得出来，一丁这一趟，是有备而来。他便说："生意做得好好的。卖什么房子？再说，这山庄也不是你一个人的。"

汪小芸想，老叶这话还算有良心。

老叶只是默默地坐着，静观一丁的一举一动。

一丁却坐不住了，他吸了口烟，极其委婉地说："老爸，你这套观念已经落伍了。现在讲究市场经济，要讲效率。"

老叶有点儿不高兴，反唇相讥道："讲效率就是卖资源？你这是杀鸡取卵，干不得。"

一丁站起来，无可奈何地笑了，笑得很勉强。他没想到老爸会反对，干脆不理睬老叶，对汪小芸说："阿姨，我的意思是，将卖庄园的钱，拿来投资，比如房地产、股票，都可以。"

·02·

原来，一丁近来结识了一些房地产老板，他们都希望一丁能投资房地产。一丁自然明白老板们对他的百把几十万不感兴趣，要投资，起码一千万。哪来这笔钱呢？一丁思来想去，打起了近月山庄的主意。

汪小芸一听，不冷不热地说："这些新花样儿，还真没玩过。老头子，你敢玩吗？"

老叶不屑地说："吃饱了撑的。"

"可以这样嘛。"一丁拍拍胸膛，"二老投资也好，炒股也罢，交给我好了。你们包赢不输，到时只管数钞票，数得手抽筋。"

"有这么好的事？"老叶有些生气，心里抱怨儿子不该到这里来敛财。这片地，这栋房，没有一分一厘是老叶的。即使汪小芸同意了，老叶也要反对。老叶狠狠地瞪了一丁一眼："说得比唱得还好听。"

"电视天天讲'股市有风险，入市须谨慎'，亏了怎么办？你拿啥子来赔？"老叶越说越气。

一丁没想到老爸会当着汪阿姨的面呵斥自己，脸面瞬间火辣辣的。他明白，筹款的计划泡汤了，也就意味着他涉足房地产业的梦想破灭了。一丁是一个倔强的人，他认准的目标，历经千难万险也要实现。一丁鼓足勇气，抱着最后一线希望，对汪小芸说："阿姨，看得出来，你是敢拼搏的人。"

不待汪小芸答话，老叶固执地说："天有不测风云，哪能打包票？"

"输了，我赔。"一丁嘴硬，但已没了底气。

"赔，你拿啥子来赔？"老叶讥讽道，"咬你脑壳又硬，咬你屁股又臭。"

一丁脸上火辣辣的，从小到大，还没被老爸这样骂过。他感到无地自容，骤然站起来夺门而出。

汪小芸见一丁怒气冲冲，脸上露出一丝不安，一把拉住一丁，温和地说："莫忙走，别听你老爸的。"

汪小芸让一丁坐下，顺手给他倒了一杯水，才慢条斯理地说："一丁，你的话有道理……"

一丁心里又燃起了希望，他两眼盯着汪小芸。

汪小芸干笑一声，话锋一转："你晓得，这山庄的使用权是我几兄妹的。这么大的事，大家总得商议一下吧。"

一丁点头："自然，你们要好好考虑一下。这次机会难得哟，过了这个村，就没这个店了。"

汪小芸很认真地问道："老板开的什么价？"

一丁说："开价六百万，你可以要价八百万，然后再慢慢谈。不用怕，有我呢。"

汪小芸连声叫好，她又把一丁夸了一遍。一丁高高兴兴地怀着希望离开了近月山庄。

一丁走后，老叶迫不及待地问："你真动心了？"

汪小芸扑哧一笑："我没有那么傻，放着每天收入千把块的生意不做，去冒风险，去当冤大头。"

老叶这才放心地点点头走了，但走了没几步，又回转来问道："既然如此，你为何又答应了一丁呢？"

"我答应了什么？"汪小芸狡黠地一笑，"我这是缓兵之计。你把一丁骂得瓜兮兮的，人家好歹也是公司老板。你让他带着情绪驾车下山，云转山山陡路窄弯道多，万一出了事，咋办？"

汪小芸仍在絮絮叨叨："一丁突然上山，唱了这一出。他公司恐怕有啥情况，你抽空打个电话问问。真要是缺钱，我们能帮就帮一把。"

老叶点点头，掏出手机就要打。汪小芸喝道："你脑壳遭门夹了，人家现在还在驾车，你逗起闹啊。"

老叶无言以对，心里却有几分温暖。心里感慨：汪小芸心细，考虑事情周全，啥都好，就是嘴巴不饶人。一丁这辈子有福气，一路上总有女人呵护。

老叶回忆起老母亲曾暗中催促过自己多次，这次再婚一定要正大光明地庆贺一下。老太太年近九旬，身体大不如从前，但生活尚能自理，头脑清醒，遇事不糊涂，就是耳朵有点背，你说东，她说西。

有些人听说老叶找了个乡下的媳妇，幸灾乐祸。老太太说："乡下人，怎么啦？哪个人的祖宗不是乡巴佬，说些来扯。"

当老太太初次见到汪小芸时，就拉着汪小芸的手，仔细打量这第三任儿媳妇。见儿媳妇五官端正，又比儿子小六七岁，老太太一个劲儿地点头，笑得合不拢嘴。

汪小芸亲切地说："老人家，我给你买了两斤蛋糕，不晓得，你喜欢不喜欢？"

老太太打开了话匣子："我这个人，不讲穿，年轻时，讲吃，又没得吃的，现在啥都买得到了，牙巴又快要落完了……"

大家友善地笑着，顺着老太太的话往下讲。汪小芸先是纳闷儿，随即明白，一家子在哄老太太开心呢。如此快活的时光汪小芸并不多见，在自己家里平时都由老幺陪伴母亲，她早已听惯了母亲的陈词滥调。

老太太哆哆嗦嗦地掏出早已备好的一千元，塞到汪小芸手里："这杯喜酒，我是喝定了。"

汪小芸连忙推辞，回头看了眼老叶。老叶示意她收下，老太太这才满脸笑意地正襟危坐。在众人的祝福声中，汪小芸欲退到一边。老太太喝道："慢点儿，你们两个都过来。"

老太太掏出一把崭新的小剪刀，口中念念有词，在汪小芸、老叶的身前身后、左右方向一顿乱剪。老叶不知道这是在干嘛，茫然地看着汪小芸。汪小芸会心一笑，紧紧地握着老叶的手。

汪小芸知道，这类仪式，是针对重组家庭的，寄托了家族对这对新人的祝福与期盼，至今仍在边远山区流传。老太太今天省略了好多程序，但浓浓的祝福与殷切的希望丝毫没有减少。汪小芸用感激的目光看着老太太。

老太太象征性地在他俩头上剪了几下，然后将剪刀往地上一扔，命令老幺拿出去扔了，越远越好。

汪小芸改口叫道："妈妈，谢谢你。"

老太太坐在有坐垫的椅子上，喘着粗气挥挥手。女儿赶忙将老太太搀扶到里屋去休息。

· 03 ·

老叶打了个喷嚏，汪小芸瞪他一眼："起风了，山上凉得早，快去加件衣服。"

老叶应了一声，退出前台。走在回房间的长廊上，听到院墙外的树林呼啸的风声，院内靠墙的那排竹子也在摇头晃脑，发出沙沙的声响。老叶心里倍觉温暖。

老叶还没给一丁打电话，却等来了徐老太的电话，电话里徐老太询问一丁向她借款的事，老叶二位是否知情。老叶一听大吃一惊。汪小芸在一旁见老叶惶恐不安，也凑过来听，得知一丁还找外公外婆筹措了五十万，汪小芸叫道："这是老两口一生的积蓄，养老的钱啊。"

老叶对着话筒吼道："这臭小子，没说干什么？"

"一丁，要进军房地产。"

老叶放下电话，沉默无语，他搞不明白，一丁怎么忽然要涉足房地产，隔行如隔山，这道理一丁难道不懂吗？肯定是被人忽悠，想发家致富。

老叶真想教训儿子一顿，可鞭长莫及。

汪小芸知道他在想啥，递上一杯热开水，劝道："儿大不由人，随他折腾去吧。"

"可他不该动外公外婆养老的钱。"老叶接过杯子愤愤不平地说。

汪小芸坐下来说："我倒觉得，一丁这孩子有闯劲儿。"

老叶转过身来，迟疑地问："你又看好一丁，要卖房子啦？我不同意。"

汪小芸狡黠地一笑："我没说要卖房产，你莫画个圈圈，让我往里钻。"

老叶摆摆手，叹口气道："莫扯这些没用的，还是想办法，给一丁泼点儿冷水，让他清醒些。"

"干吗非得泼冷水？你以前不是搞过房地产开发，正好你们交流交流。"

老叶哭笑不得："我以前只是盖房子，学的也是建筑。哪里会炒地皮、搞销售……"

老叶在屋里来回踱步，内心却如火焚烧。儿子的脾气，做父亲的最清楚，一旦一丁做出了决定，九头牛也拉不回来。看来老爸、干妈是无力回天，汪小芸也只能干着急。要是方秋实还在，时常敲打一丁，一丁绝不会这么鲁莽。只要方秋实一开口，于情于理，无论哪方面，都准能降服一丁。可惜啊，可惜……

汪小芸猛拍桌子："还打起灯笼火把四处找人，眼皮子底下就有一个现成的。"

看着老叶疑惑不解的样子，汪小芸忍不住笑出声："你那个同学小皮球，拄起拐杖都往房地产开发公司跑，肯定懂得多，请他劝一丁，再合适不过了。"

老叶大喜过望，连连点头："怎么把这个专家忘了，硬是气糊涂了，哈哈……"

老叶当即就给小皮球打电话，邀请他上山小聚，说有重要的事向他讨教。

小皮球丈二和尚——摸不着头脑，还是爽快地答应明天一早上山。老叶顺便把徐老太也请来了。

第二天上午，徐老太、小皮球先后到达近月山庄。老叶将二位迎进了二楼的娱乐室，汪小芸安排好前台事宜后也赶来，四人围着麻将桌坐下。

老叶顾不上寒暄，就向老同学倾诉自己近日的烦恼。汪小芸在一旁默默地织毛衣。

徐老太昨天就知晓老叶的态度，她坐在老叶对面，一边漫不经心地嗑着瓜子，一边注视着汪小芸、小皮球的表情，琢磨着如何开导老叶。她猜想，老叶请小皮球上山，肯定是请他出面劝说一丁知难而退。

小皮球则端着茶碗，慢悠悠地品茶。

老叶絮絮叨叨地讲完，望着两位老同学。二人却低头不语。

汪小芸停下手中的毛线活儿，对二位说道："你们都是老叶的老朋友，又是房地产专家，请二位上山来，就是要听听你们的意见。这房地产，究竟进，还是不进？"

徐老太听出老叶夫妇的态度不一致，她看了看小皮球，小皮球仍低头品茶。徐老太想了想，只好先开口："一丁要转向，那是他的事，你们两个在这里干着急，犯得上吗？我看啊，你们两人应该统一思想，是支持，还是反对，要趁早决定。再说一丁转向，未必是坏事……"徐老太洋洋洒洒地说了一大通，让人不得要领。

"你借钱给一丁了吗？"汪小芸站起来问道。

徐老太圆滑地答道："尚在考虑中，主要是想听听专家的意见。"

三人的目光聚焦在小皮球身上，小皮球慢条斯理地放下茶杯："我虽然盖了一辈子的房子，在房地产业打拼了十多年，但不敢自称专家。"

听了老叶的肺腑之言后，小皮球的心中有底了。他当然知道老叶的坎坷经历，也知道一丁是他的独苗，才刚过上稳定的小康生活，就想掏出老本去折腾，还要拉上三亲六戚来为他担惊受怕。老叶是怕万一有个闪失，闹个血本无归。

小皮球调整了下坐姿侃侃而谈："盖房子与房地产是两个不同的概念。不要以为房地产就是盖房子、卖房子、大把大把地数票子，这中间的名堂多得很。有些人发了，换车换房换老婆。有些人栽了，输个精光不说，还欠一

屁股的债，成了众人嘲笑的过街老鼠丧家犬。"

"利润越大，风险越大。"徐老太嗑着瓜子补充道。

汪小芸越听越有兴致，不觉放下毛衣，对小皮球说："你说明白嘛，到底是进，还是不进？"

小皮球笑而不语，汪小芸再三催促，小皮球才开口："这个，进与不进，要看老叶的决策。你说进，我就去助一丁一臂之力；你说不进，我去游说一丁，让他知难而退……"

老叶大为感动，拱手道："知我者，小皮球也。"说罢以茶相敬。

徐老太笑道："果然是房地产专家，语出不凡。看来你在这块儿是八面玲珑、左右逢源、进退自如了。"

"我怎么听不明白……"汪小芸放下毛衣问道，"到底该进还是不该进呢？"

小皮球也笑了，他把玩着手杖说："这样跟你说吧，任何人都可以进去，但不能保证每一个人都能赚到钱。就像当年股市最火爆的时候，连股市门前卖饮料的老太婆也持有股票。结果呢……"

在笑声中，老叶坦诚地说："一丁只能吃补药，不能吃泻药。好不容易积攒的一点家底，万一亏损了，喝西北风吗？"

汪小芸抿嘴浅笑，心里说，如果一丁真有这胆量，我把房子卖了，也要让他去拼搏。

"你这当爹的，这么保守，也不怕误了一丁的财路。"徐老太取笑道。

汪小芸无心说笑，她知道一丁是个犟脾气，再三追问，小皮球却拍着胸膛说："你莫问这么多，三天之后，必有佳音。中午要喝好酒哟。"

中午，老叶果真拿出一瓶五粮液款待小皮球，临走时，又给二位摘了两大包菜园里的时鲜蔬菜。

第三天傍晚，一丁打来电话，说今后一心搞餐饮，请二老放心，再不好高骛远了。

老叶听着儿子的话语，内心一阵窃喜，胸口悬着的石头总算落地。他含含糊糊地应道："好，好，很好。"

汪小芸在一旁听得一清二楚，她好生奇怪，这个貌不惊人的小皮球，用的什么锦囊妙计把一丁降住了，却又不好意思向一丁盘根问底。

老叶快活地说："炒两个菜，喝两杯。"

席间，汪小芸问道："那小皮球搞房地产，赚了不少钱吧？为什么反而劝一丁莫进去呢？"

"那是照我的意思办的。"老叶兴奋地继续说，"小皮球不辱使命。"

老叶脸上泛着红光，幸福地微笑着。同学情谊在老叶心中荡漾。他知道，若要让小皮球助一丁一臂之力，小皮球定然会满口答应的。

过了很久之后，汪小芸才知道，说服一丁回心转意的，最关键的人物，还是一丁旳大徒弟小张。

·04·

正当一丁焦头烂额之时，小皮球出现在他的餐馆里。小皮球找了个座位坐下，对服务员说："我要见叶老板。"

"老板不在。"

"那你去把叶老板找回来。"小皮球喧宾夺主，霸气十足。

服务员无奈，叫来大堂经理。经理不敢怠慢，一边叫人上果盘茶水，一边给叶老板打电话。半小时后，一丁匆匆赶回。

见到一丁，小皮球掏出一张名片递给他："是你爸爸特意叫我来看看你的。"

一丁接过名片低头一瞧，名片上赫然印着：建筑工程师，四海房地产有限公司总经理郑中和。

一丁大喜过望，以为是老爸请郑叔叔来帮助自己的，热情地拉着小皮球的手说："郑叔叔大驾光临，一丁有失远迎，罪过，罪过。"

一丁把小皮球请到包房，经理亲自端来几盘凉菜和一瓶五粮液。

酒过三巡，一丁道："郑叔叔，您在房地产行业是老前辈，请多多指教小侄。"

小皮球摆出长者的架势，微微点头。其实那张名片早已过时，因为他早已退休，有意找出来，就是要镇住一丁，在气势上压住一丁。

他放下酒杯，吃了两口凉菜说："味道不错。"

一丁又敬了他一杯。

"这地段不错，将来还会增值。"小皮球漫不经心地说，"来吃饭的人不少，到了晚上生意还要更好吧？"

不待一丁回答，小皮球继续说："这装修也不错，够档次。你一天能挣不少钱吧？"小皮球把"钱"字说得特别重。

一丁给小皮球夹了片猪耳朵，亲切地说："郑叔叔，我想拜您为师。"说罢一丁就要行拜师大礼。

小皮球把拐杖一拄，喝道："莫急。"他站起来来回踱步，"今天来，是受你爸爸之托，主要是想了解你有啥子想法。"

"那太好了。"一丁激动地说。他将自己渴望进入房地产这个圈子的愿望和盘托出，希望郑叔叔能拉他一把。

"房地产这个圈子太大了，我说的不是人际关系，而是它的门类太多。"小皮球冷冷地看着一丁说，"不知道，你具体想干什么？"

一丁一下子蒙了，他确实没有想清楚，跨进这个圈子，第一步该干什么？

这时，三个热菜、一个汤被端上桌。小皮球叫服务员别上菜了，舀了饭自个儿吃起来，又见一丁傻乎乎地坐在那里，又说道："那你筹集到多少资金了？"

"不到两百万。"

小皮球埋头吃饭："有项目吗？"

"没有。"

小皮球抬头盯着一丁："有合作伙伴吗？"

一丁再次难为情地摇头。小皮球看着他的窘态，相信一丁没有说谎。小皮球放下心来，一切还在原点，离真刀真枪干，还有十万八千里。该怎样说服一丁悬崖勒马呢？哈哈，一丁是个聪明人，只需点到为止。

小皮球仍然慢条斯理地吃饭，不停地夸一丁。菜的味道不错，汤的搭配有特色，搞得一丁丈二和尚摸不着头脑。

小皮球吃完饭，拄着拐杖要走。一丁留他喝茶，小皮球推说有事。一丁恳求赐教，小皮球故作思考地说："扬长避短，是人生处世最大的诀窍。"

见一丁还呆站在那里，小皮球走上两步，拍拍一丁的肩头语重心长地说："你要记住，无论选择任何职业，不要超出你的认知范围。"

小皮球拄着拐杖走出餐馆，内心颇为自信。可以向老叶交差了，一丁必然会知难而退，乖乖地重操旧业。

一丁从窗口望着远去的小皮球，心里茫然。桌上还有小半瓶五粮液，一丁抓起酒瓶给自己倒了一大杯。机灵的服务员又端来几盘对他胃口的凉菜，几杯冷酒下肚，酒瓶已经底朝天了，一丁大喝一声："拿酒来！"

大堂经理不敢怠慢，亲自送来一瓶五粮液，见老板独自一人，且已醉了，就委婉地说："老板，下午还要去培训学校。"

一丁把眼一瞪，瓮声瓮气地说："开酒。"

大堂经理无奈，只好开了酒瓶，为老板斟上。他不明白，老板为何独自喝闷酒，但不便过问，也不好阻拦，就陪一丁喝了一杯，退了出来。

"我治不了你，有人治得了你。"大堂经理悄悄拨通了电话。

正在培训学校的小张，接到电话就心急火燎地往餐馆赶来。二人虽已各自成婚，但情感上仍有许多剪不断、理还乱的纠葛。好在两人心底坦荡，并没有因婚恋失败而成为仇人，是货真价实的师徒关系，又是餐饮培训学校的合作伙伴，一切交往堂堂正正。

前不久，一丁跟她谈过投资房地产的事，并向她借钱，遭到小张的嘲讽："你脑壳被门夹啦，干得好好的，转啥子向？万元以内，可以考虑。多了没有！"气得一丁直跺脚。

小张跨进包房，见一丁还在独斟自酌，心里顿时酸楚。相识这么多年，小张头次见师傅这么狼狈，于是转身找到大堂经理，听其讲了大致经过后，心里才有数。小张叫经理去休息，自己走到桌边，拉了把椅子坐下："是哪位老总这么厉害？让叶老板丢魂失魄。"

一丁见小张来了，也不言语，就给她倒酒。小张敲敲桌面毫无表情地说："上班时间不得喝酒。这是谁规定的？"

一丁被问住了，这条规定，正是一丁定的。他无言以对，只好笑笑。

大堂经理在门外偷着乐，他赶紧端上一壶香茶进来，替二位斟好茶，偷偷给小张使了个眼色后，便轻轻地退了出来。

一丁见到小张，已清醒了不少，几杯热茶下肚，头脑也活泛了。他和小张虽是师徒关系，但在行为处事方面，是朋友。他从不拿师傅的派头压小张，更多的时候，他视小张为好朋友。有许多心里话，对父母、老婆都羞于启齿的，他乐于向小张倾诉。小张也能从女性的角度为他指点迷津。

小张听完一丁的抱怨，不觉扬起眉毛："你爸给推荐的郑总，人家却不愿意提携你。说明什么问题？你不认真反省，反倒去抱怨人家。"

一丁冷眼看着小张，心中的火气小了许多。他甚至怀疑老爸的动机，就是要找个业内大佬来挑刺泼冷水。

小张努力使自己平静下来，温和地说："郑总说得对。你一没资金，二没项目，三没合作伙伴。怎么在这个圈子里混？猪脑壳都想得明白。"

一丁沉默了，尽管他还有些不服气。

小张挪动椅子，靠近一丁说："郑总一再夸你菜做得好，汤炖得好，餐馆装修得好，地段好。啥意思？这才是你的长处，才是你的正道。"

一丁搔搔头皮默不作声。

小张暗暗佩服，老爷子这一招高明，不显山不露水，就把一丁治住了。她见火候已到，就缓缓且有力地说："听我一句劝，暂时放下你的雄心壮志。做好自己的正事，积累资金。多交房地产圈子的朋友，瞅准机会，拼搏一次。"

一丁仰头笑了，心里的阴霾一扫而光。

"你放心，到时候，我会助你一臂之力的。"小张真诚地说。

一丁激情振奋，抬起手来，两人重重地击掌。

· 05 ·

一天早上，老叶接到一丁外公的电话，丁老爷子忧郁且沙哑地说道："小叶啊，你有空吗？能来一趟吗？家里有急事，想和你商量一下。"

老叶心里一颤，连声答应。待要细究，丁老爷子已挂了电话。

老叶心里沉甸甸的，他低头琢磨起来：二老年纪大了，腿脚不便，难道家中有啥重体力活儿？还是年关将近，二老有什么安排？

老叶踱步，摇头。他猛然想起前段时间，一丁这小子在外公外婆那里借了五十万，据一丁说，已经归还了。肯定是这事，这可是老两口的养老钱啊。若有什么闪失，看我怎么收拾一丁这小子。

老叶想起当年的承诺深感惭愧，这么多年了，自己为岳父岳母做了些啥？反倒让一丁向外公外婆伸手。

老叶决定立马驾车前往丁家。他找到正在前台忙碌的汪小芸，只说有事，要去一丁外公家一趟。

汪小芸抬头见老叶神情凝重，面带愠色，不知道发生了什么事，但见老叶沉默不语，自己也不便多问，就说："去吧，有事打电话。"

望着老叶远去的背影，汪小芸很想一道去。她见过两位老人一面，是老叶扯证前主动带她去的，对他们有很好的印象。汪小芸当然明白老叶的深意，但是，前台的活儿丢不开，上午还有几个预约的客人，没人接待可不行。

汪小芸追到庄园门口，才叫住老叶。老叶摇下车窗，以为汪小芸也要去。

汪小芸扶着车窗，微微喘气挥挥手："老人家难得开口，多带点现金。"

老叶感动地点点头，心里说，有这么贤惠的老婆，何愁山庄不兴旺？

老叶一路狂奔，脑海里一直萦绕着两位老人的身影。他忽然想到工会主席老赵年初不幸中风，老伴又在两年前去世了，如今一双儿女均在国外，好在及时发现，抢救及时，捡回了一条命，可出院后，却没人护理。厂里万般无奈，只好将老赵送进养老院。

老叶不免心寒，似乎觉得应该为老赵做点儿什么，却无处下手。老赵毕竟是自己人生中的贵人，知恩图报是做人的常理。

老叶在楼下停好车，岳父岳母已到楼下迎接。见老两口手脚利索，精神矍铄，老叶略略宽心。

翁婿俩在客厅里坐下，客厅有些零乱，好些东西都已打包。老叶问道："这是怎么啦？"

丁老爷子似笑非笑，慢吞吞地说："房子卖了，过几天就要交房了。"

老叶大吃一惊："那你们以后住哪里？"

岳母端来茶水，淡淡地说："能去哪儿，养老院呗。"

"那不行。"老叶果断地说，"家里还有一丁，还有我嘛。"

丁老爷子看了看女婿一眼，默默地点上一支烟，平静地说："这些家具，看得上的，自个儿来拉。"

老叶感慨万千，竟一时无语。岳母坐在他身旁，道出了卖房子的原委。

原来老两口感觉岁数大了，手脚越来越不听使唤，决定把房子卖了住到养老院去。卖房的钱，给女婿十万，给外孙二十万。

老叶听罢，百感交集，但房子已经卖了，无法挽回，即使能收回房产，老两口独处一方，确有诸多不便。他诚恳地说："不如到我家去，我俩开了家农家乐，有的是房间。"

老两口愣住了，相互看了眼，又一起看着叶世全。

"我是认真的。"老叶坦诚地说，"怡然虽然走了，但我叶世全永远是你们的女婿。再说，不是还有外孙一丁吗？"

丁老爷子低头默默地吸烟，这女婿信得过，但他现在的媳妇呢？虽说见过一面，印象还不错，可是知人知面难知心。相处久了，难免会有矛盾，到时候小叶夹在中间挺尴尬的。

岳母拉着老叶的手说："我晓得你们两人开了家农家乐。听一丁说，整个山庄都是你媳妇的。"

老叶点头，重复道："你们放心，我说话是算数的。"

岳母嘴角动了动却没说出话来。老叶急了，慌不择言："爸妈，你们没有把我当外人，我怎么能撇下二老不管呢，我还是人吗？"

丁老爷子摁灭烟头，装出若无其事的样子，漫不经心地说："你当得了你媳妇的家？"

老叶不假思索，拍拍胸脯说："这点小事，不是问题。"

"这可不是小事。"岳母小声说。

丁老爷子笑笑："小叶，你还是先打个电话问问吧。"

老叶摆摆手，连声说用不着。汪小芸勤俭、善良，有同情心，老叶自信地摸摸嘴角，他相信，老婆一定会举双手赞成的。

老叶一边喝茶，一边给二老介绍汪小芸的情况，讲述近月山庄的趣事。

丁老爷子听得乐呵呵的，但岳母仍顾虑重重。

老叶看透了二位老人的心思，就说："我看这样吧，反正交房还有十多天，先去我那儿住几天，不习惯，回来就是。"

丁老爷子扔掉烟头，点头称是。岳母欣然同意。

老叶欣慰地站起来，准备动手搬行李。

岳母拦住他："慌什么，再忙，也得吃饭啊。"

原来老两口早为女婿备好了好吃好喝的。老叶想到厨房帮个忙，被岳母堵在门外，岳母说："去陪老丁喝茶，这里没你啥事。"

很快就开饭了，三人边吃边聊，自然就谈到了一丁。

"一丁这孩子，长变了，有志气。"岳母提到一丁，满是皱纹的脸上绽放着笑容，连声音也变得柔和起来，微胖的身体充满了活力。

一丁上次来外婆家，提着水果和保健品，转弯抹角地提出要借点钱。

"要多少？"丁老爷子问道。

一丁吞吞吐吐地说："就，就五十万吧。"他不敢说太多，怕把外公外婆吓着了。

没想到，二老二话不说，带上存折就去了银行。营业员见两位耄耋老人取这么多现金，好心提醒二位，小心上当受骗。

丁老爷子理直气壮地说："给我孙娃子的，上什么当？"

老叶听后，以茶代酒，敬了丁老爷子一杯，说道："你们这样，太惯着一丁啦。"

"一丁说，是去投资房地产。"岳母情不自禁地说。

"万一亏了呢？"老叶仍忧心忡忡地说，"二老将会血本无归。"

丁老爷子指着老叶说："你也老了，没有当年的拼搏劲儿啦。"

"亏就亏呗。"岳母淡定地说，就像逛地摊市场那么从容、淡定。

席间，翁婿二人就是否支持一丁转向的问题上，争得不可开交，都没有去探讨一丁的餐饮业做得蒸蒸日上，为何突然转向房地产，又突然回心转意，老老实实做他的餐饮。

原来，一丁开的这家餐馆，地处城乡接合部，这个地段小区多，在建的楼盘也多，常有建筑老板及业内人士在一丁的餐馆里聚餐议事。一来二往，一丁渐渐与这帮老板混熟了。

这些老板腰缠万贯，来这里用餐，一坐就是两三桌，点菜从不手软。一丁从老板们的谈话中，了解到业内的许多秘密——转卖一块地皮，可获利三四百万；建一栋高层楼盘，能赚三百万；销售一个小区楼盘，也能净赚两百万。

渐渐地，一丁的内心不平衡了，觉得这些老板轻轻松松挣大钱，出入高档场所，购买高档商品，就好像普通人家买小菜一样，而自己经营的餐馆和培训学校，辛辛苦苦一个月，还不及人家的零头。

一丁向老婆谈及此事。小王一听，立刻拍手赞成，并说："老公，我支持你。若需要钱，我马上回娘家筹款。"

小王一反常态的全力支持，让一丁颇为意外。他疑惑地端详着妻子，仿佛不认识似的。妻子抚摸着一丁的肩膀柔情地说："老公，你太棒了，太有眼光了。你放心，我永远是你坚强的后盾。"

其实小王的想法很简单，搞房地产好，离开餐饮业，离开小张，比什么都好。至于去经营房地产还是干别的，前景如何、能否赚钱，她压根儿就不在乎。

老婆轻率的表态，助长了一丁的狂热。他频繁地接触建筑老板、开发商、承包商。经过一个月的调研，一个老板告诉他：你没有一千万，别想在这个圈子里混。于是，筹款成了一丁的头等大事。

一千万，对一丁来说，已经是天文数字了。但他不死心，成天谋划着如何筹款。家里存款百把万，把培训学校和餐馆盘出去，也有百十来万。汪小芸的近月山庄卖个六七百万，再设法借过来，就差不多了。万万没想到，自己却在近月山庄碰了个软钉子，老爸的反对、汪阿姨的态度模棱两可，叫人捉摸不透。还好外公外婆这里，给了自己五十万。

一丁有了希望，可老婆却只从娘家拿回十万元这事，让一丁一筹莫展。他只好厚着脸皮去找干妈、徒弟等借钱，却迟迟得不到明确答复。

第十五章 ☾

· 01 ·

老叶带着岳父岳母一家人收拾行装，准备出发。邻居来看热闹，丁老爷子只说："到女婿家小住几天。"

车到半路，老叶才给汪小芸打了电话。

汪小芸接到电话，没有说啥，立刻动手收拾底楼的房间，心里却掠过一丝不快。为啥走到半路才告诉我，怕我不同意？你也太小瞧人了，孝敬长辈这个道理谁不懂。看你回来，老娘怎么收拾你。

转念一想，老两口来小住几天，看看女婿，看看孙子，也是人之常情。老叶常念叨，一丁的外公外婆是非常善良的人。

收拾好房间，汪小芸吩咐厨房做几道适合老年人的菜。

黄昏时分，老叶的车才回来，他将二位老人迎进房间。岳母见到崭新的床单和厚实的被褥，满意地笑了。她偷偷打量汪小芸，见她没说什么，自个儿的心才踏实了。丁老爷子见房间宽敞、窗明几净，还有卫生间，两人住挺合适。他见老伴笑得合不拢嘴，心里如释重负。

老叶到车上搬行李，大包小包实在太多，好在几个住店的游客也来帮忙。有人打趣说："这么多行李，要长住吗？"

这话让旁边的汪小芸听到了，她灵机一动："可以长住，价格还可以优惠哟。"

晚上开饭时，丁老爷子见满桌菜挺对胃口，桌上还有瓶酒，感觉特别温馨。岳母夸赞："这里环境不错，饭菜又可口。"

"来了就别走了。"汪小芸快人快语，"一丁也会常回来看望你们老人家的。"

就这样，老两口在近月山庄住下了。早晚有人侍候，没事儿就在花园里走走，老两口也是闲不住的人，常跟老叶到花园、菜地里干些杂活儿。

一天，丁老爷子说："我想跟老赵说说话。"

汪小芸就叫老叶开车去养老院，把老赵接到近月山庄。

老朋友见面，自然有说不完的话。能把酒言欢，更是难得。老赵住了一晚，感觉这近月山庄不错，还有老朋友相伴，当即提出："我也要住这里，该收多少，我交多少，绝不少你一个子儿。"

"欢迎，欢迎。"汪小芸忙说。

老叶拉着老赵的手说："您喜欢这里，尽管住。我怎么能收您老人家的钱呢？"

老赵晃着满头的白发说："不收二老的钱，这是对的。我嘛，这点钱还是付得起的。"

老两口责怪老赵不会说话。丁老爷子扯着嗓子说："哪个说我不交钱？亲兄弟，明算账，人家这是做生意。"

老丈人这话，让老叶面红耳赤，他连忙说："你们放心住，没有这个意思。"

汪小芸在一旁笑盈盈的，没说话，心里却打着如意算盘。那天给老两口收拾房间时，就萌发了办养老院的意愿。因为曾有游客咨询，老年人能否在近月山庄长住。当时是旺季，没答应。如果老人多了，明年再在南墙边盖一栋小楼，专为老年人服务。

就这样，来往的游客见多了几位长住的老人，或惊或喜，纷纷打探行情。有游客提出，愿把老人送来。汪小芸来者不拒，一月之内又来了四五个老人。汪小芸又聘了位兼职的保健医生，每周来两次，检查老人的健康状况。瞬间，养老院就像模像样了。

老叶当初以为汪小芸只是说说而已，并没有当回事儿。见她连续收下几个老人，老叶才晓得她早有预谋。

老叶把汪小芸拉到僻静处，低声喝道："你想钱想疯了，连我岳父岳母和老赵的钱也要收。"

"我没说要收你岳父岳母的钱，也没收老赵的钱啊。"汪小芸辩解道，摆出一脸无辜的样子。

"这不是明摆着的吗？"老叶冷笑道，"你收了别人的钱，岂不是变相催促老赵交钱吗？"

"你，真是矮子心多。"汪小芸嘲笑道，"我也想把三叔、幺叔接上来。

你收不收钱？"

老叶沉默，一时找不到话说。汪小芸振振有词："他们交钱，我就收。不交，我也不催。这就是我的原则。"

汪小芸趁机把老叶数落了一番："你傻呀，房间空着也是空着，这样多少还能挣几个钱。再说，他们是缺钱的人吗？到哪家养老院不交钱？"

老叶反问道："旅游旺季到了，房间不够怎么办？"

汪小芸指着南墙边说："活人还能让尿憋死。在这边修建一栋三层小楼，专供老人居住。"

老叶心中暗叹，老伴真是干大事的，这把年龄了，还雄心勃勃。

一天下午，村主任披着大衣来到近月山庄，没见到老叶夫妇，他就拖了把椅子坐在前台的大门口，吸着烟晒太阳。冬日的阳光照着村主任懒洋洋的身子，听到花园有说话声，抬头一瞅，见是几个大爷在散步。

村主任再看看老叶夫妇的房门，依然紧闭着，不觉嘀咕："有点钱就不得了。睡啥子午觉嘛，臭毛病真多。"

要是往日，村主任早就大呼小叫了，但他今天有求于人，也不能太放肆。自从上次半夜惊魂之后，村主任对近月山庄有了更新的认识——近月山庄不得了，有后台，连云转山赵老板也没斗过人家。

村主任站起来，伸了个懒腰，故意打了个响亮的喷嚏。

不多时，老叶夫妇的房门开了，汪小芸披衣出门，见是村主任，便开玩笑道："我还以为哪里来的野狗乱叫唤，原来是村主任驾到。"

村主任也不生气，挥手叫汪小芸过来，像有大事的样子。汪小芸不搭理他，径直到前台坐下，佯装看账本。村主任跟着进去后，自己动手倒茶水。

"老板娘，生意越做越大，办养老院，这个主意不错。"村主任说话吞吞吐吐。

汪小芸觉得村主任今天阴阳怪气的，见他提到养老院，不免警惕起来。

"养老院还收人吗？"村主任问。

"收啊。"汪小芸笑道，"村主任要来享清福吗？"

村主任脸色骤变，扯起嗓门说："我有儿有女，进啥子养老院。"

"那你来干啥？"汪小芸不耐烦地问。

村主任解释说，村里有三个五保户无儿无女，想送到养老院来。

江小芸听明白了村主任的意思，却佯装不懂，一本正经地说："欢迎，欢迎。随时可以入住。不过嘛，按照规定，先交费，后入住。"

村主任装出一副可怜相哀求道："村里穷啊，老板娘，你就做做好事吧。"

村主任一边说，一边朝老叶住的房间张望。汪小芸冷笑道："你莫东张西望的，哪个来都没用。今天，老娘说了算。"

村主任低下头，眼珠一转，计上心来，笑呵呵地说："我划块地给你，怎么样？"

"划块地？在哪里？"

村主任想了想说："后山，三道拐上面那一坡全给你。"

汪小芸知道那是片不毛之地，她一拍桌子："我是去植树呢，还是去种草？"

"真没地了。"村主任又叫起苦来。

汪小芸不理村主任，埋头干自己的事，村主任无计可施，仍死皮赖脸地不肯离去。这时，老叶进来了，对村主任笑笑："哟，检查工作……"

村主任忙走到老叶身边，将事情又讲了一遍。老叶其实在外边就听明白了，他故作思考地说："好啊，什么时候把三位老人送来？"

村主任喜出望外，没想到叶老板如此爽快，忙一个劲儿道谢。汪小芸睁大眼睛欲反对，被老叶用眼神制止住了。

老叶对欲告辞的村主任慢条斯理地说："忙啥子，记住哦，送人来时，把相关资料带来。"

村主任一怔，问道："还要啥子资料？"

老叶放下茶杯说："虽说是五保户，他总有房屋、宅基地，还有责任地、自留地嘛。还有上级每年补助多少，村里每年补助多少，统统写清楚。"

村主任顿时神色暗淡，旋即满脸堆笑："好说，好说，我回去就办，开个村委会研究一下。"

从此，村主任再没提到此事。

·02·

天近黄昏，汪老二来到近月山庄，还带来了陈新梅。

汪老二在外地打工，得知近月山庄遭人暗算，连忙马不停蹄地赶回来。汪小芸告诉他，幸亏有陈新梅通风报信，一丁多方斡旋，近月山庄才化险为夷。

汪老二听得一惊一乍，仿佛在听惊心动魄的评书。汪老二脑海里浮现出陈新梅的形象，酗酒、赌博……

"没想到吧？"汪小芸含蓄地一笑，"我也没想到。新梅真是有情有义。"

汪老二脸有愧色，想起近月山庄开业时，自己擅自做主，在邀请嘉宾名单中删去陈新梅，不觉自言自语："海水不可斗量，人不可貌相。"

于是，这次汪老二回小镇，正好遇见陈新梅，就诚恳地邀请她到近月山庄做客。

老叶见到陈新梅，更是另眼相看。让座、上茶，还从丁老爷子那里拿来整盒香烟，塞到陈新梅手里。陈新梅反倒有些局促。

汪小芸闻讯就丢下手上的活儿，快步走到陈新梅面前，一把拉起陈新梅："走，到花园去。别听他瞎扯。"

两人来到葡萄架下，紧挨着坐下。汪小芸握着陈新梅的手，正想说几句感谢的话。没想到陈新梅反客为主，抢先说道："小芸，你不得了，仅这庄园就价值七八百万。"

见汪小芸一脸的迷茫，陈新梅拍着汪小芸的手背得意地说："别装糊涂了，现在办起了养老院，对吧？一路上，汪老二全告诉我啦。"

汪小芸点头笑笑，心里却骂道，这个汪老二，一点都包不住话。

汪小芸哪里知道，陈新梅回小镇办理库区移民复审，完事后正在公路上寻找回县城的车，就撞上了汪老二的车。往日汪老二见到陈新梅，总是阴阳怪气地横挑鼻子竖挑眼，今天却格外亲切。陈新梅自然心知肚明。她一算，正好有时间，就提出明晨汪老二得送她下山。汪老二满口答应。一路上，两人有说有笑，陈新梅略施手段，汪老二就一五一十地全说了。

"你现在怎么样？"汪小芸关切的话语打破了短暂的沉默。

陈新梅把脸扭转一侧，低沉地说："还不是老样子。"

其实，这几个月，陈新梅一直在县城里打工。最初几个岗位，陈新梅都不满意，不断地跳槽。有一天，陈新梅无意间来到一家房产中介公司。老板见是女流之辈，且年龄偏大，就将她拒之门外。

陈新梅笑嘻嘻地对老板说："你莫门缝里看人——把人看扁了。我只干三天，如果挂白牌，我分文不要，自己走人。"

老板略微考虑，点头同意。陈新梅盯着老板说："那我拿到单子，你给我多少提成？"

老板满口答应："给你 20%。"嘴上这么说，心里却想：这段时间房价涨得过快，业务不好做。你一个新手，能拿到单子？权当哄你开心罢了。

陈新梅也不多言语，先到办公室摸准房源的真实情况，胸有成竹地走出办公室。说来也怪，才三天，陈新梅凭她三寸不烂之舌，轻松拿下两单，气得那几个老业务员哇哇直叫。

老板大喜，当场拍板将陈新梅收在麾下。基本工资加提成，陈新梅一月收入上万元。从此，她就干上了这个行业。

包包里有钱了，陈新梅身边又有了姊妹伙。下班后，不是下馆子，就是进舞厅。这天，陈新梅在歌厅包房里无意间得知有个叫冉光辉的家伙，受人指使要去近月山庄闹事。陈新梅左思右想，还是偷偷给汪小芸打了个电话。

但陈新梅不愿提报信的事，更不想谈自己的近况，就转移了话题。

"我哥，最近找了个老伴，你知道吗？"陈新梅看似无心、轻描淡写地说。

汪小芸面无表情地点点头，儿子早就告诉她了。汪小芸站起来，抚着陈新梅的肩头说："愿他珍惜，好自为之。"

显然，汪小芸也不想聊这个话题。

两人默默地朝观景台走去，此时天色已晚，能见度低，加之山风劲吹，两人只站了一会儿，又回到花园。

汪小芸见陈新梅的防寒服有些旧了，就说："我送你件皮大衣。要吗？"

陈新梅眉头一皱："你送的，怎么会不要？不要白不要。哈哈……"

"是我儿子送的，我还舍不得穿呢。"汪小芸解释道。

"哦，是我侄儿孝敬你的，干吗不要呢？"陈新梅有些不解。

"不合身。"

陈新梅笑着说："那就该我消受啦。"

晚餐时，汪小芸特意将陈新梅叫到丁老爷子一桌，老叶提来一瓶好酒。汪老二见了，也过来凑热闹。老赵瞥了丁老爷子一眼，见他也是一脸茫然。

老赵觉得奇怪，眼前这女人抽烟喝酒，说话粗声大气，不拘小节，但老叶夫妇却把她视为座上客，肯定有来头。

酒过三巡，汪老二悄悄给丁老爷子、老赵讲了是因为陈新梅冒险报信，方使近月山庄躲过一劫。二人大为感动，也站起来向陈新梅敬酒。

陈新梅笑道："别听他胡扯。我与小芸是同学。举手之劳，不足挂齿。"

陈新梅抓起酒瓶，为自己倒上满满一杯，逐一向老丁夫妇、老赵敬酒。陈新梅仰头一饮而尽，一连喝了三大杯，又敬了老叶夫妇。轮到汪老二了，陈新梅叫道："你没这个资格。"

二人争执不休，最后划拳定胜负。汪老二连输五拳，只剩下低头吃菜的份。

陈新梅亦是满脸红霞飞。她见这里环境优雅、伙食不错，更有闺密相伴，就对汪小芸说："过几年，我也来这里享清福，欢迎吗？"

汪小芸拉住陈新梅低声说："不是我不欢迎你，只是希望你有更好的归宿。"

陈新梅朗声笑道："好啊，到时拉个伴一块儿来。"

汪小芸惊喜地拉着她："处上了？"

两人交头接耳，窃窃私语，时而发出嘻嘻哈哈的笑声。老赵大声说："啥好事？说出来，让大家都高兴高兴。"

老叶忙拉着丁老爷子、老赵、汪老二三人喝酒，说别管女人家的事，我们自个儿喝。岳母放下筷子，沉稳地说："瞧她那眉开眼笑的模样，准是找到了姑爷。不信你去问问。"

· 03 ·

晚上，汪小芸来到陈新梅的房间，这是特地为她收拾的三楼的单间。陈新梅正倚窗看夜景。汪小芸说："夜里风大，小心着凉。"

陈新梅关上窗转身过来，见汪小芸抱着件皮大衣，就说："你真拿来了，我试一试。"

这件皮大衣像是为陈新梅量身定制的，不长不短，不肥不瘦。陈新梅很惬意地摆了几个姿势，让汪小芸拍照，然后反复欣赏这几张照片。

这款式是今年流行的新款，大商场橱窗里的模特儿穿的正是这款皮大衣。她每天都要从橱窗前经过，总会朝皮大衣瞅上几眼。

没想到朝思暮想的真皮大衣就在自己身上！陈新梅心里只想着明天在姐妹们前边一亮相，准是喝彩声不绝、掌声不断。

陈新梅猛然想到，我那侄子一向稳重，办事周全，给自己亲娘买这么昂贵的皮大衣还会出差错？这肯定是小芸的托词，怕伤了自己的面子。

陈新梅想到这里，就脱下皮大衣，叫汪小芸也试试。汪小芸笑着说："试过了，穿着太紧，浑身不舒服。"

陈新梅知道她在撒谎，问道："你知道这皮大衣的价格吗？"

汪小芸迟疑了一下，真挚地说："别管它值多少钱，谁合适，就归谁。新梅，你怎么变得婆婆妈妈的？"

陈新梅鼻子一酸，多少恩怨涌上心头。她颤抖地说："谢谢你，小芸。"

"谢我干啥？我和老叶才应该向你说声谢谢。"汪小芸话未说完，陈新梅已扑到她怀里，姐妹俩哭得像个泪人。

过了许久，汪小芸才把陈新梅劝到床上，两人并肩坐在床头，电热毯开着，盖上厚厚的被褥，彼此都感到很温馨。聊着聊着，就谈到陈新梅当前的工作。陈新梅眉飞色舞："我耍耍嘴皮子，一个月，轻轻松松挣一两万……"

汪小芸听她这么说，心里不免嘀咕，房地产这么赚钱，怪不得一丁削尖脑壳往房地产行业钻。老叶这人也是，干吗挡儿子的财路呢？

陈新梅见汪小芸不吭声，以为她不相信，就说："我这人从不冒大话。"

"相信，相信。"汪小芸应声答道，她沉默片刻又说，"我的意思是，既然这行业能赚钱，你又这么能干，为何不自己干？大干一场。"

陈新梅哑然失笑，用脚踢了汪小芸一脚，感慨地说："你以为老板这么好当？开公司得有本钱，找门面，雇员工，打广告，样样都要钱。当然，你这个老板除外。庄园是自己的，厨师是不花钱的。天底下的好事，让你占全了。我呀，没得你这样的命。"

"你可以找个有实力的，合伙干嘛。"汪小芸点拨道。

陈新梅摇摇头，缓缓地说："你不晓得这里面的水有多深。再说，这几年，确实好赚钱。可谁能保证今后都赚钱？"

两人都默默无语，陈新梅下了床，点燃一支烟，在屋里踱步："我一个女流之辈，没有你这么大的雄心，也没有你这么大的能力。哪有这么多想法？能赚钱，就干；赚钱少了，就不干。多轻松愉快。"

汪小芸本想就此事与她深度交流一下，为一丁探探路，见陈新梅表明了态度，也就断了念想，不觉打了个哈欠。

陈新梅见状，就笑着说："快回去陪老叶，不然，明天早上老叶准会把我骂得瓜兮兮的。"

第二天早饭后，陈新梅向老叶夫妇辞行，转身却不见了汪老二，陈新梅急着回去上班，就在前台处大吼一声："汪老二。"

见无人应声，她心急如焚地跑到大门口一看，汪老二的车还在，才略略舒了口气。

汪老二这会儿正在花园里，蹲伏着身子修剪盆栽。陈新梅一脚踢在他屁股上，骂道："你昨天说的话，是放屁吗，你是不是个男人？"

汪老二揉着屁股站起来，连声叫唤："哎哟，你真踢呀，哎哟。"他自知理亏，扬起手中的花剪，朝陈新梅笑笑："你看，这里的活儿都堆成山了。要不下午走吧。"

陈新梅双眉一皱、两眼一瞪："不行，马上就走。"

汪老二也生气了，掏出车钥匙得意地说："你不是在驾校混过几天吗，拿去，自己开。"

没想到陈新梅一把夺过车钥匙，朗声说道："你以为我不敢。丑话说在前头，撞烂了不赔，罚单来了你自己去了结。"说罢径直朝汪老二的车走去。

汪老二立马着了慌，这是他新买的二手车，宝贝着呢。他扔下花剪跑过去，赔着笑说："开个玩笑。近月山庄，优质服务。顾客至上，有接有送。"

陈新梅扑哧一声笑出口："哟，汪老二也会打广告了。跟你姐学的吧？"随即把钥匙扔给汪老二。

汪老二嘿嘿傻笑着，他这才注意到陈新梅身上的皮大衣，他打趣道："陈姐，你今天这么漂亮，能迷倒小镇几条街的男人。不在近月山庄照几张照片，真是太可惜了。"

这时，冬日的太阳已经升起，照得花园暖洋洋的，有几个游客正在散步或拍照。陈新梅矜持道："你会照吗？五大三粗的。"

汪老二鼻子一哼，口出狂言："小菜一碟。我是无师自通，自学成才。"

冷不防，旁边过来一人，彬彬有礼地说："美女，我能为你拍几张照吗？"

两人一看，是一位风度翩翩的中年男士，手里拿着相机，肩上挂着好几个长短镜头，背上还有个黑色背包，是一位住在近月山庄的摄影爱好者。

陈新梅蓦然心动，在摄影师的授意下摆了几个姿势，摄影师咔嚓咔嚓拍了十几张，热情地邀二人斟酌。陈新梅很兴奋，就随摄影师到花园里去了。

汪老二懊丧地摇摇头，小声骂道："人家叫声美女，你以为你就是美女。呸！魂都掉了，不回去了？本大爷还不伺候呢。"他回到盆栽前，捡起花剪，默默地干活儿，可还是不时地抬头，朝花园深处张望。

在花园中，陈新梅碰见丁老爷子夫妇还有老赵，大家又分别在各景点合影，这么折腾下来，太阳快当顶了。

陈兴梅游兴未尽，猛然想起与客户有约，只好悻悻离去，找到汪老二，催促他快去开车。汪老二冷笑道："这快几点啦，下山，你请我吃午饭吗？"

这时，汪小芸闻声过来，也劝陈新梅留下，但陈新梅执意要走。三人来到大门口，见有两位客人正发动轿车准备离去。汪小芸招手上前说搭个顺风车，那两位客人欣然同意。

陈新梅上车后，探出头说："小芸，过两天，我把姐妹伙带上山来团年。"

· 04 ·

临近年关，天气愈加寒冷。云转山终日阴云低沉，薄雾缭绕，山风呼号，寒露遍野。山上的农家乐大多歇业了，只有近月山庄仍有客人。能在这个时候上山的，都是有故事的人，因此，汪小芸尽可能地提供最优质的服务，让客人宾至如归。她同时还要照料十来个老人的生活，无疑是近月山庄里最辛苦的人。

这天临近中午，汪小芸坐在前台，百无聊赖地打了个哈欠。

这时，葡萄架下走来两位游客，一男一女，正小声议论着什么。两人都穿着皮大衣，踱步到了前台。汪小芸站起来，见两人都是七十开外的老者，但都精神矍铄，很有气质。她客气地问："二位，是吃饭还是住宿？"

两人交换了一下眼神，男的开口是标准的普通话："先吃饭吧。"女的随口应答，她始终微微带笑，不动声色地打量着汪小芸。

"二位是外地人？"汪小芸也用半生不熟的普通话交流，"是要点菜，还是要套餐？"

女士笑吟吟地打量了汪小芸一番，看了看同行的男士。男士似乎心里有事，站立在那里，也在四处观看。女士上前两步，看了看游客桌上的汤、菜，随口道："就套餐吧，多少钱一份？"

男子原地不动，意味深长地说："有什么特色菜？老板能亲自炒吗？"

"要得，要得。"汪小芸一边安排客人坐下，一边递上菜谱。

男人不看菜谱，说："来两菜一汤，要店里的招牌菜。"

汪小芸到厨房里招呼一声，给客人端上两杯热茶后，退到前台。她仍不时瞅瞅这两位客人，心里琢磨这两人啥来头。

两人吃饭挺斯文，也不多说话。那男子似乎对麻辣鱼颇有兴趣，连动了几筷子，额头上渗出微汗，蹦出一句地道的重庆话："巴适，巴适。"

汪小芸一听，明白对方是重庆人，于是，她就过去套近乎。

不料那女人说："我好像在哪儿见过你，你以前梳两条辫子，对吗？"

汪小芸一下子蒙了，以前自己是扎辫子，但对眼前这个北方老太太一点儿都不熟悉。

老太太摇摇头，也冒出重庆话来："硬是记不起来了。"

汪小芸一听，心想，两人明明都是重庆人，结果说普通话，把我弄得瓜兮兮的，莫不是在外面发达了，回老家来显摆。

汪小芸心里这么想，嘴上却亲切地说："二位是衣锦还乡，还是寻亲访友？"

男人摆摆手说："让你说对了一半，我们此行，还真是来寻亲访友的。"

汪小芸暗中有几分得意，夸口道："要寻人，找我，你算是找对人了。在这云转山，十里八乡，打个电话，分分钟的事……"

两人对视，笑而不语。那位女士沉稳地说："就找近月山庄的老板。"

汪小芸一愣，重新审视了一遍这两位不速之客，觉得他们面善，没有恶意，就说："我就是近月山庄的老板。"她顺手指了指墙上挂着的营业执照。

两人仍是对视一笑："老板，生意不错吧？"男士放下筷子继续说道，

"味道还不错，好久没吃这么辣了。"

汪小芸有些紧张，问道："你们究竟是干什么的？"

"真是来找人的。"女的回答。

"找人好说。"汪小芸道，"先把账结了。"

汪小芸就去数桌上的盘子，道："这三十五，加四十，七十五，再加……"

这时，老叶跨进了大厅。他眼前一亮，这不是大哥、二姐吗？他大步流星地上前，紧紧握住大哥、二姐的手。

"你们怎么来了？咋不先打个电话，我也好准备一下嘛。"老叶几乎哽咽着说完，长长地吁了口气。

被叫作大哥的男子拍拍老叶的肩膀，乐呵呵地说："世全，这不挺好的吗？"

汪小芸在一旁傻了眼。老叶拉着仍在彷徨的汪小芸说："这是我现在的……现在的老伴，汪小芸。"老叶脑海里飞快地筛选词语，既要维护汪小芸，又不能让大哥、二姐心生芥蒂。

"不错，不错，是块做生意的料。只要你们好，一切皆好。"

老叶又对汪小芸说："这是方秋实的大哥、二姐。"

汪小芸如梦初醒，说："不好意思，刚才冒犯了，请大哥、二姐原谅。"

大家都笑了，老叶招呼大家坐下，叫人收拾桌子，吩咐重新炒几个菜来。大哥说刚吃了，老叶说："我们还没吃呢。"

老叶两口子一边吃饭，一边跟大哥、二姐说话。

光阴荏苒，时间倒回秀秀五岁那年。方秋实的大哥、二姐在成都开会，二人虽在同一系统，但不在同一单位，彼此不能通信联系。这种会议兄妹俩遇见实属罕见，会后经领导特批，兄妹俩特地绕道来看望小妹一家。

那时一丁刚上初中。大哥、二姐对小妹的家庭状况虽有所了解，但二人心里一直存有疑虑。看到一家人和谐相处，特别是一丁尊敬妈妈，怜爱妹妹，亲切地叫："大舅舅，二姨妈，一路辛苦了。"乐得大哥、二姐赶紧掏钱包，给见面礼。

二姐摸着秀秀的脸蛋，指着一丁说："这是哪个？"

秀秀歪着头，得意扬扬地回答："这是我哥哥。"

"他叫什么名字？"

"唉，这都不晓得。叫'叶一丁'，记住哦。"秀秀一本正经地说，完全是婆婆的口吻。客厅里扬起欢快的笑语。

二人在小妹家吃了顿饭，放心而去。从此，除了书信往来，就是电话常有联系，却再没见面。

"这一晃，又过去了二十多年……"二姐惋惜道，"你这个家变化最大。"二姐欲往下说，见汪小芸正瞅着自己，便闭上了嘴。

"你们怎么找到这里来了？"老叶不解地问。

大哥笑道："到县城老房子找你，铁将军把门。左邻右舍说，到云转山近月山庄当老板去了。打电话，也是空号。我俩坐出租车上山的，这车费可要算你的。哈哈……"

老叶不好意思地抱拳："罪过，罪过。"

两人吃饭，两人陪着，这会儿只听见汤匙碰盆、筷子碰碗的声音。场面显得有些沉闷。也许，大家都想到了一个人，就是方秋实。想起她的过去，想起秀秀，想起与她们同在的日子里共享的幸福与欢乐，却碍着情面难以开口，或是以为汪小芸是局外人不便提及。

老叶见气氛有些冷清，就说："大哥，二姐，你们还不晓得，她和秋实曾经是一个学校的同事。"

二人很惊讶，不约而同地看着汪小芸。汪小芸说："我跟方姐是乡村中学的同事，我俩关系很好，常在一起赶场、逛山，在小溪边洗衣裳……"

二姐一拍桌子，兴奋地说："想起来了，就说这么眼熟，真是缘分啊。"二姐解释道，当年小妹寄给她的照片中，有一张小妹与扎辫子姑娘的合影。那姑娘俊俏活泼，给她留下深刻的印象。万万没想到这扎辫子的姑娘竟然是近月山庄的老板。

汪小芸略带羞涩地说："那是我刚被分配到学校时同方姐照的，至今还留着。"

"那你们是老熟人了。"二姐指着老叶和汪小芸说。

"二姐你误会了。"汪小芸解释说，"我和方姐同校三年，她先被调到县城，大约三年后我被调到主城区。从分别后，我再也没见过方姐。"

"大哥，二姐，可别冤枉我俩。"老叶笑道。

老叶向大哥、二姐讲述，二人是如何相识的，又是怎样经营近月山庄的。老叶感慨地说："今年夏天，在小芸老家的乱石滩上，小芸通过我佩戴的玉石，得知我前妻竟是她的闺密。她却瞒着我，直到第二天，小芸把我带到乡村学校，我才如梦方醒。"

"真有这么巧？"大哥睁大眼睛，不可思议地看着他俩。

二姐好奇地问："什么玉石？这么神奇。"

汪小芸解下颈上的玉石，双手呈上说："二姐，你看，就是这块玉石。"

淡绿色的玉石在灯光下晶莹透亮。老叶讲了玉石的来龙去脉，大家唏嘘一场。

二姐好奇地问："真是捡的吗？在什么地方捡的？"

汪小芸笑道："那地方，再也去不了啦。"

老叶补充说大坝蓄水，被淹了，并介绍鹅卵石滩特殊的地理位置。

大哥点头说："天然尤物，可遇而不可求。"

汪小芸动情地说："我最初把玉石送给方姐是友情。方姐送老叶，老叶又送我，是爱情。二姐，你我虽然是初次见面，但我记着你的好。我结婚时，方姐送了我一床杭州产的丝绸被面，也是你送给方姐的。"

二姐又惊又喜，屋内的气氛十分融洽。

大哥若有所思地看着老叶，问道："一丁怎么样？成家了吧。"

二姐也说："一丁这孩子懂事，为了妹妹，去读了职高。"

汪小芸瞪了老叶一眼："怎么把一丁忘了？"她站起来，对大哥、二姐说，"你们慢慢聊，我去给一丁打电话，叫他带火锅食材来，晚上吃火锅。"

汪小芸到葡萄架下，给一丁打了电话。一丁很高兴，答应带全家人赶来。

汪小芸本想回大厅，转念一想，何不让他们多聊一会儿，自己毕竟是后来者。她就扛着锄头到了菜园，挖了些红苕，准备煮点儿红苕稀饭，又摘了些时鲜蔬菜。

准备这点菜费不了多少时间，但她不愿打扰别人的谈话，就又坐在葡萄架下歇息。

· 06 ·

汪小芸回忆起当年在学校时与方秋实亲如姐妹的情形：一同去做学生家访，回校时，打着火把在田埂上狼狈飞奔。一起在校外小溪边洗床单，仰望无际的天空，畅谈自己美好的未来。星期天赶场归来，炖着肉，喝着汤，相互谈着自己内心的小秘密，常常是两人笑着、闹着，滚到一块儿。

唉，是女人总得嫁人，再好的姐妹总有分手的一天。汪小芸忽然异想天开，要是方姐还活着，秀秀也康复了，那该多好啊。今天又与大哥、二姐团聚，该是多么喜庆热闹啊。可这一切仅仅是希望而已，现实生活是残酷的。汪小芸不觉掉下一串伤心泪。

汪小芸见老叶三人走出大厅，忙擦干泪水，佯装择菜。二姐上前，拉着汪小芸说："弟妹，我们准备走了。晚上还有安排。"

汪小芸扔下菜拦住她说："那不行，不是说好吃火锅吗？一丁听说大舅舅、二姨妈来了，很高兴，一家四口都要来。"

大哥、二姐面有难色，原计划只是来看看叶世全，然后晚上约几位同学叙旧，想不到弟妹如此盛情，何况与小妹还有一段渊源。两人正犹豫着，汪小芸则说："一丁马上就到，你这个大舅舅、二姨妈好意思走吗？"

不等大哥、二姐开口，汪小芸又出一招："大哥、二姐，不就是同学聚会吗？这好办啊，改到明天，叫他们上近月山庄来，这里住宿舒适，饭菜质量好。你的朋友来了，我五折优惠，怎么样？"

大哥眼前一亮："这主意不错。不过，优惠不行，该怎样收，就怎样收。"大哥说完，就到一边打电话去了。

大哥打完电话过来，老叶问大哥："客人来吗？"

"要来，要来，连我和二妹十五人。"大哥兴奋地说。

大家沉浸在喜悦中，不仅添了笔业务，大家更可以多团聚几天。老叶领着二人在山庄里到处参观。大哥和二姐赞不绝口，二姐一时兴起，抢起锄头就要去挖红苕。

汪小芸拦住她："你是北京来的专家，挖红苕，大材小用了。再说，你这把岁数了，还惦记着老叶一家子，我们就已经心满意足了。"

老叶和大哥也极力劝说，二姐才不情愿地放下锄头。大家散坐在葡萄架下，闲聊着，享受着冬日的阳光。

大哥若有所思，问道："世全，听小妹在信中说，你曾在××信箱待过？"

老叶一怔，点点头，在大哥、二姐面前不敢摆谱，老老实实地说："我们基建队只是在外围建宿舍楼。"

"基建队？"大哥点点头笑而不语。在他的记忆里，工地外的球场边上，有几栋刚竣工的宿舍楼。他曾在晚饭后散步时去过那里，球场上还有人在踢足球。

汪小芸笑道："在大哥、二姐面前，还好意思拿出来显摆。人家是响当当的专家，你那些老龙门阵只能忽悠展览馆的工作人员。"

"弟妹，不能这么说。"大哥正色道，"不管干什么，只要是为'三线'建设出了力，就是做了贡献。哪怕是站岗放哨，也是人生中浓墨重彩的一页，理应受到尊重。"

老叶点头，这话说到了他的心坎上，他得意地朝汪小芸抛着飞眼，那神情就像小学生考了一百分。前不久，展览馆经理给老叶发来信息，说老叶的照片已被放在大门及大厅的展板中,效果很好。老叶将这事告诉了大哥、二姐。

二姐惊讶地问道:"那里对外开放了?离这儿有多远?"

"世全,安排一下。"大哥兴致勃勃地说,"我要故地重游,叫上这帮同学。"

"人太多了吧?"二姐担心没车。

老叶爽快地说:"没关系,我来调车。包免门票。"

老叶津津乐道于自己去展览馆的趣事。他比画着手说:"临走时,经理拉着我的手,热情地说,'老前辈,下次来,先给我打电话,门票全免啦。'"

"好,我们去。"大哥幽默地说,"我们沾了你的光哟。"

汪小芸说:"大哥,你把话说反了,是我们沾了你的光。你们二位专家去了,那个经理不晓得好欢喜,不晓得要给你们拍好多张大头相。"

大家都笑了,笑得如此爽朗。大哥紧紧握住老叶的手:"我们曾是同一条建设线上的队友。"

"你们那时见过面吗?"汪小芸好奇地问。

大哥微微一笑:"也许吧。有时会在一块儿听报告,有时会在一处吃加班夜宵。也许擦肩而过,谁也不认识谁,那时,还没你这个妹夫呢。"

二姐也说:"我到建设工地去验收项目,在会议现场见到大哥,却不敢打招呼。我向领导汇报了此事,经领导同意,我们才正式会面,还成了工地的大新闻。"

"好像是有这么回事。"老叶回想后说,"当年单位自己创办的小报曾报道说,兄妹俩在会议现场重逢,没想到竟是大哥、二姐。"

汪小芸胡扯道:"你也该打个报告,说还有个妹夫在此,你们三人就提前见面了。"

老叶哈哈大笑:"那个时候,八字还没一撇,除非穿越时空……"

四人都笑了,都在品味这个似乎很荒诞的玩笑。过去与现在,现在与将来,其实是一脉相承的。

冬日的暖阳映衬着一张张饱经沧桑的笑脸。大哥的心早飞回建设工地去了,那里有他的青春记忆,有他的坎坷经历。

这时,花园的另一边走来三位耄耋老人。老叶连忙迎上去,搀扶着几位老人,嘴上还不停地提醒,小心路滑。

二姐诧异,对汪小芸说:"山庄里还有这么年迈的游客?"那眼神仿佛在责备,留宿老人有多大的风险,真是挣钱不要命。

汪小芸亲昵地拉着二姐的手说:"你误会了,那两位是一丁的外公外婆。

后边那位是老叶厂里的工会主席，更是他的大媒人。"

汪小芸接着讲了老叶如何将三人从养老院接到近月山庄，自己如何萌生办康养院的想法。她指着南墙边说："明年开春，我打算在这里建一栋三层小楼，专供康养院使用。目前，已有十来个老人啦……"

天边的云层闪开了道，冬日的阳光照耀着近月山庄。花园里多了几分活力与喜庆。

大哥、二姐听着汪小芸述说，虽沉默无语，但内心早已波澜起伏。正好丁老爷子过来，拉着大哥的手说："原来你们就是一丁的大舅、二孃，真高兴在这里见到你们。"

大哥、二姐也拉着丁老爷子的手诚恳地说："你们是世全的长辈，也是我们的长辈……"

老赵凑过来兴奋地说："一丁一家人也要来？好些年没见这小子啦。今晚得多喝几杯。"

大哥后退两步，看了二姐一眼。两人脸上都露出了惬意的微笑。此次他们结伴探亲访友，最不放心的就是叶世全，生怕他丧妻独居，没了精气神，没想到这家伙不仅重组了家庭，还把生意做得红红火火，看来苦难并没有压垮他。二位很快被丁老爷子夫妇、老赵愉悦的气氛所感染，忘掉了忧愁。

这时，一辆黑色的宝马轿车驶入山庄，轻轻地鸣笛两声。在墙根晒太阳的小黑，立刻欢叫着奔过来，在轿车前活蹦乱跳。从车窗里探出两个活泼可爱的小脑袋，用稚嫩的童音叫道："婆婆，爷爷，我们来了！"